탐닉

SE PERDRE
By Annie Ernaux

탐닉

Se Perdre

ANNIE
ERNAUX

아니 에르노 장편소설

조용희 옮김

문학동네

일러두기

1. 본문 중의 주석은 모두 옮긴이 주다.
2. 고딕체는 원서에서 이탤릭체로 강조한 부분이다.

나는 동화처럼 살고 싶다 *Voglio vivere una favola*
　　　　　　　　　　—피렌체의 산타크로체성당 계단에서 본 익명의 글에서

차례

1989년 11월 16일, 나는 파리 주재 소련 대사관에 전화를 걸었다. S를 바꿔달라고 했다. 교환원은 아무 대답도 하지 않았다. 긴 침묵이 흐른 후 여자 목소리가 들렸다. "S씨는 어제 모스크바로 떠났습니다." 나는 곧바로 수화기를 내려놓았다. 언젠가 이미 이 말을 전화로 들어본 듯한 느낌이었다. 똑같은 말은 아니었지만 똑같은 무게의 공포와 똑같이 믿을 수 없는 절망감을 지닌 똑같은 의미였다. 3년 반 전, 내 어머니의 죽음을 통보받았던 때가 떠올랐다. 병원의 간호사가 말했다. "당신 어머니는 오늘 아침식사 후 세상을 떠났습니다."

며칠 전 베를린장벽이 무너졌다. 소련에 의해 유럽에 세워졌던 정권들이 하나둘씩 흔들렸다. 모스크바로 막 떠난 그 남자는 소비에트연방의 충복으로, 파리에서 근무하던 외교관이었다.

나는 한 해 전에 모스크바, 트빌리시,* 레닌그라드를 여행하는 작가들의 모임에서 그를 만났다. 그는 우리 여행의 수행역을 맡고 있었다. 우리는 레닌그라드에서의 마지막 밤을 함께 보냈다. 프랑스로 돌아온 후, 우리는 관계를 지속했다. 우리의 행위는 의식처럼 일정했다. 그는 내게 전화를 걸어 그날 오후나 저녁, 드물게는 그다음날이나 이틀 후에 만날 수 있는지를 물었다. 그러고는 와서 단 몇 시간 동안만 머물렀다. 우리는 그 시간에 섹스를 했다. 그가 떠난 후, 나의 일과는 다음번 전화를 기다리는 것이었다.

그는 서른다섯 살이었다. 부인은 대사관에서 그의 비서로 일했다. 우리의 만남 중에 단편적으로 알게 된 그의 이력을 보면 그는 공산당 조직에서 큰 전형적인 조직원이었다. 콤소몰**에 가입한 다음 소련공산당을 거쳐 쿠바에 거주했다고 한다. 그의 프랑스어는 빠르고 악센트가 강했다. 고르바초프와 페레스트로이카의 지지자라고는 했지만 술에 취하면 브레즈네프*** 시대에 대한 향수와 스탈린에 대한 흠모를 감추지 않았다.

공식적으로 문화업무를 담당하고 있던 그의 일에 관해 나는 아는 바가 전혀 없었다. 지금에 와서 생각해보면 그에게 더 많은 질

---

* 구소련 그루지야공화국의 수도.

** 공산주의청년동맹. 공산당의 지도하에 청년들에게 공산주의 교육을 실시하는 공산당원 양성단체.

*** 레오니트 일리치 브레즈네프(1906~1982), 구소련 정치가. 스탈린 이후 최장기인 18년 동안 소련을 통치했다.

문을 하지 않은 것이 놀라울 정도다. 나에 대한 그의 욕망만이 내가 가진 유일한 확신이었다. 모든 의미에서 그는 어둠 속의 애인이었다.

이 기간 동안, 나는 잡지사에서 청탁해온 원고 외에는 아무 글도 쓰지 않았다. 사춘기 때부터 불규칙적으로 적어오던 일기가 나의 유일한 글쓰기의 장이 되었다. 그것은 다음 만남을 기다리며 견디는 방법이었고 동시에 에로틱한 몸짓과 말들을 기록함으로써 쾌락을 배가하는 방식이기도 했다. 무엇보다도 그것은 삶을, 혹은 삶에 가장 가까운 무엇을 허무에서 구하는 방식이다.

그가 프랑스를 떠난 후, 나는 내 온 존재를 지배했고 그때까지도 계속 내 안에 살아 있던 그 열정에 관해 책을 쓰기로 마음먹었다. 그것은 간헐적으로 집필되었고 1991년에 쓰기를 마쳐 1992년 '단순한 열정'이라는 제목으로 출간되었다.

1999년 봄, 나는 러시아에 갔다. 1988년 여행 이후로 처음이었다. 나는 S를 다시 만나지 않았다. 나와는 상관없는 일이었다. 상트페테르부르크로 이름이 바뀐 레닌그라드에서 나는 그와 함께 밤을 보낸 호텔 이름을 기억하지 못했다. 그 시간 동안, 그 열정의 실체를 증언하는 유일한 흔적은 내가 알고 있는 몇 마디의 러시아말이었다. 나도 모르는 사이에 나는 표지판이나 광고문에 쓰여 있는 슬라브 문자를 지칠 때까지 끊임없이 해독하고 있었다. 내가 이 단어들, 이 문자들을 안다는 사실이 놀라웠다. 그 남자를 위해 이 문자들을 배웠는데, 이제 그는 내 의식 안에 존재하지 않는다. 그가 죽었든 살았든 내게는 더이상 아무 상관이 없다.

2000년 1월인가 2월, 나는 5년 전부터 들춰보지 않았던, S에 대한 나의 열정의 시간에 해당되는 일기장을 다시 읽기 시작했다 (여기에 굳이 밝힐 필요가 없는 이유로 일기장은 내 손이 닿지 않는 장소에 보관되어 있었다). 나는 이 페이지들 속에 『단순한 열정』에 들어 있지 않은 다른 '진실'이 내포되어 있음을 깨달았다. 정제되지 않고 암울한, 구원의 가능성이 없는 어떤 제물 같은 무엇이. 나는 이것도 언젠가는 출판하리라고 마음먹었다.

나는 컴퓨터에 텍스트를 입력하면서 수정하거나 삭제하지 않았다. 생각이나 느낌들을 포착하기 위해 순간순간 종이 위에 나열해놓은 단어들은 나에게 시간만큼이나 돌이킬 수 없는 것들이다. 한마디로 그 단어들은 시간 그 자체. 당사자들에게 누를 끼칠 수 있다고 판단했을 때만 그들의 이름을 이니셜로 대체했다. 마찬가지로 내 열정의 대상인 그 남자도 S로 지칭했다. 그것으로 그의 익명성을 보호할 수 있다고 생각했기 때문이 아니라—그것은 부질없는 생각이었다—이니셜이 주는 탈脫현실감이 그 남자라는 존재에 적합하다는 생각이 들었기 때문이다. 나에게 그는 형언할 수 없는 공포*를 일으키는 절대적인 인물이었다.

---

* 젖먹이 어린이가 엄마와 떨어질 때 느끼는 공포감.

이 글에서 외부세계는 존재하지 않는다. 지금도 내게는 언제든 사료에서 찾아볼 수 있는 시사적인 사건들보다는 그날그날의 생각이나 몸짓, 그리고 열정 그 자체인 삶에 관한 이 글에 담긴 세세한 부분―자동차 안에서 욕정을 주체할 수 없어 섹스를 했을 때 그가 신고 있었던 양말 같은 것―들이 더 중요해 보인다.

나는 일종의 내적 필요에 의해 이 일기장을 공개한다는 것을 의식하고 있다. S가 느낄 감정에 개의치 않고. 당연히 그는 문학적 권력의 남용이라거나, 더 나아가 배신이라고까지 생각할 수 있을 것이다. "성욕 해소용으로 그녀를 만났을 뿐이야"라고 웃어넘기면서 자신을 변호하는 것도 상상할 수 있다. 하지만 당시는 이해하지 못했더라도, 그 몇 달 동안 그가 자신도 모르게 나의 경이롭고도 무서운 욕망과 죽음, 그리고 글쓰기의 근원이었다는 사실을 받아들이기를 바랄 뿐이다.

2000년 가을

1988년

9월 27일 화요일

S······ 이 모든 아름다움. 지난 1958년, 1963년, 그리고 P 때
와 똑같은 욕망, 똑같은 행위. 몽롱함과 무력감마저 똑같다. 그 세
장면이 차례로 떠오른다. (일요일) 저녁 그의 방에서 우리가 서로
살을 맞대고 앉아 있을 때, 서로 아무 말도 하지 않았지만 앞으로
일어날 일을 둘 다 원한다는 것을 의식하고 있을 때, 그것은 아직
내가 어떻게 반응하느냐에 달려 있었다. 그가 바닥에 내려놓은
재떨이에 담뱃재를 떨 때마다 그의 손이 옆에 있던 내 다리를 스
쳤다. 다른 사람들 앞에서. 그러면서도 우리는 마치 아무 일 없는
것처럼 대화를 나누었다. 그런 후, 사람들(마리 R, 이렌, RVP)이
자리를 떴다. F는 눌러앉아서 나와 함께 나가려고 기다리고 있었
다. 나는 그때 내가 S의 방을 나서면 다시 돌아올 용기가 없다는

사실을 알고 있었다. 여기서 모든 기억이 혼미해진다. F는 밖에 있었다, 아니 그랬던 것 같다. 문은 열려 있었고, 내 기억에 S와 내가 서로를 맹렬히 껴안았던 것 같다. 그때, 문이 다시 닫혔고(누가 닫았지?), 우리는 현관 안쪽에 있었다. 나도 모르게 등으로 벽에 있는 스위치를 눌러 꺼져 있던 불이 켜졌다. 자리를 옮겨야 했다. 외투, 가방, 재킷들이 벗겨져 바닥에 흘러내렸지만 그대로 내버려두었다. 그가 불을 껐다. 그리고 밤이 시작되었다. 나는 완벽한 격정 속에서 밤을 보냈다(하지만 언제나 그랬던 것처럼 그를 다시 보고 싶지 않은 욕망).

두번째 순간, 월요일 오후. 여행가방을 다 챙기고 났을 때 그가 내 방문을 두드렸다. 입구에서 우리는 서로를 애무했다. 그가 나를 너무나 원했으므로 나는 무릎을 꿇고 입으로 오랫동안 그를 애무했다. 그는 조용했다. 그런 다음 마치 러시아정교회 기도문을 외우는 것처럼 내 이름을 러시아 악센트로 중얼거렸다. 벽에 기대서, 어둠 속에서(그는 불 켜는 걸 원하지 않는다)의 한몸.

마지막 순간은 모스크바로 가는 밤 기차 안에서였다. 우리는 열차 맨 끝 칸에서 입을 맞췄다. 내 머리 바로 옆에 소화기가 있었지만 한참 뒤에야 알아차렸다. 그리고 모든 일이 레닌그라드에서 일어났다.

나 역시 조금도 조심스럽게 굴거나 수줍어하지 않았다. 그러니까 한치의 주저함도 없었다. 무슨 일인가 시작된 것이다. 나는 옛날과 똑같은 잘못을 저지르고 있다. 하지만 이제 그것은 잘못이 아니다. 단지 아름다움, 열정, 욕망일 뿐.

어제 비행기로 도착한 후 일어났던 일들을 재구성해보려고 노력한다. 하지만 모든 것이 흩어져버린다. 마치 내 의식 밖에서 일어난 것처럼. 유일하게 확실한 것은 토요일, 자고르스크에서 실내화를 신고 성물박물관을 방문하던 그 순간, 그가 나를 몇 초 동안 껴안았다는 점이다. 그 순간 내가 그와 자는 것에 동의할 것이라고 직감했다. 그러나 그후, 나의 욕망은 어디에? VAAP* 회장인 체트베리코프와의 식사중, S는 나와 멀리 떨어진 곳에 앉았다. 레닌그라드를 향하여 밤 기차로 출발. 그 시간 나는 그를 원했지만 그것은 불가능한 일이었다. 하지만 상관없었다. 그것 때문에 고통스럽지는 않았다. 일요일 아침 레닌그라드에서 도스토옙스키 집 방문. 그가 내게 끌린다고 나 혼자 착각했나 하는 생각이 들었다. 그래서 더이상 생각하지 않기로 했다(정말?). 유럽 호텔에서 그의 바로 옆에 앉아 식사. 그러나 이런 일은 여행 초반부터 여러 번 있었던 일이다. (어느 날, 그루지야에서 그가 내 옆에 앉았다. 나는 무의식적으로 그의 청바지에 내 젖은 손을 닦았다.) 수도원 방문중 우리는 서로 가까이 있을 기회가 그리 많지 않았다. 네바강 위의 다리로 돌아오는 길에 우리는 함께 난간에 팔을 기대고

---

* 소련의 저작권 에이전트.

있었다. 카랄리아호텔에서 저녁식사. 그는 나와 떨어져 있었다. RVP는 마리와 춤을 추라고 그를 재촉한다. 슬로 댄스다. 그러나 나와 마찬가지로 그 역시 나를 원한다는 것을 잘 안다(한 가지를 잊었다. 저녁식사 전 발레 공연중, 나는 그의 옆에 앉았다. 그리고 그에 대한 욕망만을 생각하고 있었다. 특히 공연 둘째 부분인 브로드웨이풍인 〈삼총사〉 때. 아직도 내 머릿속엔 그 음악이 남아 있다. 그때 나는 무용가 셀린의 무용단 이름을 기억해내면 우리가 함께 자게 될 것이라고 생각했다. 드디어 그 이름을 찾았다. 뤼세트 알망조). 자기 방에서 보드카를 마시자고 우리 모두를 초대한 그가 내 옆에 앉으려고 애쓰는 모습이 역력하다(F를 떼어놓기가 무척 어려웠다. 그 역시 나를 유혹하려고 한다). 거기서 나는 느꼈고, 확신했다. 그것은 순간순간들의 완벽한 연대였고, 둘만의 공모였으며, 많은 말이 필요 없는 욕망의 힘이었다. 그 모든 것이 아름다움이었다. 그리고 몇 초간 다른 사람들이 없는 틈을 타 문 옆에서 우리 둘은 합쳐졌다. 서로를 으스러져라 껴안고, 입을 맞췄다. 그가 내 입을, 내 혀를 온 힘을 다해 빨아당기며 나를 껴안았다.

첫 소련 여행에서 돌아온 지 7년 만에 다시 남자를 알게 되었다(옛날에 클로드 G였고, 그후에 필립이었던 것처럼, 다른 누구도 아닌 오직 그 남자). 엄청난 피로가 온몸에 밀려온다. 그는 서른여섯 살이다. 어쨌든 삼십대로 보인다. 그는 키가 크고(그의 옆에서 굽 없는 신발을 신고 서 있는 나는 왜소하다), 마르고, 초록색 눈동자를 가졌고 머리칼은 옅은 밤색이다. 내가 마지막으로 P를 생각한 것은, 침대에서 사랑을 나누고 난 후였다. 약간의 우수. 지금 나는 S를 다시 만나는 것, 그리고 우리의 관계를 끝까지 끌고 나가는 것밖에는 생각하지 않는다. 그리고 1963년의 필립과 마찬가지로 그도 9월 30일 파리로 돌아온다.

29일 목요일

때때로 그의 얼굴이 떠오르지만 곧 사라져버린다. 지금 이 순간, 또 사라진다. 그의 눈, 입술, 이 모양을 차례로 떠올린다. 하지만 그 어느 것도 전체로서의 모양을 만들지는 못한다. 내가 알아볼 수 있는 것은 그의 육체뿐이다. 아직 그의 손은 눈에 잡히지 않는다. 울고 싶을 정도로 욕망이 온몸을 차고 올라온다. 『한 여자』* 를 쓸 때 완벽한 글쓰기에 도달했다고 생각했던 것처럼 완벽한 사랑을 원한다. 그것은 대담성을 타고났을 때만 가능하다. 이미 첫걸음은 제대로 내디뎠다.

---

* 1988년 작가가 발표한 소설.

30일 금요일

아직 전화는 오지 않았다. 나는 그의 비행기 도착시간을 모른다. 그는 내가 젊었을 적 좋아했던, 약간 수줍음을 타고 키 큰 금발 남자들과 비슷한 타입이다. 그들 모두를 내 마음에서 떠나보냈지만, 그들만이 나를 참아주고 행복하게 해줄 수 있는 사람들이었음을 알게 되었다. 이 만남을 포기해야 한다면, 일요일 레닌그라드에서의 기이한 침묵의 합의는 무엇이었나? 나는 사실 서로 보지 않는다는 것은 불가능하다고 생각하고 있다. 하지만 언제 보지?

10월 1일 토요일

1시 15분 전이었다. 비행기는 세 시간 연착되었다. 고통스러운 행복. 결국 그가 전화를 걸었건 걸지 않았건 차이가 없다. 똑같이 견딜 수 없는 긴장감이다. 열여섯 살 때부터 난 그 긴장감을 알고 있다(GV, 클로드 G, 필립, 주로 이 세 사람, 그리고 P). '아름다운 사랑 이야기'의 시작인가? 자동차를 타고 오며 사고로 죽을까 겁이 났다(오늘 저녁 릴-파리 구간). 그를 다시 만나는 데 장애가 되는 모든 것에 대한 두려움.

2일 일요일

피로감, 무기력. 릴에서 돌아온 후 네 시간 동안 잤다. 다비드의 아파트에서 두 시간 동안의 섹스(다비드와 에릭은 나의 두 아들이다). 극도의 피로감, 쾌감, 그리고 이 순간들을 놓치지 말아야 한다는 생각, 나른함. "나는 너무 늙었어"라는 끔찍한 위협이 오기 전에. 그러나 서른다섯 살이었을 때라도 나는 쉰 살의 아름다운 여자에게 질투를 느꼈을 거야.

소Sceaux공원, 분수대, 춥고 습한 날씨, 땅냄새. 교원자격시험을 보려고 1971년 이곳에 왔을 때, 훗날 어느 소련 외교관과 함께 이 공원에 다시 오리라고는 상상도 못했지. 몇 년 뒤 오늘의 이 산책을 되새기며 이곳을 다시 찾을 나를 상상해본다. 한 달 전, 1963년의 추억을 밟으며 베네치아에서 그랬던 것처럼.

그는 큰 자동차나 사치스러운 것, 또는 사교적 관계 등을 좋아한다. 거의 지적인 것과는 상관없는. 이런 것들조차 내게 과거를 상기시킨다. 그것들은 내가 싫어했던 남편의 이미지를 떠올리지만 지나간 삶의 일부분이기 때문에 지금은 너그럽고 긍정적으로 받아들인다. 자동차를 타더라도 그와 함께라면 두렵지 않다.

내가 애착을 느끼고 있다는 것을 너무 빨리 드러내지 않으면서 그가 내 곁에 있으려고 애쓰게 하려면 어떻게 해야 하나……

3일 월요일

어제저녁, 전화가 왔다. 나는 자고 있었다. 그가 오고 싶어했지만 그럴 수 없었다(에릭이 있었기 때문에). 밤새도록 뒤척이다. 이 욕망을 어찌할 것인가. 오늘도 그를 볼 수 없을 것이다. 그를 향한 절대적 갈망, 욕망을 주체하지 못한다. 그는 나의 가장 '유치한' 부분, 그리고 가장 사춘기적인 부분을 대변한다. 별로 지적이지 않고, 큰 자동차를 좋아하고, 운전하면서 음악을 틀어놓고, '과시하기'를 좋아하는 그는 '내 젊은 시절의 남자'이며, 금발이고 약간 촌스럽다(손과 네모난 손톱들). 그러나 나의 쾌락을 한층 증폭시켜주기 때문에 이런 지성의 부재에 대해 더이상 불평하고 싶지 않다. 그래도 좀 자긴 자야겠다. 거의 쓰러지기 직전이다. 아무것도 할 수가 없다. 죽음으로 인한 슬픔과 사랑은 나의 머리와 육체 속에서 한 가지일 뿐이다.

에디트 피아프의 노래, "하느님, 그를 내게 남겨주오, 조금만 더, 하루, 이틀, 한 달만…… 서로 열망하고 고통받을 시간을……" 시간이 지나면 지날수록, 더욱더 나를 사랑에 내맡긴다. 어머니의 병과 죽음은 나에게 다른 존재의 필요성을 가르쳐주었다. S가 내게 하는 대답이 재밌다. 내가 그에게 "사랑해"라고 말하면 그는 "고마워!" 하고 대답한다. "고마워, 하지만 괜찮아!"라는 형식에서 멀지 않다. 사실이 그렇지. 그리고 그가 말한다. "내 아내를 보게 될 거야." 행복하고 자랑스러운 어조로. 나는 누구인가. 작가이고, 창녀고, 외국 여자이며 또한 자유로운 여자다. 사람들이 소유하고, 과시하고, 위안을 받는 '사유재산'이 아니다. 나는 위안을 줄 줄 모른다.

4일 화요일

그가 관계를 지속하고 싶어하는지 모르겠다. '외교적인' 꾀병 (웃음!). 그러나 눈물이 쏟아질 것만 같다. 불발로 끝난 축제이기 때문이다. 얼마나 기다렸던가! '예쁘게' 치장하고, 준비하고, 그러나 아무것도, 아무 일도 일어나지 않았다. 그는 내게 알 수 없는 수수께끼 같은 존재다. 아마도 필요에 의해 자연적으로 이중성을 가지나보다. 1979년부터 그는 당원이었고 자신의 위치에 긍지를 가지고 있다. 그는 소련의 훌륭한 충복이다.

오늘의 유일한 행복. 전철 안에서 껄렁한 젊은 애가 나를 유혹했는데 곧바로 내 입에서 "너 계속 그러면 나한테 따귀 맞을 줄 알아……" 같은 말들이 쏟아져나왔다. 한가한 지하철 안에서 저속하고 음탕한 유혹의 주인공이 된 것이다(이 장면을 바라보는 두 관객).

S와의 행복은 벌써 끝난 것인가?

5일 수요일

어제저녁, 9시, 전화…… "나 여기 당신한테서 멀지 않은 세르지*에 있어……" 그가 왔다. 다비드가 있었기 때문에, 우리는 두 시간 동안 내 서재에서 문을 닫은 채 있었다. 이번에는 조금도 주저하지 않는 그의 태도. 그가 떠난 후에 잘 수도, 그의 육체에서 나를 뗄 수도 없었다. 아직도 내 안에 그가 남아 있다. 나의 모든 비극이 바로 거기 있다. 그를 잊을 수도, 홀로 설 수도 없다. 나는 그의 말, 몸짓을 빨아들인다. 나의 육체는 그의 육체를 흡수한다. 이런 밤을 보낸 후에는 일하는 것이 쉽지 않다.

6일 목요일

어제저녁, 그가 세르지로 날 데리러 와서 우리는 르브룅가에 있는 다비드의 아파트에 같이 갔다. 희미한 불빛 아래 그의 육체가 어렴풋이 베일에 싸여 있다. 똑같은 광기, 거의 세 시간 동안. 돌아오는 길에 그는 라디오를 틀어놓고 과속으로 운전한다("붉게 그리고 검게……" 작년에 유행하던 노래다). 신호등 표시들. 그

---

* 파리 북서쪽 40킬로미터 교외에 있는 도시.

는 그가 사고 싶어하는, 힘이 좋은 차를 내게 가리켜 보인다. 너무 졸부티가 나고 약간은 촌스러운("아직 휴가중이니까 만날 수 있어", 그가 내게 말한다……). 그는 여자를 우습게 생각하는 사람이다. 여성 정치가들에 대해 비웃음을 금치 못한다. 그 여자들은 제대로 하는 게 없어, 등등. 그리고 나는 그런 것들을 재미있어한다…… 이 모든 것에 대한 나의 이해할 수 없는 즐거움. 그는 점점 『빈 옷장』*에서 내가 묘사했던 이상형, '내 젊은 날의 남자'가 되어가고 있다. 집 현관 앞에 도착해서의 마지막 장면은 최고였다. 달리 표현할 말이 없어 사랑이라고밖에 부를 수 없는 이러한 행위들. 그는 라디오를 그대로 켜놓았다(이브 뒤테이, 〈작은 나무 다리〉). 그리고 나는 로제르 골목에 세워놓은 자동차 안에서 그가 절정에 이를 때까지 입으로 그를 애무했다. 그런 후, 우리는 끝없이 서로의 눈을 바라보았다. 오늘 아침 눈을 뜨며 나는 어제의 장면들을 끊임없이 되새김질했다. 그가 프랑스로 돌아온 게 채 1주일도 되지 않았는데, 레닌그라드 때와 비교해보면 벌써 이토록 많은 애착과 다양한 체위를 체험하게 되었다(우리는 할 수 있는 거의 모든 것을 다 했다). 나는 언제나 사랑을 나눴고 언제나 글을 썼다. 마치 그런 후에 내가 죽어야 하는 것처럼(게다가 어제저녁 고속도로를 달려오며 사고나 죽음에 대한 갈증을 느꼈다).

---

* 1974년 작가가 발표한 소설.

7일 금요일

욕망을 고갈시키지 말 것, 오히려 더 많은 부드러움과 에너지로 재생시킬 것. 내 눈앞에 있지 않으면 그의 얼굴을 기억할 수가 없다. 함께 있을 때조차 그는 예전과 달라 보인다. 그는 너무나 유사하고 명확한, 마치 쌍둥이 같은 또다른 얼굴을 가졌다. 거의 언제나 내가 그를 유도한다, 그의 욕망에 따라서. 어제저녁 그가 전화했을 때, 나는 종종 그러듯 자고 있었다. 긴장감, 행복, 욕망. 목젖 뒤에서 나오는 악센트로 나의 이름을 중얼거릴 때면, 첫 음절을 구개화하는 동시에 강조하면서 둘째 음절을 매우 짧게 발음하기 때문에 '아-니'가 된다. 어느 누구도 내 이름을 그렇게 부르지는 않을 것이다.

1981년 모스크바에 도착했을 때가 생각난다(10월 9일경). 젊고 키가 큰 러시아 군인을 보는 순간, 거의 상상의 나라인 그 장소에 와 있다는 사실에 순간적으로 눈물이 솟구쳤다. 지금 생각해보니, 어쩌면 마치 내가 그 러시아 군인과 사랑을 나눈 것 같은 7년 전의 그 감정이 이제 S에게로 모인 것이 아닌가 하는 생각이 든다. 1주일 전만 해도 나는 불타는 듯한 열정을 상상하지 못했다. 앙드레 브르통의 문장처럼, "우리는 태양이 내려치는 것처럼, 관이 삐걱거리는 것처럼 사랑을 나눴다", 거의 비슷하게.

8일 토요일

르브룅가의 아파트. 처음엔 약간 지루했지만 이내 달콤한 나른함 속으로 빠져들었다. 불쑥, 그가 내게 말했다. "다음주에 전화할게." 이것은 '이번 주말에 당신을 만날 수 없어'라는 뜻이다. 나는 미소 지었다. "알았어." 만남의 간격을 좀 두는 게 낫다는 것을 알면서도 질투로 고통스럽다. 육체의 향연 후에 나는 다시 혼란 속에 빠진다. 내가 너무 달라붙는 것처럼 보일까봐, 너무 늙어 보일까봐(늙었기 때문에 달라붙는 것이다) 겁난다. 생각해본다. 이별을 연출하는 것이 낫지 않을까, 되든 안 되든!

11일 화요일

그는 밤 11시에 떠났다. 잠시도 쉬지 않고 그렇게 긴 시간 동안 계속 사랑을 해본 것은 처음이다. 10시 반, 그가 일어난다. 나 : 뭐 필요해? 그 : 응, 당신. 다시 방으로. 10월 말은 힘든 시간이 될 것이다. 그의 부인이 도착하면 우리의 관계가 끝날 테니까. 하지만 그가 쉽게 단념할 수 있을까? 그는 우리가 함께 나누는 쾌락에 매우 연연해하는 것처럼 보인다. 한편으로는 성의 자유와 포르노그래피에 대해 독설을 퍼붓기도 한다! 그루지야인들이 바람기가 있다더니! 이제는 그도 내게 "만족했어?"라고 묻기까지 이르렀다. 처음에는 그러지 않았다. 오늘 저녁에는 처음으로 에이널 섹스를 시도. 그와는 처음이었다. 젊은 남자와의 잠자리가 나이와 시간을 잊게 하는 것은 사실이다. 남자에 대한 이 욕망, 너무나 강렬해서 죽음의 욕망과 유사한, 그리고 나 자신의 소멸, 언제까지일까……

12일 수요일

입, 얼굴, 섹스 모두 엉망이 되었다. 내가 작가라는 직업의식을 갖고 섹스하는 것은 아니다. 말하자면 '이건 글쓰는 데 소용이 있을 거야'라든가, 또는 관찰하는 자세로 거리를 두면서 하는 게 아니라는 얘기다. 나는 단순한 생물로서 이것이 언제나 마지막인 것처럼—게다가 그렇지 않다는 법이 또 어디 있나—사랑을 나눈다.

생각해볼 점. 레닌그라드에서 그는 무척 서툴렀다(수줍어서? 아니면 경험 부족?). 하지만 점점 더 숙달되어간다. 그렇다면 나는 일종의 전수자? 나는 이 역할에 재미를 느낀다. 하지만 불확실하고 모호하다. 그는 지속적인 관계를 장담할 수 없는 사람이다(그는 나를 창녀처럼 버릴 수도 있어). 무의식 또는 모순들이 재밌다. 그가 내게 자기 부인에 관해 이야기한다. 둘이 어떻게 만났는지, 소련 관습에 따른 제약 등등. 그리고 5분 후 내게 섹스를 하자며 방으로 올라가자고 조른다. 얼마나 행복한가. 내가 그에게 "당신 정말 굉장해!"라고 하면 일순 좋아하는 모습을 보인다. 레닌그라드에서 그가 나한테 그 비슷한 얘기를 했을 때 나도 기분이 좋았다.

13일 목요일

사랑과 끝없이 멋부리고 싶은 욕망(욕망의 시선에는 그것이 별 효력이 없다는 사실을 알면서도) 사이에 존재하는 변함없는 함수관계를 상기하게 된다. 1984년에도 마찬가지였다. 그때도 나는 가격이 얼마든 상관하지 않고 치마며 스웨터, 원피스 등을 계속 사들였다. 끝없는 구매욕.

전화에 대한 어찌할 수 없는 기다림. 내가 그에게 이처럼 애착을 갖는 이유가 무엇일까?

드디어 러시아어를 배우기 시작했다!

15일 토요일

계단의 발소리, 르브룅가. 그는 부딪히지 않고 들어오려 애쓴다. 나는 문을 잠근다. 부드럽고 미끈한 몸. 그 부분 말고는 별로 남성적이지 않은 몸. 그리고 큰 키, 나보다 훨씬 더 크다. 사랑을 하기 위해 불을 끄는 그 몸짓, 끝없는 섹스. 돌아오는 길에 그는 차를 빨리 몬다. 내 손은 그의 허벅지에 놓여 있다. 틀에 박힌 사랑/죽음의 이미지. 그러나 얼마나 강렬한가.

지난 화요일 저녁, 라데팡스 부근에서 빌딩과 조명, 자동차와 사람으로 붐비는 익명의 장소인 이런 도시의 모습을 내가 얼마나 좋아하는지 생각했다. 그곳은 내가 살았고, 살고 있는, 만남과 열정의 장소인 것이다. (이브토에 살 때, 산책로가 텅 비는 일요일이면 생각했다. '언제 여기서 벗어날 수 있을까……')

어쨌든, S는 이미 아름다운 이야기가 되었다(단 3주 만에).

17일 월요일

언제나 무관심에 대해 생각하고 있다. 10월 말, 어쩌면 그전에라도 끝이 날 것이라는 확신에 사로잡혔다. 그에게 부인 이름을 물어보지 않았음을 생각해냄(미묘한 형태의 질투인가 아니면 그 여자를 부정하고픈 욕망인가).

18일 화요일, 19일 수요일

1시 반. 그와 함께 8시 반에 파리에 도착해서 1시 15분 전에 떠났다. 그(아니 우리)는 점점 더 강렬하고 격렬한 욕망으로 사랑을 한다. 말하고 보드카를 마시고 또 사랑을 하고…… 네 시간 동안 세 번. 나의 화요일은 로마가의 화요일에 버금간다(나는 말라르메의 화요일*을 말하는 것이다. 그리고 4년 전에 P와 함께한 나의 화요일도). 자연히 생각은 거의 없는 상태, 아니 좀더 정확하게 말하면 출구가 없는 생각. 현재, 육체, 상대방. 매 순간 흘러가는 현재를 따라갈 뿐이다. 차 안에서, 침대에서, 그리고 거실에서. 불확실성이 이 만남에 절대적이고도 격렬한 강도를 부여한다.

그후, 낮이 되면 그 상태를 벗어나지 못한다. 간간이 사랑의 순간들을 다시 생각한다(그는 나에게 돌아누우라고 요구한다. 누워서 오럴 섹스로 절정에 오른 순간, 그는 신음소리를 낸다. 그리고 내게 말한다. "당신 정말 기가 막히게 해." 그는 부드럽게 나를 자

---

* 시인 말라르메는 화요일마다 자기 집에서 당대의 시인들과 시낭송의 시간을 가졌다.

기 배 쪽으로 끌어당겨 사랑의 행위를 시작한다). 기억, 마비 상태, 이런 것들이 사라지면 나는 다시 그가 필요하다. 하지만 혼자다. 다시 기다리기 시작한다. 이런 상황에서 내가 언제 일(수업 또는 글쓰기)을 할 수 있을지 모르겠다, 모든 게 끝나기 전에는.

21일 금요일

화요일 저녁 이후로 아무 소식도 없다. 전혀 이유를 알아볼 수 없는 상황. 기다리기. 홧김에 정원 일을 한다. 아직은 몇 시간이 남아 있다. 그러고 나면 오늘 저녁 파리에서 약속을 갖기에는 너무 늦다. 이 관계가 시작된 이후 단 한 번도 울지 않았다. 어쩌다 오늘 저녁 우리가 만나지 못한다면……

22일 토요일

그에게 아무 연락도 받지 못한 상태에서 마르세유로 떠난다. 어젯밤엔 당연히 울었음. 새벽 2시에 깸. 죽음과 욕망에조차 무관심, 고통스러움. 그리고 글쓰기. 내가 '이 사람'에 관해서, 그리고 이 만남에 관해서 쓸 수 있다는 생각이 죽음에 관한 생각을 대체

한다. 그리고 언제나 욕망, 글쓰기, 죽음이 내 안에서 서로 교감해왔다는 사실을 깨닫는다. 그리하여 어제 내 어머니에 관해 쓴 책의 한 문장이 머리에 떠올랐다. "나의 가장 큰 고통은 외부에서 왔다." 이 문장은 모든 사랑이 사라져버린 것 같은 오늘에도 해당된다. 『빈 옷장』은 고뇌와 이별을 바탕으로 쓰인 책이었다. 필립과 나 사이에는 낙태라는 죽음이 있었다. 그 죽음 너머로, 이 빈 공간을 채우기 위해 사랑의 자리에 글을 쓴 것이다. 나는 글쓸 때와 마찬가지로 완벽에 대한 열망으로 사랑을 한다.

우리가 9년 전에 가지고 있던 자동차 르노 알핀을 훔치는 꿈을 꾸었다. 너무도 확실한 상징. 이 자동차는 고속으로 달릴 수 있는 '멋진' 차에 열광하는 S를 유혹할 수 있는 물건이다. 아! 이 오해! 나는 작가라는 타이틀과 나의 '지명도' 때문에 그의 관심을 끌고 있는 것이다. 그리고 이 모든 것이 우리의 이야기 속에 현존하는 삶에 대한 나의 무능력, 나의 고통에 기반을 두고 있다.

23일 일요일

오늘 아침 엑상프로방스의 카페 '레 되 가르송'에 혼자 앉아 있었다. 1963년 보르도에서의 추억. 카페에 대한 나의 사랑, 익명성, 만남. 현재의 고통과 불안감이 1963년과 유사하다. 화요일 밤

부터 수요일까지 감감무소식. 알아볼 방법이 없다. 물론 그쪽의
이 같은 무관심은 상상력에 찬물을 끼얹는다. 그가 밤에 전화한
것이 보름 전. 벌써 오래전이다. TGV 안에서 억누를 수 없는 그
에 대한 욕망을 느끼다. 지난번 만났을 때의 몸짓과 말들(매우 드
물지만)을 끊임없이 되새겨보기. 그러나 내가 미칠 듯이 죽고 싶
었던 때는 열여덟 살 때였다. 지금은 그때와 똑같은 절망에 빠져
있지 않다.

24일 월요일

11시 10분, 전화. 수요일 약속(아마도). 밤에만 이루어지는 이
모든 것들을 그가 나만큼 중요하게 생각하지 않는다는 것은 어쩌
면 당연한 일이다. 열정을 생각할 시간이 너무 많다는 것이 나의
비극이다. 외부로부터 강요받는 것이 아무것도 없기 때문이다.
자유로움은 나를 열정으로 몰아간다. 나를 온통 지배한다.

수요일 정오. 소련 대사인 리아보프와 VAAP 회장과의 점심식
사. S도 그 자리에 있을 게 당연하다. 거북하면서도 흥분되는 상
황. 가장 완벽한 것은 이 공식 행사를 겉으로는 서로 무관심한 것
처럼 치른 후, 저녁에 그가 나를 보러 오는 것이다. 비밀스러운 만
남이란 얼마나 달콤한 매력을 지닌 것인가.

25일 화요일

아침에 꿈을 꾸고 또 꾼다. 이틀 후, 그가 떠난 다음 내게 남을 것들을 상상하며. 내가 꾼 꿈은 근거 없는 것들이 아니라 반드시 일어날 일이기 때문에 하는 일에 제대로 집중할 수가 없다. 그것들은 이미 현실이고 현실의 한 부분을 차지하고 있다. 놀랍게도 지나간 일들이 훨씬 더 아름다울 수도 있긴 하지만 말이다(레닌그라드에서처럼). 내일 하루가 완벽하기를 기대한다. 그러나 어쩌면 엉망이 될지도 몰라. 식사는 지루하고 저녁에 만나는 것조차 불가능해질지도. 어쨌든 까만 정장에 녹색 블라우스를 입고 우리가 사랑을 나눌 때 하고 있었던 진주 목걸이(그가 테이블에서 알아볼 수 있었으면……)를 한다. 요즘처럼 내가 아름다웠던 적이 없다. 모든 사람들이 그렇게 말하고, 어제 오샹*에서도 그랬듯이 나를 유혹하려는 남자는 수도 없이 많다. 스무 살, 서른 살 때보다 훨씬 더 아름답다. 백조의 노래. (게다가 이건 바로 레닌그라드에서 본 발레 공연의 제목이었어.) 이제 레닌그라드의 방에서 일어난 일들을 다 기억할 수 있다. 나는 나갈 준비가 되어 있었고, 문을 닫으려고 했다. 그러다가 다시 들어갔다. 그가 매우 가까이 있었던 것 같다. 우리는 곧장 서로 매달렸으니까.

---

* 대형 슈퍼마켓 상호.

26일 수요일

오늘 점심식사 시간의 행복을 적어야겠다. 그는 거기 있었다, 내 맞은편에. 그리고 저녁에도 그를 볼 수 있다는 것을 알 수 있었다. 또한 우리가 서로 연인임도 알았다. 그러나 우리는 아무것도 드러내지 않았다(다른 사람들이 알지 못하도록. 나만 그랬나?). 지금은 저녁 8시. 그가 한두 시간 내로 도착할 것이다. 이 기다림의 시간들은 세상의 종말이며, 완성되지 않은 커다란 행복의 시간이다. 행복의 전조. 나는 또한 모든 것이 가능할 수 있다는 것도 안다. 그가 사고로 오지 못할 수도 있다. 피아프의 노래. "하느님, 그를 내게 조금만 더 남겨주오…… 내가 옳지 않더라도, 그를 내게 조금만 더 남겨주오." 무한한 아름다움, 무한한 욕망. 1963년 10월을 지우자. 너무나 서툴렀던 젊음, 끔찍하게 서툴렀던 젊음을.

27일 목요일

10시 20분 전이었나? 아마도. 그는 새벽 3시 15분 전에 떠났다. "나는 미친놈처럼 차를 몰았어." 우리가 함께 지낸 그날 밤에서 아무것도 떼어낼 수가 없다. 한순간도 서로 떨어지지 않는 두 육체의 끊임없는 사랑(그러나 그때 그것이 육체였나? 욕정마저 넘어버린 굶주린 상태의 그것은 무엇인가?). 부인이 있음에도 불구하고 그는 나를 계속 만나기를 바라지만, 그럼에도 내겐 마치 마지막인 것 같았다.

한 달 사이에 우리는 엉성하던 사랑에서 거의 완벽한 상태의 사랑에 이르렀다. 그는 감정에 동요되지 않는다. 잘된 일이다. 내 인생을 바꾸고자 하는 남자와 내가 무엇을 하겠는가. 하지만 그가 관능에는 많이 집착하면 좋겠다. 아직 경험이 부족해서 약간 서툴지만 그도 지금은 나처럼 '주고자' 하는 욕망을 더 많이 가지고 있다. 그가 사랑이 어떤 것인가를 진정으로 발견하는 것 같다는 느낌을 받는다. 그는 모든 것을 해보고 싶어한다(내 젖가슴 사이에서 욕구를 충족시키는 방법을 요구하기도 한다). 그가 떠났다. 나는 그의 육체 안에 있는 것처럼 편안하게 잠을 잤다.

10월 26일 수요일은 완벽한 하루였다.

그가 열거한다. 자신의 입생로랑 와이셔츠와 재킷, 세루티 넥타이, 테드 라퍼두스 바지. 소련에는 없는 사치품에 대한 취향. 사춘기 시절 좋은 옷을 입지 못해 부잣집 여자애들이 입고 있는 옷을 보며 질투에 불탔던 내가 어찌 그를 나무랄 수 있겠는가. 그 모든 옷들이 전부 새것 같았고 그는 점점 더 잘 차려입고 싶어하는 것 같아 보였다. 몸치장, 사랑에 의한 겉치레, 이 모든 것 역시 아름답다.

한밤에 불리는 내 이름, 쾌락의 신음소리, 그의 성기에 대한 숭
배. 그를 열렬히 애무하는 나를 보려고 그가 몸을 반쯤 일으켰을
때(우리가 처음 관계하기 시작했을 때는 그러지 않았다), 나는 십
자가에서 떼어낸 나신의 예수 그림을 생각했다. 가슴과 배의 선,
희미한 어둠 속에 보이는 그의 하얀 피부. 너무나 나른하다……
아무것도 할 수가 없다. 그에 관해서 쓰는 것, 너무나 신비롭고 짜
릿한 '그것'에 관해 쓰는 것 말고는.

이제 나는 사랑 속에서 진실을 찾지 않는다. 관계의 완벽성, 아
름다움, 쾌락을 찾을 뿐이다. 상처 주는 것을 피할 것, 즉 그에게
기분좋은 말만 할 것. 또한 그것이 사실일지라도 나에 대해 좋지
않은 이미지는 주지 않도록 할 것. 진실이라는 이치는 인생에서
존재할 수 없다. 오로지 글 속에서나 가능할 뿐이다.

30일 일요일

라로셸에 갔다. 일요일의 화창한 하늘, 항구. 기차 안에서 책을
읽으려고 애썼다. 하지만 그의 부인이 도착한다는 강박에서 벗어
날 수가 없었다. 어젯밤 12시 반쯤, 다음주 월요일이나 화요일에
만나자는 그의 전화를 받았다. 그 전화 통화 후 나는 몇 번이나 큰

소리로 외쳤다. "아! 행복해!" 그의 목소리를 듣고, 우리의 관계가 지속될 것이라는 사실에 너무도 행복하다. 오늘 오후, 나의 열여섯 살 적 12월의 어느 날을 생각했다. 그날은 GV를 만나기 위해 39도의 고열에도 하루종일 학교에서 버텼다. 그리고 그다음날 40도의 고열에도 영화 구경을 갈 준비가 되어 있었다. 그러나 그의 사정으로 갈 수가 없었기 때문에 나는 집으로 돌아가 자리에 누웠다. 나는 폐렴 초기 증상을 보였고 2주 동안이나 일어날 수가 없었다. 나의 광기는 여전하다. 단지 그 시간이 줄었을 뿐(내 말은 그런 광기를 부릴 수 있는 시간이 약간 줄었을 것이라는). 내가 S에게 한 말은 사실이다. "내 인생에서 당신 이전에는 아무도 없었던 것 같아."

11월 1일 화요일

어제 낮, 르브룅가의 아파트. (이웃의 텔레비전 때문에) 은밀함이 덜할 수밖에 없었다. 그는 올해 첫추위로(섭씨 0도) 꽁꽁 얼어서 왔다. 그의 스웨터는 지극히 소비에트 스타일이다. 손톱도 잘 다듬어져 있지 않다(대사관저에서 본 모든 소비에트인들에게서 느낀 한결같은 촌스러움). 그리고 바로 이런 점들이 다른 어떤 것들보다 내게 더 많은 애정을 불러일으킨다. 그후에 나는 엘로이자와 카를로스 프레르의 집에 갔다. 그곳에 조제 아르튀르*가 있다는 것을 몰랐다. 나는 키스 자국이 남아 있는 얼굴에 남자 냄새를 온몸으로 풀풀 풍기며 피곤한 모습으로 그곳에 도착했다(내 턱에 빨간 자국이 있어서 너무나도 명백하게 알아볼 수 있었다). 내가 고통스러운 것은, 그와 거의 쉬지도 않고 사랑을 나누고 그것이 채 가라앉기도 전에 그 사랑을 되새김질하며 다시 그를 기다리기 때문이다. 하지만 부인의 존재 때문에, 또 열정이란 어김없이 마모되어가기 마련이므로 11월은 반짝이는 10월과는 같지 않으리라.

어제저녁 떠오른 기억 : 나는 1958년 9월, 세sées에서 지낸 밤의 산물인 피 묻은 팬티를 몇 달 동안 이브토의 내 방에 보관했다. 결국, 나는『그들의 말 혹은 침묵』** 속에 서투르게 그것을 묘사했고, 내 인생의 기조가 된 1958년 마지막 석 달의 끔찍함에 대해 '앙갚음'했다.

금요일, 금요일…… 그가 부인을 소개한단다. 끔찍할 것이 예상됨. 가장 아름답고, 가장 빛나야 한다, 절망적으로.

---

* 유명한 심야 라디오 음악 프로그램 진행자.
** 1977년 작가가 발표한 소설.

2일 수요일

언제나 좀더 많은 것을 꿈꾼다. 니에브르 혹은 다른 곳에서의 특별한 만남. 현재의 관계의 반복에만 만족할 수가 없기 때문이다(아마도 그 때문에 필립과의 결혼을 원했으리라. 꿈의 종착역이라는 것도 모르고).

저녁. 1주일이 지났다. 앞으로 지금처럼 강렬할 수는 없을 것 같은 이 감정. 점점 더 두렵다. 그는 이제 밤에 세르지에 올 수 없을 것이다. 아파트에서는 조명과 이웃의 소음 때문에 편안함을 느낄 수가 없다. 이 모든 것이 서서히 끝나갈 거라는 느낌. 나는 그의 나라 말을 할 줄 모른다. 그는 사랑을 나누기 위해서, 좀더 명확하게 말하면 '섹스'하기 위해서가 아니면 결코 내게 전화하지 않는다. 그러나 금요일 대사관에서는 적어도 우리 둘만의 비밀에 만족할 것이다. 우리가 서로에 대해 알고 있는 것, 우리의 육체, 우리의 숨결, 잠재해 있는 동물성. 이런 것들은 내게 가장 중요한 것이며 다른 사람들이 전혀 눈치채지 못하는 것이다. 10월 혁명! 1981년 모스크바에 도착했을 때 내가 흘린 눈물은 예견된 것이었을까?

4일 금요일

10월혁명…… '벙커'를 닮은 소련 대사관에 모인 서글픈 인파. S가 내게 묻는다, "오늘 오후에 가도 돼?" 예상하지 못했던 일이다. 따라서 꿈도 기다림도 있을 여지가 없다. 그도 그걸 원하는 걸까? 모르겠다. 어쩌면 그럴지도. 기가 막히게 좋은 날씨, 덧창을 닫는다. 다시 찾은 그의 육체, 정사에 앞서 더 세련되고 완벽해진 욕망.

월요일 엘리제궁에서 열리는 찰스, 다이애나 황태자 부부를 위한 만찬 때문에 걱정이다. 이런 불안감은 끝이 없을 것이다. 언제나 그전 사교 모임 때보다 더 불안한 무언가 존재하는 것인가? 지난번 갈리마르출판사에서 있었던 미테랑 대통령과의 점심식사보다 더 끔찍할까?

노트의 첫 부분. 소망 : S와 점점 더 강렬한 관계를 가지는 것, 1989년이 시작되면 보다 원대한 책을 쓰는 것, 돈 걱정을 하지 않는 것.

7일 월요일

내가 오늘 저녁 엘리제궁의 만찬에 참석하기로 한 것은 S를 염두에 두었기 때문이라는 것은 확실하다. 가시적 명예의 세계에서 사는 그에게 나의 주가를 올리고 싶은 마음. 나는 이 '과정'을 극복해야 할 시련이자 필수적인 도전으로 간주한다. 그것은 꿈이 아니라, 열여섯 살 때 내가 제외되었음을 깨닫게 된, 현실로서의 사교계 깊숙한 곳까지 가보는 것이다(1956년 몸이 아파서 침대에 누워 『피가로』지를 읽다가 GV가 그 세계에 드나든다는 것을 우연히 알고 고통스러웠다. 나 자신이 너무나 '보잘것없게' 느껴졌다).

8일 화요일

이번에는 화려하고 명예로운 사교계의 정점을 알고 싶다는 욕망이 인다. 시간에 늦어 극도로 불안했고, '제때 도착하지 못할 것'이라는 두려움으로 마음이 혼란스러웠다. 혼잡한 샹젤리제에서 R5*를 몰고 마리니대로로 지그재그로 빠져나갔다. 찰스 황태자는 나에게 현실이었던가? 왕족을 위한 만찬, 음악. 나는 이 구시대의 '사교 행태'가 언젠가 다른 세력들에 의해 일소될 것이라고 생각했다. 소련이나 중국을 염두에 둔 것이었다. 어쩌면 어제

---

* 르노(Renault)에서 나온 소형차의 모델명.

저녁 우리는, 1913년이나 1938년 금빛으로 휘황찬란한 이런 살 롱 안에 있었던 사람들과 비슷했을 것이다. 또한 보비에사르에서 열린 마담 보바리의 만찬과도 같이 덧없었을 것이다. 이 모든 것 이 내게는 한 남자에 대한 욕망, 레닌그라드의 밤과 견줄 바가 못 된다. 그리고 내가 11월 말 미테랑 대통령이 모스크바를 방문할 때(그는 우리가 함께 갈리마르 사장 집에서 오찬을 할 때 베네치 아에 대해 담소한 것을 잘 기억하고 있었다. "올여름 베네치아에 갔는데, 당신 생각을 했지요"라고 내게 말했다) 일행으로 가는 것 을 꿈꾼다면—미친 짓이 틀림없지만—그것은 이 영광을 S에게 '바쳐' 그로 하여금 나를 사랑하게 하기 위해서다. 종종 사랑은 무 엇이든 하도록 만든다(S를 기쁘게 할 그 명예로운 일들이 내게는 귀찮을 뿐이다).

S는 1953년 4월 6일생이다. 나의 어머니는 4월 7일에 세상을 떠났다. 나는 에릭을 4월 2일에 임신했다.

다시 그를 보고 싶은 욕망. 그러나 그 욕망은 다음과 같은 것들 로 요약될 수 있다. 섹스를 하고, 보드카를 마시고, 스탈린에 관해 얘기하는 것.

시간에 대해 나는 그전, 그리고 P 때와는 전혀 다른 관계를 맺 고 있다. 우리가 함께 있을 때마다 더할 수 없이 강렬한 무언가 가 더해져서, 그것 때문에 우리 사이가 점점 더 멀어지리라는 것을 나는 알고 있다. 현재 정신이 맑고, 고통을 느끼지 않고 있기에 (어쩌면 고통을 억제하고 있는 것일까) 나는 시간에 대해 좀더 투명한 자세를 취할 수 있다.

배도 약간 나오고 머리카락도 희끗희끗한 원숙한 남자인 그를 상상해본다. 그의 추억 속에서 나는 무엇이 되어 있을까?

10일 목요일

어제 이브토에 갔다. 그곳에 도착하자마자 울었다. 나는 『한 여자』에서 다음과 같이 썼다. "내가 여기서 플라톤에 대해 말하는 것을 듣고 싶어 그녀는 감자요리를 내놓았다." 그리고 어제 생각했다. '내가 엘리제궁의 리셉션에 가게 하기 위해서 그들*은 생사를 같이했다……' 완전히 종결되는 이야기는 있을 수 없다. 어제 나는 친척 아주머니들에게서 어머니가 안시에 살고 있던 '괜찮은' 남자를 만나 재혼할 것을 망설였다는 이야기를 들었다. 그녀가 예순다섯 살, 어쩌면 그보다 더 됐을지도 몰랐던 그 나이에 미래를 점치러 점쟁이한테 갔던 이유를 이제야 알게 되었다. 혼란스러우면서도 마음에 드는 이야기였다. 나는 차마 끝까지 밀고

---

* 작가의 부모.

나갈 용기가 없었던 이 욕망에 사로잡힌 여인의 딸이다. 나는 다르다. 나는 S를 기다린다. 에릭의 존재를 견딜 수 없다. 그는 내가 꿈꾸고 기다리는 것을 방해하며 마지막 순간까지 남아 있다. 사랑이 사그라지는 것에 대한 계속되는 불안감.

저녁. 아니다, 그것은 언제나 한결같이 강렬하다. 그에게 이 일기장의 첫 부분을 보인 것을 후회한다. 결코 아무 말도 하지 않을 것, 결코 과다한 사랑을 표시하지 말 것, 프루스트의 법칙이다. 그는 그것을 본능적으로 알고 있다. 하지만 나는 보드카 반병을 마시고 난 그의 모습을 보고 서로의 열정이 통하고 있음을 감지했다. 그는 아마도 1년 뒤에 떠날 것이다. 그가 말했다. "힘들 거야." 처음에 나는 잘 이해하지 못했다. 그가 덧붙였다. "당신도 힘들었으면 좋겠군." 그가 나에게 애착을 가지고 있다는 것을 표현하는 방식이다. 우리는 몇 시간 동안이나 사랑을 나눴다. 이번에도 또 다른 무언가가 있었다. 그는 말을 더 많이 했고 에로틱한 말도 했다. 그의 모든 몸짓은 나와 마찬가지로 사랑이다.

11일 금요일

그가 왔다 간 밤에는 늘 그러하듯, 잠들지 못한다. 나는 아직도 그의 육체 안에, 그의 남성적 몸짓 안에 머물러 있다. 오늘 나는 그와의 결합과 나 자신으로의 회귀라는 두 종류의 물 속에 잠수하기를 반복하고 있다. 그리고 저녁에 있었던 온갖 일들 중 몇몇 순간들이 계속 떠오른다. 부엌에서는 "힘들 거야"라는 그의 말이, 소파에서는 떠나기 전의 그의 눈이 생각난다. 지난번 방에서, 그의 부드러움, 그의 에로틱한 말들, 러시아 악센트로 "당신은 멋진 여자야"라고 중얼거리던 모습들.

특기사항 : 콘택트렌즈 한쪽이 없어진 사실을 알았다. 그리고 그것을 그의 성기 위에서 찾았다(에밀 졸라는 코안경을 여자 젖가슴 사이에서 잃어버렸다. 나는 내 콘택트렌즈를 애인의 성기 위에서 잃어버렸다!).

레닌그라드에서의 밤과 비교해본다. 그는 얼마나 많이 바뀌었는지! 그때의 서투름이란. 이제는 그것을 열정이라고 부를 만하다.

12일 토요일

4년 전에 나는 르노도상을 받았다. 그러나 끝임없는 기다림과 욕망 속에서 살아가는 오늘이 더 좋다. 소련 여행을 재구성해보고 싶다. 만약 S와의 관계가 없었다면 결코 이런 생각을 하지 않았을 것이다.

9월 18일 일요일 저녁. 와이퍼가 고장나고 귀청이 터질 정도로록 음악을 튼 자동차가 전속력으로 공항에서 로시아호텔로 우리를 싣고 간다. 얼음장 같은 밤. 창문을 통해 모스크바가 보인다.

19일 월요일, 나로드나 쿨투라 출판사. 작가 집에서의 모임, 오찬. RVP, 마리 R, 알랭 N과 붉은광장 산책. 공원을 지나 돌아옴. 텅 빈 장소 안에 있는 우리 모두가 다시 보인다. 트빌리시로 출발 (S는 비행기에서 내 옆에 앉았다. 나는 불편했다. 자고 싶었다). 트빌리시에서의 저녁. 장난기로 16층에 코이바16 소모임을 만들었다!

    20일 화요일. 트빌리시 방문, 공중에 걸려 있는 듯한 교회
          호텔에서 점심식사
          박물관
          통번역학교
          영화 〈돈키호테〉, S가 내 옆에 앉다
    21일 수요일. 모임들
          수도원, 옛 수도
          모스크바로 돌아옴. 중앙위원회 건물

22일 목요일

　　　크렘린 방문

　　　서커스

　　　『위마니테』* 특파원 집에서 저녁 만찬

23일 금요일. 아침에 텔레비전

　　　프랑스 대사관에서 오찬

　　　관계자 면담

　　　아르바트 거리

24일 토요일. 자고르스크

　　　박물관에서 오찬

　　　VAAP 본부 만찬

　　　레닌그라드행 기차에 오름

25일 일요일. 도스토옙스키 생가

　　　호텔에서 오찬(S 옆에서)

　　　수도원

　　　발레 공연

　　　호텔 만찬, 오케스트라 연주

---

* 프랑스 공산당 기관지.

15일 화요일

눈을 뜨면서 기다림이 시작된다. '그후에'라는 것은 결코 존재하지 않는다. 삶은 그가 벨을 누르고 들어오는 순간에 정지한다는 말이다. 그가 오지 못할지도 모른다는 두려움이 끊임없이 나를 괴롭힌다. 끝없는 불안감 때문에 이 이야기는 아름답다. 하지만 그가 내게 어떤 식의 애착을 갖고 있는지 모르겠다. '감각적으로'라는 것은 아무 의미도 없다. 하지만 가장 아름답고 가장 사실적이고 가장 명확한 방법일 것이다.

16시. 나는 햇빛 찬란한 11월의 이 멋진 오후를 기억할 것이다. S에 대한 이 기다림. 다른 시간, 시간의 개념은 사라지고, 욕망으로 대체되는 시간의 도래를 알리는 그의 자동차 소리.

자정. 광란의 밤. 그는 술을 너무 많이 마셨다. 10시 반, 자동차에 시동이 걸리지 않았다. 어리석고 위험한 시도들. 나는 그에게 쓸데없이 시동을 자꾸 걸어 엔진에 무리를 주지 말라고 간청했다. 그는 똑바로 서지도 못했다. 그는 현관, 그리고 부엌에서의 정사를 원했다. 머리를 아래로 한 체위가 매우 흥미로웠다. 사랑을 표시하고 그것을 실현하기 위한 남자와 여자의 흔하고 하찮은 몸짓. 더한층, 더한층 고조되는 욕정. 그가 한 번 "내 사랑"이라고 말했다. 그러나 "당신을 사랑해"라고 하지는 않을 것이다. 그러므로 말하지 않은 것은 존재하지 않는다. 그가 돌아가다 '잘못되어' 사고라도 날까봐 두렵다. 다음번에는 술을 많이 못 마시도록 말려야겠다, 다음번이라는 게 있다면, 미신. 우리는 열정의 단계로 들어갔다.

16일 수요일

어제도 여느 때와 마찬가지로 약간 퇴폐적인 취향. 우리가 마지막으로 올라갔을 때, 씁쓸한 맥주 냄새, 그의 몇 마디 말, "도와줘(사정할 수 있도록)". 그리고 자동차에 문제가 생긴 후, 현관에서 옷을 반쯤 벗은 채로 라디에이터를 등지고. 그리고 부엌에서. 그는 확연히 취해 있었다. 프랑스어로 몇 마디 중얼거리다가 거의 말을 하지 않았다. 단지 나를 원할 뿐.

그전에 그는 내게 자신의 어린 시절과 뗏목 운반 일을 했던 시베리아에 대해 이야기했다. 자유롭게 배회하던 곰들. 그는 노골적으로 말하지는 않지만 확실히 반유대적이다. "프랑수아 미테랑은 유대인이 아니지?"(!) 순전히 주입식 이념교육의 산물이며 그의 책임이 아니라는 것을 믿지 못할 정도다.

우리가 빠져 있고, 아직까지는 그에게도 미지의 세계인 '감각의 지옥'에서 그가 깨어나게 될까봐 두렵다(어제 이후 더이상 카마수트라에서 배울 게 없다. 그는 내가 상상했던 것을 다 알고 있었다. 놀랍다. 어디서 배웠을까? 책, 에로 영화?).

라스푸틴, 아스타피예프 같은 작가들이 그런 것처럼 그에게도 자연스러운 신조. "섹스, 알코올은 자연스러운 것이다."

어제저녁, 꺼지지 않는 격렬한 욕망으로 점철된 그의 얼굴은 고통스러운 어린아이의 얼굴 그 자체였다. 그 순간에도 내가 그를 소유하고 있었다는 것을 나는 알고 있다.

폴리오출판사에 보낼 『그들의 말 혹은 침묵』의 원고를 다시 다 읽었다. 11년 만에 다시 읽어보는 것이다. 나는 변하지 않았다. 나는 여전히 행복을 바라고 기다리며 고통스러워하는 소녀다. 구어체로 쓰인 이 책은 비평가들이 말하는 것보다 훨씬 더 심오하다(어휘와 사실적인 면에서).

17일 목요일

악순환이 다시 시작된다. 수심에 싸인 몽롱한 하루, 창조적인 작업이 불가능하다. 그리고 다시 기다림이 시작된다. 욕정도, 고통도. 이런 유형의 관계에서 나의 운명은 그의 전화에 달려 있다. 그리고 나는 혁명에 관한 글을 써야 한다. 끔찍하다. 그가 화요일 밤에 어떻게 집에 들어갔는지 모른다. 그의 부인이 무언가를 알아챘는지, 더 끔찍한 일이지만 그가 '말을 했는지'도 모른다. 지금 이 순간 나의 삶에는 걸려올 전화와 밤시간 말고는 다른 미래가 없다. 그의 죽음은 아마도 나에게 치유될 수 없는 잔인한 무엇이 될 것이다. 어제저녁부터—특히 오늘 아침에—지난 화요일 밤과 수요일 새벽 사이에 그가 취해서 귀가한 일 때문에 무척 불안했다. 그는 정말로 취했었다. 대사관에 전화해보고 싶어 미칠 것 같았지만 당연히 하지 못하고 있다. 나는 진정으로 사랑에 빠졌다.

18일 금요일

새벽 4시 반에 깼다. 그리고 '그가 전화하지 않았다'는 생각이 떠올랐다(얼마 전까지만 해도 때때로 밤에 그에게서 전화가 걸려왔는데). 시간이 흐른다. 대사관에서 10월혁명 축하 리셉션이 있었던 것이 불과 보름 전이다! 그 당시 그의 부인을 만난다는 생각에 느끼던 불안감. 결국 그녀는 오지 않았지만. 현재가 너무도 강렬하고 너무도 숨가쁘기 때문에 미래나 과거는 내게 아득한 시간들처럼 느껴진다.

오늘 저녁 그는 내게 '전화해야만 한다'. 대체로 그는 왔다 간 지 사흘 후에 전화를 한다. 그러나 '의무' '규칙성'은 이 경우에 별로 해당되지 않는 단어들이다.

19일 토요일

진정으로 자문해본다. 정말 계속 이렇게 살아야 하나? 기다림과 고통, 나른함과 욕정 사이를 오가며…… 어머니가 세상을 떴을 때의 내 행태는 지금의 내 그것과 똑같다. 어머니/그를 위해 무언가를 해야 한다는 생각. 이번엔 보드카를 사러 나간다. 어쩌면 '유행'중인 짧고 통이 좁은 치마를 사게 될지 모르겠다(게다가 그의 부인이 이런 것을 입지 않는다는 것을 알고 있다). 그것은 열렬한 지옥이지만 지옥은 지옥일 뿐. 그 역시 화요일 이후 우리 관계에 대해 두려움을 느끼고 있을지도 모른다는 생각이 든다.

20일 일요일

어제저녁 7시 반에 전화. 즉시 모든 것이 원위치로 돌아온다.

평온함, 행복이 자리잡는다. 그리고 다음 만남에 대한 기다림, 욕망, 예상되는 몸짓. 자연히 일하고 싶은 욕망은 거의 없다(혁명에 관한 글을 써야 하는데).

22일 화요일

오늘 저녁 이렌의 집에서 저녁식사. 그는 부인과 함께 올 것이다. 시련. 특히 우리가 그후에 단둘이서만 볼 수 없을 것이기 때문에. 이 같은 걸림돌들이 욕망을 더욱 심화시키는데, 그것이 바로 내가 그것들에게 부여할 수 있는 유일한 매력이다. 어제저녁 그에게서 전화가 왔다. 이미 취한 것 같았다(그렇다면 그건 자주 있는 일이란 말인가? 모스크바에서는 몰랐던 일이다). 할말을 찾고 있었다. 20분 후에 다시 전화를 건 그는 "나도 그래"라는 말로 시작한다. 마치 바로 전의 전화에서 내가 한 말에 대답이라도 하듯. 어쩌면 "당신을 사랑해"와 같은 말이었나. 그는 제정신이 아니었고, 계속 웃어댔다. 그러나 마지막에 내 말에 대한 대답으로 "당신을 사랑해"라고 말했다. 나는 깊이 사랑에 빠져 있다. 아름다운 이야기다.

저녁. 생각했던 대로 힘들다. 이렌의 집에서 저녁식사를 마치고 돌아오며 이 고통, 이 끝없는 슬픔의 원인을 찾아보았다. 질투심은 아니다. S의 부인 마리아는 예쁘지 않다. 그저 옷감으로 치자면 '튼튼한' 여자임은 틀림없으나 다른 매력이 없다. 그러나 무의식적인 기억에 의해, 그녀가 고통받을 것이라는 생각이 나를 괴롭혔다. 나 역시 그녀와 마찬가지 처지였던 적이 있다. 옛날, 내 남편이 다른 여자에게 관심을 가졌을 때, G가 그의 애인과 함께 온 저녁식사 때 나는 오늘의 '그녀'였다. S는 몇 번이나 나에게 강렬한 눈길을 주었다. 그때 나는 그의 부인에게 말을 걸기로 작정했다. 우리는 오랫동안 모두 함께 '이야기를 나눴다'. S, 그녀, 그리고 마리 R, 알랭 N 등 여러 사람이 함께. 호감을 가진 척하기―결국은 위선적인 연극. 그것이 바로 내 슬픔의 원인이다. 그리고 우리가 서로 또다시 볼 수밖에 없으며 목요일까지 기다려야 한다는 것도 마찬가지다.

그녀는 촌스러운 긴 치마에 살색 스타킹을 신었고, 나는 짧은 미니스커트에 검정 스타킹을 신었다. 키, 머리, 눈 색깔, 몸매(그녀는 약간 땅딸막하다) 면에서 이보다 더 대조되는 두 여자를 상상하기 힘들 것이다. 주부와 창녀.

23일 수요일

현재로서는 S의 옆에 있었던 그녀의 존재를 잊기 힘들다(부부라는 혐오스러운 단어). 그리고 그런 생각과 함께 고조되는 욕정이 고통스럽다. 이것이 지속되는 한, 나는 사랑받을 것이며, 진정한 욕망의 대상이 될 것이다. 트리스탄과 이졸데를 이해할 수 있다. 여러 장애에도 불구하고 타오르며 꺼질 줄 모르는 열정.

24일 목요일

안개, 잿빛 하늘. 그가 싫증내지 않을까? 그래서 이 관계가 크리스마스도 넘기지 못할까 두렵다. 게다가 전화벨과 만남이 그 리듬을 결정하는 삶―1주일에 한 번 정도(10월에는 두 번)―이 우스꽝스럽고 공허하다. 외부세계와의 관계라는 측면에서(진정으로 내 흥미를 끄는 것은 이제 없다) '비어 있고', 감정의 측면에서는 충만하다. 오늘 실망한 것들.

1) 그는 내가 기대하는 달콤한 말들을 아직까지 해주지 않는다.

2) 프랑스-소련 행사가 끝난 후, 나를 세르지에 데려다주지도 않고 대사관 여자들이랑 가버렸다.

그리고 나는 혁명에 관한 내 글이 소름 끼칠 정도로 형편없다는 사실을 깨달았다. 그래, 잠을 좀 자야겠다.

그런데 벌써 나 자신에게 묻고 있다. "언제 전화가 오려나?" 그런 자신에게 혐오를 느낀다.

25일 금요일

두 가지 재미있는 행동. 사랑이 이루어지길 기원하며 성당에서 촛불을 밝혔다. 그리고 오후에 프랭탕백화점의 '섹스 코너'에 가서 책들을 들춰보았다. 주변에는 사람들이 지나다니고 어떤 남자 역시 책을 뒤적거리고 있다. 한 여자가 나를 슬쩍 건드렸는데 그 품이 레즈비언 같았다. 나는 클뢰 박사의 『애무에 관하여』, 그리고 75개의 사진이 수록되어 있고 80만 권이 팔렸다는 『부부와 사랑』『육체적 사랑의 테크닉』을 들고 계산대로 향했다. 내 뒤에 여자들이 서 있다. 나는 태연하다. 점원이 책을 포장했다. 나는 사람들이 내 이름을 알지 못하도록 은행 카드로 지불하지 않는다. 전철 안에서는 이 책들을 읽지 말아야지. 나는 완벽한 육욕과 승화를 위해 이 책들을 구입했다.

27일 일요일

이것이 삶인가? 그래도 공허한 것보다는 나을 것이다. 기약 없는 전화를 기다린다. 불확실한 욕망이라는 고문 속으로 추락할까 무서워『육체적 사랑의 테크닉』은 펴지 못한다. 이 책에서 묘사하는 것을 우리가 함께 재현할 수 있을까…… 고백 : 나는 진정 사랑밖에는 원하는 게 없었다. 그리고 문학. 글쓰기는 공허를 메우기 위한 것이었다. 즉, 1958년의 낙태, 부모의 사랑, 육체와 사랑에 대한 기억을 논하고 견디기 위한 것일 뿐이었다. 지금부터 내일 저녁까지, 즉 만난 지 나흘이 지나도록 그에게서 전화가 없다면, 종말을 예상해야 하고 가능하다면 내가 먼저 선수를 쳐야 하지 않을까 싶다.

이번주는 그가 큰 차를 새로 구입했으므로 나보다 그 차에 정신이 더 팔려 있을 것이다.

28일 월요일

19시 30분. 내가 S에게 애정을 느끼는 가장 큰 이유는 그의 행동들을 내가 이해하지 못하기 때문일 것이다. 또한 프랑스인을 사귈 때와는 달리, 그의 문화적 코드를 해독하거나 그를 사회적으로, 지적으로 자리매김하기가 어렵기 때문일 것이다.

견딜 수 없는 기다림. 들뜬 상태에서 쓴 글을 교정한다. 무엇으로든 시간을 보내기 위해. 전화를, 목소리를 기다리는 것은 내가 존재하며 내가 욕망의 대상이라는 것을 의미한다. 나는 왜 매번 이제는 끝났다고, 더이상 전화가 오지 않을 것이라고 확신하는 걸까? 지난날 경험한 두려움 때문에?

20시 45분. 전화. 매번, 이 '운명'의 전화벨, 저승에서 온 듯한 연락, 이 떨림. 그리고 곧바로 찾아오는 행복감. 전화를 받을 때마다 그것이 다른 사람에게서 온 전화일 것 같다는 두려움. 전화는 그에게서 온 것이었다. 내일 16시 약속. 그리고 물밀듯이 밀려오는 행복감. 오늘 저녁, 절정에 다다랐던 불안이 일순간에 사라진다…… 그를 잊기 위해 필사적으로 매달렸던 원고 교정을 볼 마음이 사라졌다. 울고 싶기도 하고 웃고 싶기도 하다. 바닥과 화장실을 청소해야겠다. 그를, '수컷'을, 남자를, 얼마 동안 내게 신으로 군림하는 그를 맞이하기 위해 집안을 깨끗이 치워야겠다. 곧 환멸과 망각이 다가오겠지만.

29일 화요일

밤 11시. 4시쯤, 그를 기다리는 동안 깊은 두려움이 엄습해왔다. 그를 다시 보는 것은 우리 관계에 오후가 하나 추가되어 욕망의 포만감, 즉 욕망의 감퇴로 이어질 수 있다는 공포감을 맛보는 것이다. 우리가 서로 알아가면서 애착이 깊어진다는 방향으로 생각하지 않고, 오히려 애착이 감소하고 환상이 깨지는 방향으로 생각하게 된다.

우리는 레닌그라드에서의 밤처럼 사랑을 나눴다. 아름답다. 그리고 2주 전에 그랬던 것처럼 현관에서도. 그것도 아름다웠다. 그러나 벌써 과거와 비교하는 표현을 쓰고 있다니. 그는 러시아 팬티를 입었다. 확실했다. 고무줄이 드러나고 헐렁해진 흰 팬티. (우리 아버지도 이런 팬티를 입었다!)

피곤하고 슬프다. 아마 아무것도 기대하고 있지 않다가 (레닌그라드에서 생긴) 이 관계에 너무 많은 것을 기대하기 때문이리라.

"헤어지지 않았으면 좋겠어!" 그가 말한다. 그럼, 물론이지, 나도 마찬가지야. 그러나 또 이렇게 덧붙인다. "가끔, 우리 집사람과도 관계를 해." 곧이어 나는 생각한다. '이 말들은 내게 깊이 새겨져 되풀이되어 떠오를 거야.' 하지만 내가 두려워하던 것만큼은 아니었다. 그가 프랑스 여자와 사귄 적이 한 번도 없다는 게 사실일까? 내 느낌에 그가 자주 바람피우는 것 같지는 않다. 어쩌면 내가 오랜만에 생긴 애인일지도 몰라. 그래, 그는 파리에서 세르지까지 1주일에 한 번 이상은 오고, 나와 저녁시간을 함께 보내지. 어쩌면 내가 그의 애착을 과소평가하는지도 몰라. 하지만 이제 그는 우리가 만난 지 나흘이 지나서야 전화를 한다.

12월 3일 토요일

벌써 두 달도 더 지났다. 저녁에 아브르가와 프로방스가 모퉁이에 있는 브뤼멜 상점 앞을 지나왔다. 그곳에 입을 벌리고 모자같이 생긴 파란 물건을 앞으로 내민 끔찍한 거지가 구걸하고 있었다. 나는 그를 지나쳤다가 되돌아가 10프랑을 주었다, S가 오늘 저녁 내게 전화해주기를 기원하며. 나흘째다……

10시. 아이로니컬하고 묘한 기원 : 그가 전화를 했다. 키가 크고, 끔찍하게 생기고, 예수처럼 고통받는 모습의 거지와 오늘 저녁의 전화를 생각한다. 목요일에 만나자는 약속. 그리고 그전에 해야 할 모든 일들을 생각한다, 앙투안 갈리마르와의 점심식사, 특히 룩셈부르크 여행, 피곤하다.

어쨌든, 그가 카르티에라탱에서 전화한 것은 무엇을 의미하는 것일까? 나를 생각한다는 뜻일까? 하지만 어떻게? 상대방의 욕망, 감정을 상상하는 것보다 불가능한 일은 없다. 그러나 그것만이 아름다움을 지니고 있다. 나는 그 경지에 도달할 것이라는 확신 없이 그 완벽함만을 꿈꾼다. 그의 마음에서, 그의 육체 안에서 다른 여자들을 지워버릴 '마지막 여자', 그리고 '최상의 관계'가 되는 것.

6일 화요일

오늘 앙투안 갈리마르와 파스칼 키냐르와의 식사 때문에 S를 만날 수가 없었다(생리중이기도 했고). 가슴이 쓰리도록 슬프다. 끔찍하게도 이틀 동안이나 룩셈부르크에 가 있어야 한다. 기원이 언제나 실현되는 것은 아니다. 그가 내게 전화하기를 기도하며 오늘 생라자르역에서 거지에게 돈을 주었다. 그다음 정거장에서 올라탄 귀고리를 한 펑크족에게도. 그리고 거리의 악사에게도! 우리 모두는 거의 미학적인 동냥의 세계 속에 살고 있다. 철로 저 너머로 햇살이 비치는 고층 빌딩에는 도시와 역을 장식하는 '바르타' '살렉' 같은 광고판이 높이 붙어 있다. "도전의 세계, 론풀랑크의 세계로 들어오십시오." 몇 달 전부터 붙어 있는 이 광고. 웃기는 수작이다.

S가 온 지 1주일이 넘었다. 너무 긴 시간이다. 그때 이후로 내

가 겪은 모든 것을 되돌아본다. 그토록 어리석고 기분 나쁜 일들이 많았다는 것에 놀란다. H와의 식사, 몽트뢰유에서의 아동도서상 수상식, 로브그리예*에 관한 강의 종강, 그리고 오늘 식사. 삶이라는 것이 강렬한 순간들에 의해서만 잠깐씩 구멍이 뚫리고, 그 이후엔 이런 하찮고도 무거운 과정과 행동의 축적이라는 사실을 견딜 수가 없다. 내게 세상에서 견딜 수 있는 두 가지는 오로지 사랑과 글쓰기다. 나머지는 암흑이다. 오늘 저녁에는 둘 중 아무것도 없다.

8일 목요일

그가 아르메니아 지진 사태 때문에 오지 못할까봐 두렵다. 과다한 대사관 업무. 열흘은 너무 길다, 어쩌면 아무것도 아닐지도. 오늘 아침 기차 안에서 밀려오던 욕망. 한편 그 순간이 다가올수록 얼음장 같은 불안, 함께 있는 것에 대해 느끼는 행복감이 '점점 덜해지는 것'에 대한 불안, 함께 있는 것을 원하는 욕망이 점점 작아지는 것에 대한 불안을 느낀다.

---

* 알랭 로브그리예(1922~   ), 프랑스 소설가이자 시나리오 작가.

9일 금요일

10시 25분. 그의 자동차인가?

미리 연락도 없이 그가 오지 않을까봐 불안하다. 차 세우는 소리가 들리는 지금 이 순간, 그가 거기 있다는 사실에 대해서도 불안감이 인다. 저 소리. 내가 아름답게 보이지 않을까봐, 특히 그에게 충분한 즐거움을 주지 못할까봐 두렵다. 하지만 이런 모든 두려움이 없다면 그것은 내가 무관심하다는 것을 의미하리라.

18시 10분. 그는 1시 15분 전에 떠났다. 함께 있었던 시간은 겨우 두 시간 반. 이번에는 내리막이라는 조짐이 역력하다. 그러나 그는 내게 오기 위해 대사관에서 열린 사하로프* 박사의 강연회에 가지 않았다. 우리의 첫번째 섹스는 매우 좋았다. 하지만 두번째는 같은 느낌이 아니었다. 그가 가장하는 걸까? 성행위에서조차 그를 파악할 수가 없다. 나는 그에 대해 아무것도 알지 못한다. 나는 러시아인들의 세계, 외교관 사회, 당조직을 결코 이해할 수 없을 것이다. 언제나 나는 한 남자에게 너무 많은 상상력을 발휘했다. 더 정확하게 표현하자면, 나 자신을 지나치게 소모했다.

---

* 안드레이 디미트리예비치 사하로프(1921~1982), 구소련 물리학자이자 인권운동가. 1975년 노벨평화상 수상자. 핵의 중대성을 자각, 핵실험을 반대했으며 스탈린주의적 독재 체제를 비판했다.

이것은 자명한 사실이다. 그가 내게 어떤 애정을 품고 있는지도 모르겠다. 그것이 단지 내 이름 때문이라면, 내가 작가라는 사실 때문이라면 도망치고 싶다. 가장 큰 두려움은 그에게 또다른 여자가 있을까 하는 것이다. 그는 '성숙한 여인의 품에서'라는 스페인어 제목에 매력을 느꼈다. 물론 나를 가리키는 말이다. 그러나 어떤 것들이 그의 마음에 들지 않는지 어떻게 알 수 있을까? 예를 들어, 내가 마카닌(러시아 작가)을 저녁식사에 초대한 것이나 그가 나와 있었을 때 SA로부터 전화가 온 것 같은 일들 말이다.

'성숙한 여인의 품에서'라는 제목에 대한 그의 관심을(그는 "성숙하게 만들어진 여인"이라고 말한다) 어떻게 해석할 수 있을까? 이런 여인들에 대한 그의 두려움과 욕망은?

"당신 크리스마스 휴가 때 어디 떠나?"라는 말은 '당신이 떠나면 더 좋겠어. 그러면 당신을 보러 오지 않아도 되니까'라는 뜻일까? 아니면, '당신이 여기 있으면 좋을 텐데'라는 뜻일까?

한편 이 질문은 그에게 별로 중요하지 않은지도 모른다. 그저 해본 소리일 수도 있으니까……

사하로프 박사의 강연에 그가 참석하지 않은 것도 어쩌면 '정통파'인 그가 반체제 인사에 대하여 고의적이고 정치적인 반응을 보인 것일지도 모른다.

지난 토요일에 쓴 글을 다시 읽어본다. 엿새 전이다. 통상적인 간격의 시간이지만, 이번에는 영겁같이 느껴진다. 열정이 내 존재를 가득 채우다못해 터질 것 같다.

11일 일요일

잿빛 하늘. 낙태하려던 1963년 12월을 생각함. 대학 기숙사에서의 절절했던 고독감. 그때는 오후만 되면 졸렸다(1984년 P와 사귀었을 때도 마찬가지). 이런 잠(오히려 혼수상태에 가까운)은 지하철역 벤치에서 자는 거지들의 잠에 가깝다. S와는 결코 잠을 잘 수 없을 것이다. 딱 한 번 레닌그라드에서 그럴 뻔했지만 자고 싶지 않았다. 1985년에도 역시 똑같이 음울한 날씨였고, 똑같이 공허했으며, 똑같이 불만족스러웠다. 요즘 나는 아무것도 쓰지 못하는 것이 괴롭다. 교정, 수업, 사랑 이야기, 외출, 리셉션, 모두 공허하다. 더는 글을 쓰지 않기 때문에 이제는 진실을 추구하지도 않는다. 글과 진실은 혼재한다. 그리고 나는 또한 매우 섹슈얼하다. 이것보다 적절한 표현이 없다. 말하자면 나에게 중요한 것은 찬사를 받는 것이 아니라, 내가 쾌락을 느끼고 상대방에게 쾌락을 주는 것이다. 그것은 욕정이고 현실적인 에로티시즘이지 텔레비전이나 포르노 영화 속의 상상적인 에로티시즘이 아니다.

저녁. 다른 노트의 마지막 부분을 다시 읽었다. S와 나 사이에
일어난 모든 일이 주마등처럼 지나간다. 그사이 흘러간 많은 시
간을 가늠하니 울음이 터져나온다. 시작만큼 진정으로 아름다운
것은 없다. 그러나 소공원, 10월 아파트에서도 아주 좋았던 것만
은 아니다. 그렇다면 왜 울지?

내가 주관하는 소비에트의 밤 행사에 그가 오지 않았으면 좋
겠다. 너무 힘들 것이다. 나는 그를 사랑한다(=나는 그를 필요로
한다). 하지만 그가 나를 사랑하는지에 대해서는 확신이 없다. 남
녀관계에 언제나 존재하는 진부한 문제.

13일 화요일

그는 내가 주관하는 저녁식사에 참석하지 않았다. 그편이 훨씬
나았다. 애당초 그를 초대한다는 것이 좋은 발상은 아니었던 것
같다. 이제 끝난 일이다. 나는 손님 초대가 무척 싫다. 모든 걸 다
망칠까봐(오늘도 반쯤은 망쳤지만) 안절부절못한다. 치마에는 얼
룩이 묻었고 그릇들은 산더미처럼 쌓여 있다. 한시라도 빨리 S를
보고 싶어 미치겠다. 마치 다른 사람들의 존재가 내 마음속에 그
가 남긴 빈자리를 더욱더 깊게 파놓은 것처럼.

14일 수요일

오늘은 그가 전화하기로 한 날이다. 그러나 전화가 없었다. 처음 있는 일이다(물론 나도 16시에서 20시 사이에 자리를 비웠지만). 아마도 종말을 향한 카운트다운이 시작된 모양이다. 모든 것이 너무 암울하여 집에만 있고 싶다. 바깥 세상을 견딜 수가 없다. 집안에 혼자 있을 때만 사는 것이 덜 힘들다. 그리고 집에는 전화, 즉 희망이 있다. 그것 말고는 어떤 출구도 없어 울고 싶을 뿐이다. 타티아나 톨스타야와 그녀의 '영원한 것들'. "나는 작가이자 시민이다. 하지만 그 두 가지는 서로 별개다……" 나탈리 사로트처럼 말하는 그녀 특유의 이 표현처럼. 그러나 그녀에게서 가장 인상 깊었던 것은 '러시아식' 제스처로, 특히 부정하거나 비웃을 때 자신의 얼굴 앞에서 손 흔드는 동작이 그것인데, S도 가끔 이 이해할 수 없는 표현방식을 쓴다. 나는 그녀가 자기 조국을 비웃는 발언을 하는 것이 싫다. "소련은 (너무 끔찍하기 때문에) 작가에게 큰 선물이다."

15일 목요일

계속 무소식. 너무 견디기가 힘들어 지금과 비슷했던 때를 떠올려본다. 어쩔 수 없이 1958년과 1963년이 떠오른다. 삶에 대한 흥미를 되찾기 위해서는 전화벨 하나면 충분하다. 언젠가 이 일기장을 읽게 된다면, "아니 에르노 작품에 나타난 상실감"이라는 말이 정확한 표현이라는 것을 알게 될 것이다. 작품 속에서뿐만 아니라 인생에서도 마찬가지로. 나는 남자들과의 관계에서 예외 없이 다음과 같은 과정을 거친다.

a) 초기에는 무관심, 더 나아가 혐오감까지도.

b) 주로 외모에 대한 '놀라운 발견'.

c) 잘 절제된 즐거운 관계. 가끔 싫증을 느끼는 시기도 있지만.

d) 고통, 중독으로 인한 끝없는 결핍감.

그러고는 극심한 고통(나의 현재 상태). 행복한 순간들은 미래의 고통일 뿐. 고통을 가중시키기만 함.

e) 끝으로 이별. 가장 완벽한 단계인 무관심에 도달.

밤 8시 45분. 너무나 힘들다. 4년 전 여름, P와의 관계 때보다도 훨씬 더. 오늘밤에 그가 전화를 하지 않는다면(원래 어제 전화가 왔어야 했다) 끝장이다. 이번에도 당연히 내가 알지 못하는 이유 때문이다. 결코 알지 못하는, 아니면 나중에나 알게 될 이유. 나의 최대 목표는 너무 많이 울지 않고 오늘밤을 지내는 것. 문학도 힘들기는 마찬가지지만 이런 식으로 고통받게 하지는 않는다. 이것은 억지로 떼어내는 괴로움이며, 소외감이며, 죽고 싶은 욕망이다. 열여덟 살 때 나는 이 고통을 상쇄하기 위해 마구 먹었다. 마흔여덟 살인 나는 그것을 상쇄할 도리가 없다는 것을 안다. "나는 한 남자를 사랑했다" 혹은 "나는 아직도 한 남자를 사랑한다"로 시작될 책. 그를 생각하면, 내 방에 있었던 그의 나신이 보인다. 나는 그의 옷을 벗긴다. 그의 발기한 성기와 욕정밖에 생각나지 않는다. 이렇게밖에 말할 수 없다.

9시 45분. 그래도 그가 전화를 걸어오긴 했다. 하지만 그렇다고 내가 행복해진 건 아니다(고통의 순환이 시작된 것이다). 우리는 화요일에 만날 것이다. 닷새 후. 그러니까 나를 더 자주 볼 필요가 없다는 말이다. 그렇게 촌스럽기 짝이 없는 팬티를 입었는데도 다른 여자가 생긴 걸까? 아! 나는 그에게서 점점 더 멀어져 그가 표하는 경의나 받는 여자가 되어가는가! 그러나 결코 버릴 수는 없는 여자라는 것을 나는 알고 있다. 그래서 나는 기다린다. 아무것도 아닌 것보다는 낫지 않은가?

16일 금요일

암울한 아침. 또 하루를 살아야 한다. 아직도 캄캄하다. 과거에도 오늘 같은 아침은 수없이 있었고 앞으로도 그럴 것이다. 나는

S를 생각하며 자위를 한다, 그리고 그것이 상태를 더 나쁘게 만든다. 아냐, 꼭 그렇지는 않아.

20일 화요일

그는 정확한 도착시간을 전화로 미리 알려주는 법이 없다. 약속을 정한 목요일 밤 이후 내가 죽거나 아플 수도 있다. 하지만 그에게 알릴 방도가 없다. 어둠 속의 애인. 온밤이 새도록 나는 그에 대한 열망, 나를 온통 삼켜버릴 듯한 욕정으로 가득차 있다. 그럼에도 그를 다시 본다는 것에 대한 두려움뿐 아니라 극심한 공포까지도 느낀다(그럴 때마다 배가 아프다). 곧 그의 자동차가 도착할 것이다…… 매번 순결을 빼앗기는 듯 두렵다.

11시 20분 전. 그가 오지 않는다면?
이 내리막길이 계속된다면? 11월처럼 화창한 날씨지만, 이제 11월이 아니다. 하지만……

15시 30분. 내가 막 '하지만'이라고 썼을 때 그가 도착했다. 화창한 날씨 때문인가? 좋은 날이다. 그는 선물을 가져왔다. 내게 사진을 주겠다고 약속했다. 나를 약간은 좋아하는 것 같다. 그의 방식대로, 혼외관계라는 틀 속이겠지만 내가 생각하는 것처럼 '정형화'되지는 않은 것 같다. 성적 집착도 있고, 약간 미친 듯도 하다. 그에게 내가 어떤 존재인지 도무지 알 수가 없다는 것―P와 사귀었을 때보다도 어렵다―은 매우 도발적인 문제이기도 하다. 그는 자신의 '멋진 차'를 가지고 왔다. 그래, 그는 내 전남편과 뭔가 공통점이 있다, 사회적으로. 너무 피곤하다. 그를 성적으로 즐겁게 하는 것, 그리고 행복하게 하는 것은 얼마나 행복한 일인가! "당신 어떻게 하고 있는 거야?" 내 입안에서 쾌감을 느낄 때면 그는 러시아 억양으로 이렇게 묻곤 한다. 그 말이 머릿속에서 지워지지 않는다. 하지만 다른 말로 하자면, 나는 막가고 있다. 그것은 나의 에너지와 삶을 고려하지 않는 손실이고 소비일 뿐이다.

21일 수요일

어떻게 하면 그가 내 선물을 어떻게 받아들일지 알 수 있을까? 가격을 봐서는 기둥서방에게 주는 늙은 정부의 선물이다. 오늘 오페라 지하철역에서 손가락 발가락이 모두 기형으로 비틀어진, 약 1년 전부터 담벼락에 쓰러져 있는 끔찍한 여자 거지에게 10프랑을 주었다. 소원이 성취될까? 하지만 어제 왔는데, 왜 오늘 또 전화를 걸겠는가. 그에겐 그게 '정상'이다. 나의 욕망 충족을 위해 거지들이 운명을 바꿔주기를 바랐지만…… 상상은 현실을 이기지 못한다.

22일 목요일

오늘밤, 나를 섹스 상대나, 그저 다른 섹스 상대보다 좀더 나은 정도로밖에 생각하지 않는 한 남자에게 준 선물치고는 그것이 너무 거창했다는 생각이 들었다(내가 나쁜 쪽으로 생각하는 것은 사실이지만). 모든 문제는 여기 있다. 나는 무엇인가…… (그 남자에게, 그녀에게)? "What's Hecuba to him, or he to Hecuba?"(『햄릿』)

저녁. 만약 그가 관계를 끝내길 원한다면? 11월 29일, 그가 내게 끝내기를 원치 않는다고 말한 것은 아무 의미가 없다(벌써 한 달 전이다. 너무나 오랜 시간……). 오늘밤, 그가 다음주 내내 오지 않을 가능성도 상상해본다. 그럴 경우, 사태를 직시하고 끝낼 용기를 가져야지. 그러나 그에게 선물을 주면서, 멋지게.

매일 저녁이 암흑이다. 나는 전화벨소리에 완전히 매달려 있다. 그는 아무리 늦어도 (즉 여태까지의 경우를 봐서) 토요일 밤이나 일요일 밤에는 전화를 걸어와야 한다. 그후에는 결정을 해야지.

24일 토요일

1986년 부활절 전야나 그다음 주말 저녁만큼이나 암울한 아침이다. 25년 전에 사귀던 필립 이후 가장 혼란스러운 관계를 겪고 있다. 나는 어머니가 노인병원에 있었을 때 그랬던 것처럼 끊임없이 이 노트에 기록하고 있다. 적어도 이것이 무엇인가에 쓸모 있다면 좋겠지만. 어젯밤, 그가 내게 싫증이 났으며 1월 이전에는 내게 전화하지 않을 것이라고 확신했다. 오늘 아침에도 아직 그런 생각이 남아 있다.

1시, 그의 서명과 함께 '진심으로'라는 경구가 쓰인 차갑고 번쩍이는 종이 연하장이 배달되어왔다. 생각해보면 아무 의미 없는 것일 수도 있다. 그저 의례적인 카드일 뿐. 다른 한편, 그것은 내가 2주 전부터 몰두해 있는 이별의 예고장일 수도 있다. 예전의 관계를 끝내고 이제부터 의례적인 관계를 가질 것이라는 예고.

25일 일요일

8시에서 10시, 암흑, 전화는 오지 않고 나는 마냥 기다린다. 참, 그렇지! 이 순간 생각조차 못했다. 프루스트처럼, 더이상 고통받지 않기 위해서, 즉 이 '종이로 된 굴레'를 벗어던지고 자유를 찾는 것은 어렵지 않다. 그저 약간의 의지만 있으면 된다.

26일 월요일

변한 것이 없다. 기다림 : 열여섯 살 때(1월, 2월, GV의 연락), 열여덟 살 때(가장 끔찍했음, CG와 사귀었을 때), 스물세 살 때 로마에서 Ph를 기다렸다. 몇 년 전에는 P를. 이번에는 내가 정한 기한을 하루 넘겼다. 그러나 오늘 저녁에라도 전화를 걸어온다면 받아들일 것이다, 크리스마스 휴가가 끼여 있었다는 것을 감안한다면. 하지만 오늘을 넘기면……

변한 것이 없다 : 임신하고 싶은 생각까지도. 그러나 그것을 실현하기 위해 구체적으로는 아직 아무것도 하지 않았다(그러나 이번 달부터는 피임약을 복용하지 않으려 한다).

내가 이런 미친 짓을 하기 위해서는 스스로에 대한 신뢰감이 거의 없어져야 할 것이다.

10시 45분. 전화가 왔다. 그러나 언제 올 수 있을지는 그도 모른다고 한다. "이번주에 볼 수 있도록 노력할게." '노력한다', 별 마음이 없을 때 사용하는 이 끔찍한 표현. 참아야지, 참는 게 고통에 대한 처방이다.

27일 화요일

물론(나는 기다렸지만⋯⋯) 예상대로 그는 '내일이나 모레'에 전화하지 않았다. 울고 싶고 구토가 난다. 게다가 혼자 있을 수가 없다. 에릭이 항상 옆에 있다. S가 오나 동정을 살피고 있는데, 오지 않는 것을 은근히 반기는 것 같다. 무슨 생각을 해야 할지 모르겠다. 아냐, 이렇게 생각해야지. S에게 완전히 무관심해지자. 그러나 오늘밤, 그의 부재와 혐오감이 엄청난 무게로 나를 누른다. 잠을 자야지, 자야지.

28일 수요일

한숨도 못 잤다. 끔찍한 상태다. 서서히 버림받았다는 확신 때문에 울다. S에 빠져 있는 내게 섹스를 강요하는 전남편에 관한 끔찍한 꿈을 꾸었다. "삶이 벽으로 가로막히면, 지성이 출구를 뚫는다." 프루스트의 말. 밤에는 지성이 존재하지 않는다. 밤은 출구가 없는 모순과 고통의 마그마다. '종이로 된 굴레'는 콘크리트같이 단단하다. 필립과 헤어진 이래 6년 동안 이렇게 괴로운 밤을 지낸 적이 없다. 이제 나는 명확한 결말을 봐야 할 단계에 와 있다. 석 달.

CG와 끝난 후 1958년, 남자 때문에 2년간 겪은 병적 허기증과 우울증 같은 나의 광적인 행동이 얼마나 놀라웠는지, 나로 하여금 글을 쓰게 하는 것은 사랑을 실현하지 못해 생긴 끝없는 결핍증이라는 사실을 나는 너무 잘 알고 있다.

어떤 이와 사랑하는 동안에는 앞으로 모든 가능성과 희망이 펼쳐질 것 같은 시기가 있는가 하면, 모든 것이 과거가 되어버리고 그저 반복적인 행위와 악화되는 관계밖에 없는 시기가 있다. 이 악화의 시기를 11월이라고 해야 하나. 내가 마카닌을 초대했던 12월임은 더욱 확실하다. 10월, 11월 이 두 달은 너무 아름다웠다. 태양까지 빛났다. 12월은 너무 암울하다. 이걸 쓰는 이유가 무엇인가. 억지로라도 다시 한번 태양 아래 빛나보려고? 같은 남자와의 경우, 쉽지 않은 문제다.

오늘 오후 한 시간 동안 낮잠을 잤다(대체로 심각한 정신적 고립의 징조). 잠에서 깨면서 침대 머리맡 전등을 깰 뻔했다.

나는 굶주린 여인이다. 이것이 나에 관해 거의 유일하게 정확한 표현이다.

29일 목요일

10시 30분. 불을 껐다. 벨이 한 번 울려서 받았는데 아무 소리가 없었다. 다시 세 번 울린다. 그리고 10분 후. "금요일 10시." 태어나서 처음으로 행복해서 운다. 끝장낼 명분이 없는 지독한 악순환이야말로 최악이라는 것을 로마에서 사귄 필립과의 경험으로 익히 알고 있다. 출구가 없기 망정이지, 그렇지 않으면 자연스럽게 결혼이라는 함정 속으로 떨어질 테니까.

30일 금요일

나는 아직도 혼란스러운 상태에 빠져 있다. 그가 완전히 떠나지 않은 이 순간에도, 그가 나하고 함께 있는 것을 즐기는 것이 아직은 확실하다고 여기는 이 순간에도 평정을 찾을 수 없다. 너무 비싼 선물을 하지 않았나 신경이 쓰인다. 달콤한 추억. "이 꽃들은 뭘 의미하지?" 내 침대 곁에 놓여 있는 앵초꽃을 보고 그가 묻는다. 확연한 질투로 보인다. 그에게 프랑스에서는 꽃들이 의미를 지니고 있다고 설명했기 때문이다. 질투심은 언제나 무엇인가를 증명한다. 그래서 정원에 있는 다른 앵초꽃을 그에게 선사하며 오해를 풀어준다.

오늘 그는 내가 했던 것처럼, 내 성기 앞에 무릎을 꿇고 앉았다. 서로 가슴 떨며 옷을 벗긴다. 그래, 그는 멋져, DL이 말하는 것처럼 '내 사랑의 숨결'이다. 하지만 DL은 그가 누구에 관해서 말하고 있는지조차 모르지. DL, 그는 산전수전 다 겪어본 듯한, 파리적 사고를 지닌 사람의 전형으로 내가 지극히 싫어하는 타입이다.

아즈나부르의 〈살고 싶어, 당신과 함께 살고 싶어〉라는 노래를 텔레비전에서 들은 적이 있었는데 잊고 있었다. 내가 열여섯 살 때였다. 아직도 나는 열여섯 살이다. 그 당시의 미친 사랑에 대한 추억에 휩쓸려 있다. S와 함께, 마치 내 젊은 날의 불완전했던 모든 사랑들이 실현되는 것 같은 느낌이다. GV, 피에르 D, 나를 실망시켰던 모든 남자들. 이제 나는 그들이 그렇게밖에 할 수 없었음을 이해한다. 그들이 다른 사람들보다 특별히 더 나쁜 사람들은 아니었다. 이제 나는 '당신과 함께' 살 수 없고, 그것은 꿈으로 그칠 것이며, 고통만 남을 수밖에 없다는 것을 안다.

오늘 오후, 이런 생각들로 꽉 찬 "나는 안나 카레니나다". 브론스키*에게 미친 안나. 두려움.

31일 토요일

오늘 저녁 미테랑 대통령의 신년사. 그는 그래도 좌파다. 신년사 끝에 처음으로 〈라마르세예즈〉**를 부른다. 나는 진한 감동으로 전율을 느꼈다. 〈라마르세예즈〉! 아버지는 내게 그 노래를 불러주었다. 그것은 전쟁의 끝을 의미했고, 자유를 노래했다. 1989년 새해! 이것은 내게 '의미가 있는 무엇이다'. 나는 혁명을 지지한다. 언제나 그랬다.

들판에서 나는 소리가 들리는가?
저 사나운 군인들이 포효하는 소리?
그들은 우리 눈앞까지 왔다
우리의 아들들, 동료들을 살육하러 왔다
시민들이여, 무기를 들라!

---

* 『안나 카레니나』에 나오는 안나의 애인.
** 프랑스 국가(國歌).

너무나 거창하고 너무나 장엄하다. 가사는 중요하지 않다. 오직 음악과 "시민들이여, 무기를 들라!"라는 외침만이 중요하다.

1988년, 대체적으로 만족스럽지만 언론매체상으로는 너무 동요가 많았던 해. 엄밀하게 말하면 아무것도 한 것이 없는 해. 가장 좋았던 순간은 베네치아와 소련, 그리고 지난 9월 말, 정확하게는 겨울의 시작인 25일부터 지금까지 빠져 있는 이 '이야기'다. 이 이야기는 가을에 펼쳐졌다. 다른 계절도 계속될까?

명백한 것: 섹스에 관련된 모든 것과 성적 몸짓들은 사랑에 빠졌을 때나 그렇지 않을 때나 객관적으론 똑같다는 것.

1989년

1월 1일 일요일

1월 1일인데 완전히 혼자다. 아주 오랜만이다. 베르농의 대학 기숙사에 들어간 1964년, 8제곱미터 방안에서 하루종일 혼자 지냈다. 그러나 오늘 오후에는 에릭과 그애의 여자친구가 올 것이다. 어쨌든, 조금도 쓸쓸하지 않다. 지난밤 꿈 : 낫을 들고 들판을 걸어가는데, 젊은 남자들이 일하고 있는 모습이 보였다. 그들은 내가 들고 있는 낫을 달라고 했지만 주고 싶지 않았다. 그곳은 내가 열세 살 때 처음으로 사랑에 빠졌던 이브토의 들판이었다. 나이든 노동자가 자신은 한 달에 2만 프랑씩 번다고 말했다. 그래서 나는 육체노동이 교수보다 낫다고 생각했다. 그러고 나서 기다리고 있던 에릭(그애의 미래에 대해 불안감을 갖고 있었기 때문이었나?)과 주교가 온다. 나는 스스럼없이 그들과 어울렸다. 낫을 제외하고는 다 어렴풋하다. 늙어가는 데 대한 두려움. 하지만 올해도 아직 오십대는 아니다.

가끔 그랬듯이, S에게 편지를 쓸지도 모르겠다. 그가 오면 그 편지를 줄 것이다. 전화와 마찬가지로 편지도 보낼 수 없다! 좋은 소설감이다. 하지만 아무 소용이 없다는 걸 알고 있다. 내가 그에게 쓴 편지에 대한 어떤 반응도 볼 수 없었다, 부탁은 제외하고. "다음번엔 문을 두드리지 말고 곧장 들어와요." 그런 것은 곧장 실행에 옮긴다. 처음부터, 레닌그라드에서부터 어둠 속에서 정사하길 원하는 것은 무슨 의미일까? 게다가 그는 언제나 눈을 감는다. 다만 내가 입으로 그의 성기를 애무할 때면 그 모습을 보기 위해 몸을 일으킨다. 내가 눈을 들어 그를 쳐다보면 금방 눈을 다른 데로 돌린다. 부끄러워하는 것인가, 자제하는 것인가?

3일 화요일

오늘 아침 나 혼자 온갖 상상을 해본다. 그가 오늘 저녁이나 내일쯤 전화를 걸어 이제 끝내자는 말을 할 것이라고. 요즘 들어 그럴 수밖에 없다고 확신하기 때문에 울음이 목젖까지 치밀어올라 있다. 다음과 같은 이유 때문일 것이다. 싫증이 났거나, 만나기가 힘들기 때문이거나, 내가 달라붙을까봐 두렵기 때문에(예를 들어, 너무 비싼 선물이 그를 부담스럽게 한다든지). 내가 이렇게 생각하는 이유는 지난번 편지에서 그가 정말 원하는 것이 뭔지 밝히라고 요구했기 때문이다. 『운명론자 자크』에 나오는 마담 드 라 포므레의 러브스토리에서처럼 그는 "이번 기회에 솔직히 털어놓을 수"도 있다.

나의 모든 생은 남자에 대한 욕망으로부터 벗어나기 위한 노력 그 자체였다. 1963년에 나는 성경 구절을 되풀이하여 중얼거렸다. "그리고 나는 그녀 위에 평화가 강물처럼 흐르게 하리라." 이 구절이 욕정에 대한 것이며, 내 위에 정액을 강물처럼 흐르게 하리라는 의미인 줄도 모르고.

4일 수요일

오늘밤, 또다시 종말이다, 그는 전화하지 않을 것이다. 지난 화요일처럼 나락에 빠지지 않으려고 안간힘을 쓰고 있다. 하지만 견디기가 힘들다. 계속해서 나의 예감이 들어맞는 것을 확인한다. 11월 말부터 느끼기 시작한 권태감이 너무나 확연한데도 아직 그가 내게 애착을 가지고 있다는 엉뚱한 생각을 하고 있다. 비웃음을 살 이야기 하나. 나는 읽지도 않는 연애편지를 여섯 달 전부터 끊임없이 내게 보내고 있는 그 여자애와 닮았다. 나 역시 나를 사랑하지도 않는 사람에게 연애편지를 쓰고 있는 것이다. 하지만 왜 사랑을 바라는가? 그는 내게 아무것도 약속한 적이 없고 나 자신도 아름다움밖에 바라는 것이 없는데. 그러나 더이상 아름다움은 없다. 이제는 아무것도 없기 때문에.

5일 목요일

16시 10분. 오늘 아침에 전화가 왔다. 몇 분 뒤면 그가 올 것이다. 여전히 어찌할 바를 모르겠다. 어떤 생각도 불가능한 기다림. 급히 장을 보고 돌아오는 길에 다른 자동차와 부딪칠 뻔했다. 부딪쳤다고 하더라도 나는 차를 멈추지 않았을 것이며 죄책감조차 느끼지 않았을 것이다. 그렇다면 죄책감을 느끼게 하는 것은 무엇인가? 욕정이 없는, 너무나 공허한 삶이 죄책감을 느끼게 하는가? 대체 무엇이 진실이고, 욕정이고, 죄책감인가?

17시. 그는 아직 오지 않았다. 그가 오지 않을지도 모른다고 스스로에게 말한다. 함께 있는 시간을 방해받지 않도록 16시쯤 수화기를 내려놓았다. 어쩌면 그가 올 수 없다고 전화했을지도 모르겠다.

10시 반. 그가 도착하는 소리를 듣지 못했다. 그는 살며시 들어왔다. 그러니까 내가 상상했던 것이 다 틀렸나? 그는 나를 원한다. 그는 나를 보는 것이 행복하다. 우리는 완전무결하게 사랑했다. 하지만 이번에도 그는 돌아가기 전에 위스키를 너무 많이 마셨다. 처음으로 그가 쾌락의 비명을 질렀다(대단한 소리라기보다는 큰 신음소리). 우리가 함께 있는 이 순간, 그리고 섹스하는 이 순간, 그에게 다른 여자가 없으며 나에게 큰 애착을 갖고 있다는 것이 확실하다. 매우 강렬하게. 그리고 시간은 흐르고 결국 끝날 것이다. 나는 시험 때와 마찬가지 상황에 놓여 있다. 시험을 본 날로부터 멀어질수록 시험을 망친 것이 확실해져서, 합격이 불가능해 보이는 그런 상황 말이다.

나는 결코 빠져나가고 싶지 않은 이 노곤함에서 벗어날 것이다. 아무 생각이 없다. 단지 S의 육체에 대한 기억, 그의 몸짓에 대한 기억만 남아 있을 뿐. 목욕탕에서(그가 분명히 원했던 에이널 섹스), 방에서, 다시 목욕탕에서. 그가 다시 옷을 입는다. 참으로 오래 걸렸다(그는 정말이지 과음했다). 취해서 자기 옷의 상표명을 열거한다. 로디에, 피에르 카르댕(내가 너무 쉽게 풀 수 있는 벨트), 양말 상표까지도. 유럽 제품을 애호하면서 부티를 내는 게 나와 비슷하지만, 유럽의 다른 쪽 끝에 살면서도 그럴 수 있다는 게 경이롭다. 내 상상과는 달리 그는 뒤퐁 라이터를 가진 걸

무척 자랑스럽게 생각한다. 하지만 내가 그것을 예상하지 못했을까? 사실 나는 '알고 있었다'. 그렇지 않았다면 그 선물을 하지 않았을 것이다. 부인은 그의 거짓말을 믿었을까?

그는 가터벨트를 풀 줄 모른다.

6일 금요일

소유권을 나타내기 위해 사랑하는 사람에게 선물 공세를 하는 심리를 이해할 수 있다(프루스트, 『갇힌 여인』). 그것으로 그를 당신에게 매어둘 수 없다는 사실을 잘 알면서도. 그는 (그 같은 사랑을 불러일으켰다는 사실에 대해서) 단지 자부심을 느낌으로써 더욱 나르시시즘에 빠져, 결국엔 그것을 준 사람에게 역작용을 일으킬 뿐이다. 선물을 주는 사람은 나르시시스트가 아니다. 어쨌든 나의 모든 공허함을 다해 그를 사랑한다.

8일 일요일

어떻게 욕망이 다시금 일어 이 같은 강박관념으로 변할 수 있을까? 현재 내 인생의 유일한 목표는 단둘이서 긴 밤을 지새우는 것이다. 그것을 위해서라면 내가 희생하지 못할 게 있을까 자문해본다. 런던 회의는 지겹기 짝이 없다.

S에 대한 다음과 같은 두 가지 관점 중에서 확실히 선택하지 못하고 있다. 첫째, 지적으로 더 우월하고 약간의 질투심을 가진 여자와 함께 있는, 젊고 잘생긴 바람둥이(=내 남편과 나의 경우). 둘째, 약간 내성적이고, 자기 부인에게 상처를 주지 않기 위해 별로 바람을 피우지 않는 남자. 섹스할 때의 그의 태도나 경험 부족으로 봐서는 둘째 경우가 맞을 거라고 짐작할 수 있다. 그러나 그를 아는 다른 사람들의 말을 듣기 전에 나 혼자서는 결코 정확히 알 수 없으리라. 러시아 사람들로부터 직접 듣기 전까지는 거의 불가능하다.

9일 월요일

간절한 기다림. 그러나 이번주에는 그에게 여기 올 시간이 없을 것이라는 예감이 든다(VAAP 회장 도착). 내가 이런 세세한 것까지 기록하는 이유는 기억을 명확히 하기 위해서다. 하지만 단지 이런 이유 때문만은 아닐지도 모른다. 나는 언제나, 처음부터 누군가를 앞에 두고 있는 것처럼 내 이야기를 해왔다. 수요일에라도(현재 엿새째) 그가 전화해주기를 바란다.

당초 내 첫 소설작품에 '나무'라는 제목을 붙였다. 확실한 남자 성기의 상징. 그리고 또한 1958년 내가 좋아했던 다리오 모레노의 노래인 〈사랑 이야기〉.

우뚝 서 있는 큰 나무
힘과 부드러움으로 가득찼네.
다가올 새 아침을 향하여.

오직 나 혼자만이 내 인생을 밝힐 수 있다, 비평가들이 아니라. 나무, 강박관념.

그에게 여러 명의 애인이 있다는 느낌과 의심들이 다시 고개를 든다. 게다가 그와의 관계중에 걸린다면 에이즈라도 상관없다. 어쨌든 지금 내게 다른 남자들은 존재하지 않는다. 피임약도 복용하지 않는다. 그 끔찍한 일을 다시 겪어? 1964년 때처럼 뱃속의 죽음? 마흔여덟 살에 임신할 가능성은 높지도 않을 거야.

머릿속에 온갖 시나리오를 만들며 그를 기다린다(어디서 어떻게 섹스를 할까 등등) 그러나 올지 안 올지도 알 수 없다. 상상, 욕정, 현실 사이의 이 심연을 견딜 수가 없다.

10일 화요일

10시. 오늘 저녁 전화가 올 희망은 거의 없다. 에릭을 가졌을 때 들었던 노래인 누가로의 〈내 딸, 세실〉을 들었다. 스물네 살 때였지. 사라진 나의 이미지, 그 시간에 대해 가슴앓이를 한다. 그럼에도 그 이미지에는 별 애정이 없다. 현재의 내가 더 좋다. 그러나 그때의 나는 현재의 나에 내포되어 있다. 다른 것들과 함께, 마치 수백만 개의 러시아 인형들처럼. 약국에서 메틸알코올을 (마시려고) 구걸하던 거지가 내게 욕을 했다. "갈보년!" 미친듯이 집요하다. "멱을 따고 끓는 물에 넣어 죽일 년"이라고 소리친다. 불쾌감. 갈보……

당연히 나는 내일 『목요신문』*의 칵테일파티에 가지 않을 것이다. 그 시간에 전화가 올지도 모르니까……

밤 11시. 그가 전화했다, 어쩌면 올 수 있을지도. 언제가 될지는 알 수 없단다…… 그 굵은 목소리, 오늘밤에는 더 굵다. 러시아 악센트가 섞인 발음은 유난히 굵고 느리다. 칵테일파티에(실제로 별로 가지 않기 때문에 철자가 영 헷갈린다. cocktail인가 아니면 coktail인가?) 가야겠다, 그가 전화를 했으니까.

---

* 좌파 성향의 유명 주간지.

12일 목요일

칵테일파티에 가는 대신 바비칸 칼리지에서 열릴 회의 준비나 하는 게 더 나았을 뻔했다. 너무 시시했다. 전형적인 파리식 모임. 작가보다 기자가 더 많이 왔다(그리고 언제나 똑같은 얼굴들, 솔레르, 비앙시오티 등등). 간밤에 내가 들어가고 싶어했던 교회 꿈을 꾸었다. 지하 예배당은 밧줄을 타고서만 내려갈 수 있었다. 내게는 불가능한 일이었다. 교회 중앙의 회중석과 성가대 자리는 수리중이었다. 약간 망설이다가 안으로 들어갔다. 제단 위에 침팬지가 있었는데 이내 곰으로 바뀌었다. 교회 밖으로 나왔다. 곰이 나를 따라온다, 그리고 점점 더 다정하게 군다, 하지만 위협적으로 느껴진다. 아무리 사정해도 나를 도와주는 사람이 없다. 결국 곰을 떼어내는 데 성공한다. 몰랐는데 곰은 러시아의 상징이란다. 어쨌든 곰은 S와 관련이 있다. 그가 시베리아에서 뗏목을 띄우는 일을 할 때 보았다던 동물이다. S에게는 금발의 기 D(큰 키, 움푹 들어간 청록색 눈)와 뤼 F의 입을 연상시키는 무언가가 있다. 일을 해야 한다. 하지만 기다림으로 괴롭다. 이틀 동안 그를 볼 수 있을 것 같다는 기대가 나를 파괴한다.

18시. 이 회의 자료는 보기도 싫다. 내일 S가 온다는 희망이 점점 더 줄어들기 때문에. 아무런 반대급부도 없이 쓸데없는 일을 하고 있다. 문화권간의 투쟁 메커니즘을 설명하는 것은 극도로 피곤한 일이다. 이 작업을 해서 내가 얻을 수 있는 '명예'는 S와 보내는 한 시간과도 견줄 바가 못 된다. 서로 못 본 지 벌써 1주일이 넘었다. 나에겐 다음 약속 날짜 말고는 다른 미래가 없다. 그리고 다음 약속이 정해지지 않는 한, 미래도 없다.

13일 금요일

점성학에 의하면, 나는 비너스지만 맞는 것 같지는 않다. 아기를 안고 샤테뉴레*에서 모든 재활치료사들에게 보이는 꿈을 꾸었다. 아기를 몇 초 동안 테이블 위에 놓아두었다. 울부짖는 소리. 목이 부러진 아기를 보니, 손바닥만했다. 아기는 곧 죽을 것이다. 이 글을 쓰며 나는 울고 있다. 과거의 임신중절을 '다시 겪는 것' 같다. 다시 견딜 수 없다.

9시. 이 악몽 같은 회의 자료를 끝내려면 도대체 몇시까지 이렇게 골치를 썩여야 하나? 10시쯤이 될 것이 분명하지만, 그가 오늘 오겠다는 전화를 받는 것이 불가능한 시간이다.

15시 30분. 해결책이 없는 이런 관계를 지속하는 것이 이렇게

---

* 작가가 살았던 마을.

힘들 줄은 몰랐다. 내키지 않는 원고에 다시 손을 댄다. 그를 언제 볼 수 있을지 모르겠다. 그러나 오늘, 당장 보고 싶다. 너무나 그를 원하기에 울고 싶을 따름이다. 그는 왜 화요일에 희망적인 말을 했을까? 그의 첫 거짓말.

이따금 더는 살고 싶어하지 않는 사람들의 마음을 이해할 것 같다. 어떤 영화에선가 본 '검은 금요일'이다. 그리고 나는 이틀 동안 런던에 가야 한다. 전화를 받을 수 없는 곳으로. 사실 힘든 것은 그가 모스크바로 떠나는 것이 아니라 그가 파리에 있다는 것이다.

16일 월요일

런던. 어제 켄버데로 21번지로 돌아왔다. 우선 지하철로 토트넘 코트 로드에 갔다. 여전히 천을 씌운 좌석들, 모두 낡고 더럽다. 이스트 핀칠리에서 멈췄다: 잊고 있었던 하이 로드 위의 다리. 버스를 타고 예전처럼 그랜빌 로드에서 내려달라고 부탁했다. 하지만 운전기사는 그곳이 어딘지 몰랐다. 다행히 버스는 그곳에서 정차했다. 오른쪽으로 수영장이 보이는데, 그것 역시 까맣게 잊고 있었다. 포트너 씨 집이 바뀌었는데, 보기에 좀더 편리해 보였다: 부엌이 현관 쪽에 있다. 왠지 격이 낮아진 것 같았고, 그전보다 고급 주택가의 멋이 덜했다(그 당시 내가 이브토에서

막 왔다는 사실을 감안해야 할 것이다). 그러나 어느 곳이나 똑같이 흰색이라 단조롭고 지루하다. 여기서 익명으로 존재한다는 것은 끔찍한 일이다. 그 옆으로는 교회 : 앞에 놓여 있는 긴 의자와 너무도 닮은 크라이스트처치. 그 옆의 울워스 가게를 제외하고는 아무 가게도 알아볼 수가 없다. 영화관도 없어지고 담뱃가게(그 주인의 이름은 래빗이었다)도 없어졌다. 1960년! 주크박스를 중심으로 젊은이들이 모여들던 작은 카페도 왁자지껄한 분위기 속에서 잔을 닦던 안경 쓴 여자도 보이지 않는다. 그녀는 아직 발표하지 않은 1962~1963년의 내 원고 속에서만 존재한다. 거리의 형태를 제외하고는 하이 로드의 모든 것이 변했다. 선술집은 고깃집으로 바뀌었고, 특히 가게들이 달라졌다. 가게들은 유동적이고 변화에 가장 민감하다(여전히 가장 우선하는 것은 경제인가?). 돌아오는 지하철을 우드사이드파크역에서 탔다. 이 거리는 너무도 변하지 않아, 내가 1960년 8월 글을 쓰기 시작한 곳이 바로 이 옆 공원이 아닌가 하는 생각이 들었다. "말들이 바닷가에서 춤을 추었다." 그다음은 어떤 남자와 함께 누워 있던 침대에서 소녀가 몸을 일으키는 장면이었다(언제나 똑같은 이야기). 느린 동작으로 천천히 춤을 추는 이 말들은 정사 뒤 움직임이 둔해진 육체를 표현하는 것이었다. 그때의 생생한 기억……

어제의 산책은 비현실이었다. 불변하는 유일한 현실은 1960~

1961년에 대해 지니고 있는 이미지들이다. 그중 일부가 「5시의 태양」(나의 전남편은 '5시의 피'라고 불렀다)에 들어 있다. 심포지엄에 참석했던 모든 사람들이 박물관으로 몰려갔다. 지난 추억들을 찾아 노스 핀칠리에 들렀다. 나는 문화적이지 않다. 내게 중요한 것은 인생과 시간을 파악하는 것, 즉 이해하고 즐기는 것이다.

S가 전화를 안 한 지는 엿새째, 서로 못 본 지는 열이틀째. 내가 부재한 이틀 동안 그가 전화를 했던 것 같지는 않다. 이곳, 그가 오는 이곳으로 되돌아오니 다시 고통이 시작된다.

17일 화요일

10시 20분. 그가 올 것이다. 오늘밤 나는 이 이야기 속에서 행복은 단 한순간, 우리가 만나기 바로 전날 밤뿐이라고 생각했다. ("죽음 직전의 바로 전날 밤/그 생의 가장 아름다운 순간이었네." 누구의 말이지? 아폴리네르?〔엘뤼아르〕.) S에 대해 내가 느끼는 이 욕망을, 그의 자동차 소리를 듣는 순간 당황하는, 황홀해서 정신을 잃은 것 같은 이 감정을 이해할 수가 없다.

14시 30분. 그는 피곤하고 근심스러워 보였다. 하지만 여전히 욕정으로 가득찬 그의 육체. 이해할 수 없는 점. 그는 왜 문을 닫으며 갑자기 떠난 것일까? 급해서? 아니면 떠나자니 감정이 북받쳐서 그랬나? 한마디 다정한 말조차 건네지 않았다. 하지만 그의 몸짓에 얼마나 열정적인 애정이 담겨 있었던지(이제 그는 가터벨트를 풀 줄 안다. 내가 이것을 기록하는 이유는 나중에 이런 세부적인 것들이 중요하기 때문이다). 여느 때처럼 두 시간 동안 두 번의 섹스. 그가 1주일간 떠났다가 돌아오면, 나는 독일에 가 있을 것이다.

이 두 문단을 다시 읽어본다. 매끈하게 한결같은 까만 글씨들. 이 둘 사이에는 상대방, 육체, 욕정의 심연 외에 그 어느 것도 중요하지 않은 시간이 있었다. 그것을 어떻게 글로 표현할 수 있을까? 결코 글로는 다 표현할 수 없다. 하지만 그가 없는 동안 내가 할 수 있는 것은 글쓰기뿐이다.

19일 목요일

글로브 서점에서는 사람들이 러시아어를 한다. 나는 갑자기 모든 것이 상상의 산물이며, S와 나는 광년을 사이에 둔 먼 존재들로서, 단지 레닌그라드에서의 만남으로 인한 육체의 이야기일 뿐이라는 사실을 깨닫는다. 하지만 이 욕망은 상상이 아닌 현실이다. 1월 말 전에는 그를 보지 못할 것이다. 어쩌면 31일?

그를 잊으려면 이 기간을 이용해야 하지 않을까 생각해본다. 일종의 방광염이다, 10, 11월과 마찬가지의. 매우 고통스럽다(당연히 그와 연관된 것).

22일 일요일

저녁. 무의미한 오후의 반복. 전철 안에서 젊은 남자가 나를 뚫어지게 쳐다보았다. 도대체 나는 무엇으로 사람들을 끄는 걸까? S로부터는 아무 소식이 없다. 그가 전화를 걸 아무 이유가 없다. 섹스를 위해 올 수는 없으므로. '안부 전화' 같은 것은 모르는 사람이다. 마르크스-레닌주의 이념으로 무장하고 콤소몰과 공산당까지 거친 브론스키 같은 위인이다. 완벽한 실용주의자. 하지만 그의 미끈한 육체, 흰 피부, 얼굴을 생각하면 욕정의 눈물이 흐른다.

오늘 아침, 지하철 종점 발라르 방향의 오베르역 계단에 어떤 남자가 머리를 두 손에 파묻고 앉아 있었다. 회색 머리카락만 보였다. 그 앞에는 10, 20상팀짜리 동전들이 담긴 그릇이 있었다. 그에게 10프랑을 주었다. S가 남프랑스에서 전화하기를 간절히 기원하며. 지금 이 시간에 그는 앙드레 S의 집에 있을 것이다. 하지만 내가 제어할 수 없는 이 상황에서 욕망이 무엇을 할 수 있을까.

세상에서 할 수 있는 모든 동냥을 한들 무슨 소용이 있을까……

23일 월요일

어머니의 관이 꿈속에 보여 그것을 꽃으로 덮고 싶었다(이런 요약은 꿈을 제대로 설명하지 못한다. 꿈을 이야기하는 것은 참으로 어렵다. 말로는 언제나 불충분하다. 그것을 충분히 묘사할 수 있는 것은 오직 글뿐인지도 모른다). 꿈속에서 어머니는 막 세상을 떠난 참이었고, 언젠가는 내 차례가 오리라는 것을 의식하고 있었다.

이 일기장 페이지를 좌우로 나누어야겠다. 좌측에는 당일 일기를 적고, 우측에는 몇 주 뒤 해설을 기록해야지. 해설은 여러 번에 걸쳐 할 것이므로 이 부분은 넓게 만들어야겠다.

24일 화요일

고통 없이 이 일기장을 읽을 수가 없다(최근에 써놓은 페이지들). 내가 P와 이별한 것이 그가 뉴욕 여행중이었을 때였다는 이야기를 S에게 해준 적이 있는데, 그가 같은 방법을 나한테 적용하려고 한다면? 지난번 그가 갑작스레 떠난 것은 누군가를 더이상 보지 않겠다고 결심했음에도 떠나며 느낄 수밖에 없는 가벼운 슬픔을 의미할 수도 있다. 독일에서 돌아온 후의 생활과 러시아-미국 여성 작가 행사가 너무 힘들까봐 두렵다. 토요일 저녁 그가 전화하지 않는다면 그건 아주 나쁜 조짐이다. 방광염과 유사한 증세까지 내게 고통을 준다.

26일 목요일

시청이 바라보이는 하노버의 이 파란 방은 1985년 릴에서 살던 방을 상기시킨다. 자동차 소리. 그것도 로마에서와 같다. 너무나 야릇한 느낌. 어느 곳에도 있지 않은 것 같은 고독감. 이 모든 방들이 서로 중첩된다.

28일 토요일

독일에서 돌아옴. 그곳에서는 고통 없이 지낼 수 있었다. 그런데 파리가 가까워올수록, 기다림과 욕망이 되살아난다. 하지만 오늘 저녁 그가 전화하지 않는 것쯤은 이제 견딜 수 있다. 내일 그는 아마 이렌의 집에 초대받아 갈 것이다. 절망스럽다. 여성 작가들을 보면 나는 당연히 끔찍한 질투심을 느낄 것이다. 레진 드포르주, 리우아, 아니 코엔솔랄. 프랑스 쪽은 대부분 예쁜 여자들이다. 러시아 작가들은 언제나 그렇듯이 통통하거나 나이든 여자들. 미국 여자들은 모르겠다.

하노버의 마르크트교회 안에서 갑자기 부아지보* 냄새를 맡은 기억. 뮌헨의 화랑에서 본, 시골 풍경을 묘사한 밀레의 그림. 어머니가 문턱에서 반쯤 옷을 벗은 어린 남자애에게 오줌을 누이려는 장면이다. 어린 소녀가 그것을 주의깊게 바라보고 있다. 그것은 내 어린 시절이기도 하다. 똑같지는 않지만(어쨌든 호기심은 같다). 열세 살 때, 나는 다락방 창문을 통해 친척 아주머니가 어린 남자애와 내 사촌 여동생인 프랑세트를 오줌 누이는 장면을 목격했다. 어린 남자애들의 성기를 들어올리는 여자들의 손짓, 어린 소녀들의 강한 호기심. 밀레의 그림에는 눈이 튀어나오게 하는 진실이 있지만 좀 밋밋하다.

폰 카우크의 현란하고 과장된 그림. 거대한 최후의 심판에서 지옥행을 판정받은 남자가 자기 가슴을 할퀸다. 살갗 위로 피가 배어나온 손톱자국이 보인다.

그는 나를 잊었을까? (아냐. 분명히 아냐. 엄밀히 말해서 나를

---

* 프랑스 중부 디종 근처에 있는 마을.

잊은 것이 아냐. 내가 더이상 필요하지 않을 뿐이지. 필요하지 않다는 것이 더 정확한 표현이다.)

29일 일요일

14시 30분. 그가 올지 안 올지 모르는 상태에서 이렌의 집에 가보려 한다(전화가 없는 걸로 봐서 점점 더 명확해진다). 나에 대한 그의 새로운 감정들을 알지 못한 채 그를 만나는 것. 더구나 서로 싫어하는 이 여자들 앞에서. 이렌은 베르뒤랭과 같은 부류다. 게다가 러시아 음악을 연주하는 실내악단도 있을 거라고 한다. 4중주 또는 7중주……소나타? 프루스트 시대를 다시 살아본다? 정말 이상할 것 같다. 그리고 S는 알베르틴……

11시 10분. 예상이 하나도 맞지 않았다, 거의 여자들로만 이루어진 모임의 지루함 말고는. 그는 초대받지 않았다. 맥이 빠졌다. 그는 내가 어제저녁부터 돌아와 있다는 것을 안다. 그러나 전화가 없다. 내가 외출했던 오늘밤조차.

31일 화요일

그가 결별하기로 마음먹었다는 징조들을 모두 모으려는 순간, 전화가 왔다. 5시에 온단다(화가 방문객들이 그때까지도 가지 않는다면 그가 들어오는 걸 주저할 것 같아 걱정이 된다. 그렇게 될 수도 있어). 작업을 방해하는 이 강렬한 욕망. 교정만 겨우 본다.

21시. 그가 막 떠났다. 기진맥진한 육체. 이보다 피곤할 수 없다. 다른 애인이 있느냐고 물었을 때 그의 웃음, 어린애 같은 웃음. 가장 아름다운 장면은 언제나 소파에서 이루어진다. 나는 그가 그것을 좋아하는 것을 안다. 그는 반쯤 옷을 벗고 눕는다. 나는 무릎을 꿇고 그의 머리서부터 성기까지 천천히 애무하고 나서 입을 맞춘다. 나는 또한 그가 소련 사람이기 때문에 그를 좋아한다는 것도 잘 알고 있다. 절대적인 신비, 혹자는 이국 취향이라고 하겠지만. 물론 그렇게 부를 수도 있겠지. 과거에는 신체적이나 문화적으로 그렇게 가까웠지만, 동시에 그렇게 다른 '러시아의 혼' 또는 '소비에트의 혼', 아니면 소련 자체에 나는 매혹되어 있는 것이다(중국이나 인도에 대한 감정과는 완전히 다른 감정. 인종차별적인 발언인가?). 또 언제 (다시 만나)? Kagda*? 그는 부인의

---

* 러시아어로 '언제'라는 뜻.

브뤼셀 여행에 동행하지 않아도 되지만, 내가 달라붙는 것을 두려워한 나머지 그렇게 할 것이다. 눈에 보인다.

그가 도착하기 전이면 마음이 급하고 초조해져서, 소중한 물건을 깬다거나, 편지쓰기처럼 꼭 해야 할 일에 무관심해진다. 욕망 말고는 아무것도 안중에 없으니까. 예전에는 현실감을 되찾고 나면 욕정이 충족된 후의 허무감으로 인해, 급하고 초조해하던 것이 아무 의미도 없다는 것을 깨닫고는 우울해졌다. 하지만 이제는 그것을 수용하고, 두 종류의 시간 사이를 즐기기까지 한다. 욕정의 시간이 직선적이라고 한다면, 욕정이 스러진 후의 시간은 (혼자서 집안 정리나 하는) 흐릿하고 목적이 없다(이 글을 쓰고 있다는 것 자체가 그것을 증명한다). 안다는 것은 커다란 힘인 동시에 즐거움이다.

2월 1일 수요일

내가 부엌에 있는 동안 그는 위스키를 마신다(보드카에서 위스키로 완전히 바꾼 것 같다). 어머니도 나 같았다. 노예근성(내 안에도 역시 존재하는). 왜 나랑 있을 때 술 마시길 좋아하고, 왜 그것이 그에게 필요한 걸까? 어쨌든, 그게 싫지는 않다. 그가 더 대담해져서 '가면을 벗어'버리니까. 내가 왜 그 순간을 잊어버렸지? 소파에 누워 있는 그의 가운 앞섶을 젖히며 애무하려는 순간, 그가 작고 약간 잔인해 보이는 이를 드러내며 강렬한 행복감을 드러내는 미소를 짓던 모습을. 그 발가벗은 얼굴. 내가 성적 쾌감을 느끼면 그는 행복해하고 끝없이 자극받았다. 상대방의 몸을 배우고 사랑하는 방법을 배우는 데는 많은 시간이 필요하다. 레즈비언들은 쉬운 길을 택하는 것이다.

5일 일요일

그와 전화 통화를 했다. 그것도 아주 오랫동안! 그가 전화를 금방 끊지 않는 것에 놀랐다. 나는 별생각 없이 우리는 아름다움에 대해 똑같은 감각을 지니고 있지 않으며 여러 가지 다른 점들이 있다고 말했다. 내가 이 같은 차이를 찾는 것은 무엇 때문인가? 그는 공통점도 많다고 대답했다. 무엇에 대한 암시일까? 오직 섹스를 암시하는 것이리라. 섹스에 대한 똑같이 격렬한 욕망, 아니면 정치적 성향? 아니면 좀더 일반적인 프랑스인과 러시아인 사이의 공통점을 말하는 것일까?

그는 내일 브뤼셀로 떠난다(그와 함께 갈 수 있다면 얼마나 좋을까……). 그는 금요일에나 돌아올 것이다. 정확하게 3년 전 음습한 추위로 각인된 브뤼셀을 이번에는 S와 함께 보기를 얼마나 원했던가. 그 여자, 그의 부인은 절망적이다. 그 여자는 성관계를 좋아하지 않을 것이다. 그런데도 왜 어디에나 그를 따라다니는 걸까⋯⋯(필립과 함께 있을 때의 내 태도 같다. 정원사를 따라다니는 개 같은). 나는 전화로 그에게 "당신을 원해"라고 말했다. 그는 거북한 어투로 "아!"라고만 대답했다. 말해선 안 되는 것을 그가 듣게 하는 이상한 대화. "당신에게 말하는 게 나아, 안 그래?" "그래." 그가 대답한다. "말하는 게 나아, 아니면 말하지 않는 게 나아?" "말하는 거." 하지만 그가 전화로 그런 소리를 듣는 것이 처음인 게 확실하다. 어쩌면 그는 내가 에로틱한 대화를 주도하기를 무의식적으로 바라고 있는지도 모른다(연구해볼 것).

그와 대화하고 나니 마냥 전화를 기다릴 때보다 더 견디기 힘들다. 다시 그의 곁에 있기 전까지 보내야 할 시간들을 따져본다. 욕망과 고통이 내 삶을 파고든다. 이것이 열정일까? 확신할 수 없다. 내가 그를 처음 소련에서 봤을 때나, 자주(아니 가끔) 만나는 지금이나 그에 대한 내 생각은 같기 때문이다. 아주 잘생겼으며, 좀 변덕스럽고, 당 간부들에게 잘 보이려고 애쓰는 남자.

6일 월요일

놀라운 것은 이 이야기와 관련된 사건들이 일어난 시기를 내가 계속 혼동하고 있다는 사실이다. 내 감정의 흐름, 우리 관계의 변화, 외적 사건 등에 대하여. 엘로이자 프레르의 전시회 개막일에 나는 우리의 관계가 이미 내리막으로 기울기 시작하여 무척 불행했다고 생각했다. 하지만 그날은 11월 17일로, 자동차 시동이 걸리지 않아 미칠 것 같았던 밤으로부터 이틀 후였고 이렌 집에서 만찬이 열리기 며칠 전이었다. 그러므로 중요한 것은 우리 관계의 실상이 아니라 그것에 대한 나의 인식이다 : 약간 불행하다고 느꼈고 나는 그 불쾌감만 기억하고 있을 뿐이다. 마르세유……코냐크…… 라로셸…… 내가 정말 불행했던 것은 오직 릴에서의 10월 1일뿐으로 그때 나는 완전히 욕망에 빠져 있었다.

10일 금요일

그의 꿈을 꾸었다. 세번째다. 전에는 한 번도 없었던 일이다. 의미는? 초월의 모습인가 아니면 번민의 모습인가? 그는 이미 잃어버린 무엇이 되었고, 나도 덜 고통스러워한다. 모든 것에 대해서. 예를 들면 그의 침묵. "돌아오는 즉시 전화할게." 그런데 '즉

시'의 정확한 의미를 알고나 말하는 걸까? 그는 어제 돌아왔을 것이다. 이럴 수가. 도미니크 L이 내게 아바나 이야기를 했다 : 아바나의 디스코장들은 좁고 캄캄해서 거의 아무것도 보이지 않는다. 먹으면서도 무얼 먹는지 모르고, 서로 얼굴도 모른 채 껴안는다. 그러고 나서 오후 내내 S가 쿠바에 있었을 때 그곳에 갔는지 내게 물었다. 프로이트식으로 따지자면, 그가 어둠을 좋아하는 것은 쿠바에 머물렀던 1975년으로 거슬러올라간다. 알고 싶다. 우리의 관계와 무관한 사람들 역시 자신들도 모르게 정보를 준다. (도미니크 L은 자기 이야기에 내가 흥미를 보일 거라고 생각했을 것이다. 사실이다. 하지만 그가 생각하는 방향과는 다르게.) S에게 쿠바를 되살리게 하고 싶은 욕망(밤에 사방의 불을 다 끄고 섹스하는 것)과 그의 육체에 불을 켜고 섹스하는 것을 가르치고 싶은 욕망 사이를 오간다.

이렇게 글을 쓰다보니 다시 기다림과 열망이 가득 넘친다. 글은 욕망을 유지하게 한다. 프랑수아 미테랑은 말했다. "젊음이란 자기 앞에 둔 시간이다."

21시. 저녁 8시 10분에 그에게서 전화가 왔다(이 페이지의 라이트모티프*). 그 시간에 전화할 거라고 내가 '믿었는지' 잘 모르겠다. 결국 별 의미도 없지만. 나는 가능과 실제가 상상만큼이나 불완전한 그런 세상에 살고 있다. 그가 화요일에 온다는 확신이 몇 시간 동안이나 나의 욕망을 진정시킨다.

12일 일요일

내가 앞에 쓴 것이 아주 정확하지만은 않다. 욕망은 다시금 나를 완전히 사로잡아 일을 방해한다(아니면, 욕망을 유지하고 싶어서 일을 하지 않는 것일까?). 그가 올 수 없을지도 모른다는 두려움. 금요일과 화요일 사이는 너무나 길어 무슨 일이든 일어날 수 있다. 그의 목소리, 러시아식으로 꿈꾸듯 길게 끄는 그의 "그래"라는 대답은 나에겐 꿈이며 부드러움이다. 반대로 빠른 말투의 "뭐하고 있어?" 같은 말은 너무도 간결하다. 근본적으로 그가 완벽하게 아름다운 것은 소련 사람이라는 사실에 기인한다.

• 악극이나 표제음악에서 곡중의 주요 인물이나 사물, 특정한 감정 등을 상징하는 동기, 즉 주제적 동기를 취하는 악구(樂句).

13일 월요일

오후 4시 30분부터 밀려드는 갑작스러운 불안감. 그가 오늘 저녁이나 내일 아침 전화를 걸어 "갈 수 없어"라고 말할 것 같은 불안감. 그가 오지 않으면 카를로스 프레르의 전시 개막 행사에도 갈 수 있고, 원고를 끝낼 시간도 있겠지만 낙심해서 미쳐버릴 것이다. 내일은 밸런타인데이다. 내일 그가 자기 부인과 저녁식사를 하고 싶어할지도 모른다고 상상해본다. 여전한 이 열정. 하지만 나도 때론 이성을 되찾는다. 그러나 꿈…… "당신이 만약 보통 사람들과는 달리 40세 이후에 아이를 가졌다면" 같은 문구를 신문에서 보면 꿈을 꾼다…… 마치 정말 그가 '약속을 취소하려고' 전화를 걸거나 한 것처럼 울음이 터질 지경이다. 언제부터 인생의 부정적인 면만 바라보게 되었나?

14일 화요일

어젯밤, 잠이 깨어 윌리엄 R와의 약속이 있었던 2월의 어느 월요일을 떠올렸다. 그는 오지 않았다. 내 여자친구 왈(!), "넌 바람맞힌 거야! 그는 카페에 앉아서 네가 왔다 가는 것을 보고 있었어!" 그날 아침 설레는 가슴으로 집을 나서면서 무슨 생각을 하고 있었는지 기억나지 않는다. 도서관 옆길이 약간 음울해 보였다는 기억뿐. 그때 나는 스무 살이었다. 지금 나는 마흔여덟 살이고 약속이 깨진 것도 아니다. 그렇다면 그가 내게 연락을 했을 것이다. 이제 나는 '연락받는 처지'가 되었다. 하지만 나는 언제나 똑같은 불안에 시달린다. 그가 오지 않으면 어쩌나. 온다 하더라도 그는 다른 세상으로부터 온다. 그가 내 앞에 나타나는 순간, 애정의 몸짓이 시작되는 순간, 한 세계에서 다른 세계로 넘어가는 찰나적 순간과 직면해야 하는 불안감. 나는 끝없는 욕망을 꿈꾼다. 피할 수 없으면서도, 필연적 결론인 오르가슴에 귀결되지 않는 그런 욕망을 꿈꾼다.

오늘 찬란한 태양과 더불어 드높게 푸른 하늘이 너무나 아름답다. 바로 이런 날, 그가 오다니! 나는 그 아름다움을 나중에나 진정으로 실감할 수 있으리.

6시 15분 전. 만약 그가 오지 않는다면? 1961년 2월처럼? 그때는 당연히 내가 끝장냈다. 지금 내가 이 관계를 끝낼 수 있을까? 해가 저물었다. 하루종일 아무것도 하지 않았다.

11시 10분 전. 그가 떠난 지 40분이 됐다. 집안을 정리한다. 이 모든 것에 대하여, 즉 행복과 상실에 대하여 절망한다. 확실히 어리석은 삶이다. 그전보다 빨리 지나간 그와의 네 시간. 아마도 평

소와 다른 어떤 변화 때문일 것이다. 텔레비전이 있는 아랫방. 소
파에서의 섹스는 항상 더 은밀하다. 그는 애무에 몸을 맡긴다. 항
상 그렇듯 약간 취한 상태로. 빈약한 연상 작용. 나는 그것에 미친
다. 1972년 여름, 제네바에서 필립과 함께 본 영화 〈세자르와 로
잘리〉를 그와 함께 다시 봤다. 16년 반이 지난 뒤, 이곳에서 S와
섹스를 하며. 영화는 너무 오래됐고 다른 가치는 없지만, 나의 과
거와 밀접하게 연관된 것 같았다. S는 나를 진정으로 '혼외관계'
'정부'로 생각한다. 이 이별의 고통과 피로감은 그 무엇으로도 완
화될 수 없다. 그가 좀더 자주 오는 것 말고는. 그러나 불가능한
일이다. 내가 파리에 살지 않고 세르지에 있기 때문에. 또 그가 밸
런타인데이라는 것을 몰랐으므로 특별한 의미를 부여할 수 없었
다. 하지만 그래도 아름다웠어. 이 아름다운 시간이 종말을 향해
가고 있다는 생각만 제외하고. 끔찍하다.

15일 수요일

　여러 가지 꿈, 악몽. 그중 특기할 만한 꿈은 내가 '작은 상자 같
은 방' 안에 들어가야 하고 거기서 주사를 맞으면 모든 것이 끝나
는 꿈이다…… 오늘 아침 내 팔이 혐오스럽다. 팔 안쪽이 축 늘
어졌다. 살이 쪄서 피부의 쪼글쪼글한 부분을 채우고 그 위를 세

포조직으로 입히는 수술을 하든지 해야겠다. 그는 계속해서 말한다. "내가 당신의 가슴속에 새겨지다니 행복해." 하지만 이 말은 '당신의 책 속에 나오는 것보다는'이라는 뜻이다. 그에게는 그것만이 중요하기 때문에. 처음으로 나의 무능을 직시하고 있다. 죽음 속으로 아찔하게 추락하는 듯한 만남을 기다리면서 글도 쓰지 않고 살다니. 네 시간 동안 나는 시간이 흐른 것을, 좀더 거창하게 말하자면, 인생이 흘러가는 것을 느낀다. 글을 쓸 때면 정반대로, 시간이 존재하지 않는다. 그러면서도 나는 하룻밤 내내 그와 함께 보내기를 갈망한다. 내가 왜 러시아말을 배우는지(미친 짓, 너무 어려워), 내가 왜『유럽』지에 페레스트로이카에 대해 쓰려는지, 그리고 실재하지도 않는 그와의 관계에 대해 왜 이 글을 쓰는지 알 수가 없다.

16일 목요일

오늘 아침 체온계가 섭씨 37.2도를 가리킨다. 아무 생각도 나지 않고 그저 황당할 뿐이다. 이것은 내가 어제, 아니 그저께 한창 배란기일 때 관계를 가졌음을 확실하게 말해준다(그가 내 유방을 만졌을 때 느껴지는 아픔 때문에 무의식적으로 생각났다). 어젯밤의 극도의 피로감은 무엇을 의미하는가? '자궁경관의 강한 침투성' '필연적인 정자의 전진' 같은 단어를 사전에서 찾아본다. 그리고 다시 한번 이 맹목적인 현상에 대해 소름 끼치는 경이감을 느낀다. 20년 전, 그 옛날과 똑같은 불안 속에서 아흐레 내지 열흘을 보내야 한다. 어쩌면 내가 원했던 바가 아닐까? 그러나 다음 생리 때부터는 피임약을 먹어야겠다고 결심했다. 물론, 다음 생리가 있다면.

19일 일요일

금요일, 파리에 나갔을 때 찌르는 듯한 복통을 느꼈다. 그 순간 '임신이다'라는 확신이 들었다. 그러고 나서 마흔 살 이후 거의 가능성이 없는 자연현상을 가동시키는 데는 무의식만으로 불충분하다는 합리적인 생각을 하게 되었다. 임신 확률은 45분의 1이라고 한다. 하지만 이것 때문에 S에 대한 생각을 훨씬 덜하게 되었다. 어떤 남자가 나를 임신시켜주기를 막연하게 기다리는 것은 아닌지 자문해본다. 일단 임신하고 나면 그에게 이빨을 드러내며 으르렁거리는 암캐처럼 되고 싶은 것은 아닌지 말이다.

20일 월요일

너무하다. 오늘 저녁이면 그에게서 아무 소식이 없은 지 엿새째다. 출장이 없는데도 소식 없이 7, 8일이 지나면, 무관심의 단계를 또하나 넘었다는 것을 의미한다. 어젯밤, 또 괴로운 시간. 언제나 육체를 상상한다. 보조개! 지난번에야 턱에 보조개가 있다는 것을 발견했다. 한 남자와 자면서도 그것을 보지 못하다니. 내가 실체보다는 이미지에 매달렸다는 의미로, 좋게 평가할 수 있다. 보조개면 어떻고 흉터면 어떤가, 보지 못하는 것은 열정 때문이다. 조금 전, 내가 열여섯 살 때부터 끊임없이 남긴 족적, 내 일기에 대해 생각했다.

21일 화요일

기록이 깨졌다 : 오늘이 이레째. 희미한 절망감 속에서 괴로운 밤을 보냈다. 너절해진 이 이야기를 끝내고 싶은 마음. 예를 들어, 금요일 소련 영화 시사회에 가지 말까 하는 생각(아직 회신하지 않았다). 나의 광기도 의식했다. 어떤 관계든 결코 지속시키지 말 것. 내가 과연 그럴 수 있을까?

10시. 그가 공중전화로 전화를 걸어왔는데, 잘 안 들렸다. 전화가 온 시간으로 봐서 그라는 것을 알 수 있다. 다음주 전에는 올 수가 없다. 언제나 똑같은 말, "잘 지내?" "응, 당신은?" "나도 잘 있어" 등등.

24일 금요일

어제저녁 그가 전화를 했지만 집에 에릭과 다비드가 있어서 오라고 할 수가 없었다. 오늘 저녁은 영화 시사회. 그의 부인은 오지 않았다. "좀 아파서." 언제나 그렇듯이, 아무 의미도 없는 말. 혹시 그녀가 임신한 게 아닐까……그의 옆에 앉아 소련 영화를 봤다. 그의 손가락만 어루만졌다. 〈에티오피아를 위한 노래〉 카세트테이프를 크게 틀고 차를 빨리 몰아 집으로 돌아왔다. 나는 열여덟 살 때의 내 '인생의 광기'는 기억하고 이해하지만, 마흔여덟 살이 된 오늘밤 그것은 밑바닥 같은 절망감이다. 한 남자에 대한 광기, 절망감. 대사관 홀에 서 있는 그를 보면 그저 평범한, 좀 잘생긴 남자일 뿐인데. 『안나 카레니나』를 다시 읽는다.

오늘 아무것도 하지 않았다(소련에 대한 원고는 스트레스다). 오상에 있는 임신 테스트 시약에는 사용법도 쓰여 있지 않다. 안

내센터에 있던 여자의 모욕적인 태도. 그녀는 큰 소리로 "임신 테스트라고요?"라고 하더니 '임신 테스트'라고 크게 쓴 환불증명서를 가지고 중앙 계산대로 가라고 했다. 물론 그것을 사지 않고 나왔다. 나는 아직도 기다리고 있다. 내일 루앙에 가고, 일요일에는 그 뚱뚱한 독일 여자를 만나고, 월요일엔 드디어 그가 온다. 이렇게 살다니! 그럼에도 불구하고 파리─퐁투아즈 구간 A15 고속도로는 지난 몇 년 이래 더할 수 없는 쾌락과 끝없는 고통의 길이리라. 1984년 여름, 그리고 1988~1989년 사이의 겨울. 완전히 경직된 결혼생활을 보내던 나날들.

우리─그와 나─는 꿈과 욕망을 서로 교환하지만 그것이 같은 꿈과 욕망은 아니다.

27일 월요일

17시 35분. 기다림. 5년 전 어머니가 퐁투아즈병원에 입원해 있던 기억이 떠오른다. 어머니는 내가 지금 있는 이곳으로 다시는 돌아올 수 없었다. 곧 S의 자동차가 도착할 것이며, 죽음으로 가는 시간이 시작될 것이다. (임신이 아니었다.)

22시 35분. 어떻게 표현해야 할까? S와의 오늘 저녁은 너무나 열정적이어서, 마치 내가 용서받은 것 같았다. 다섯 달이 지난 후 또 새로운 쾌락을 발견했다(발견하는 사람은 언제나 나다……). 부드러운 애무와 육체에 취한 나머지 아무 생각이 없다. 우리는 텔레비전 앞에서 함께 얕은잠이 들었다. 그는 남성다움과 나르시시즘을 부각시킬 수 있는 것이라면 뭐든 좋아한다(나는 그의 뒤에서 손으로 그의 성기를 쥐고 자위행위를 대신 해준다. 그는 내 손만 볼 뿐, 나는 보지 못한다). 에로티시즘과 많은 가능성을 발견해가면서……

28일 화요일

육체의 향연 다음날. 밤새 연거푸 꿈을 꿨다. 나는 세세한 기억들을 털어내지 못한다(내가 위에서 묘사한 것들). 그럼에도 그것들은 동시에 흐릿한 기억으로 남아 있다(거의 네 시간 동안이나 잠깐씩 먹을 거나 커피를 가지러 갈 때를 빼고는 그에게 안겨 있었다). 너무도 감동적인 러시아 스타일 팬티. 레닌그라드−모스크바 기차 안에서 본 남자들이 입었던 것과 똑같은 흰색 러닝셔츠 또한 감동적이다.

10시 30분. 소련에 관해 쓴 글은 최악이다. 내가 무엇을 쓰겠는가? 어느 날 저녁 레닌그라드에서, 세면대 배수구에 마개도 없는 음울한 호텔방에서 사랑에 빠졌다는 이야기라면 몰라도.

저녁. 오후 내내 그를 용두질시키는 내 손을 보기 위해 몸을 숙이고 있던 장면이 계속해서 떠올랐다(나는 그의 뒤에 있었다). 그는 사춘기였을 때의 행동을 되새기거나, 어쩌면 좀더 어렸을 때의 환상을 반추하는 듯하다. 그의 추억을 되살리고 그와 함께 어린 시절로 되돌아갔음에 행복감을 느낀다. 또다른 이미지. 돌아가시기 이틀 전, 침대 위에서 고개를 숙인 아버지의 모습. 남자들은 스스로를 바라보고 우리는 그들을 바라본다? 남자에게 쾌락을 가르치고, 나누어주는 여자.

3월 2일 목요일

S와 정사를 치르고 난 후면 나는 정말 취해 있다. 어제도—좀 다르긴 했지만—에로틱한 장면들이 끊임없이 되살아났다. 오늘에야 머릿속이 약간 자유로워졌다. 그러나 이 같은 취기나 사랑이 흔적을 남기고, 심리에도 영향을 미치는 것일까?

어제저녁 그에게서 전화가 왔다. 너무나도 고마웠고(이런 단어를 쓰다니!) 너무나도 감미로웠다. 우리가 만나고 겨우 이틀이 지났을 뿐인데(고마움의 표시? 아마도, mojet grit.[*] 육체에 기억을 남기는 것 말고 그가 할 수 있는 일이 뭐가 있을까. 그렇다면 그런 나는 뭐지?). 그가 가장 바라는 바는 자신이 아직 여기 있는 동안 내가 책을 내는 것이라는 생각이 든다. 나를 자랑스럽게 여기기 위해서, 즉 자부심을 위해서.

5일 일요일

소련에 관한 원고를 쓰다보니 신경이 예민해져 또다시 좋지 않은 상태다. 어쩌면 다른 사람들의 비판이 두렵고 이미 페레스트로이카에 대해 논한 바에 내가 더 할 말이 없기 때문인지도 모른다. 게다가 전화도 없다. 하지만 모든 것이 제자리로 돌아갔다. 나는 그의 인생에서 에로틱한 여담일 뿐이다. 내 인생에서는 그가 그것 말고 다른 무엇이라고 말할 수 있을까? 하지만 때때로 얼마나 아름다운가. 월요일의 사건이 화요일에도, 수요일에도 나를 떠나지 않고, 오늘 역시 향수나 추억 없이는 그 일을 떠올릴 수 없다.

원고에 관하여 : 내가 해야 할 모든 것이 보이기 때문에 아무것도 하고 싶지 않은 마음과 계속 투쟁중이다. 시제, 즉 시간을 채우

---

* 러시아어로 '아마도'라는 뜻.

는 단어들과 문장들의 느긋한 연결을 구상할 수가 없다. 나는 참을성이 없다.

6일 월요일

모든 게 다 힘들다. 오늘 저녁 전화를 기다렸지만 허사였다. 지금은 11시, 『안나 카레니나』나 읽어야겠다. 이제 겨우 소련에 관한 원고를 시작했는데, 얼마나 글의 의미가 바뀔 수 있는지 느껴진다. "이렇게 나는 또다시 모스크바에 와 있다." 이것이 내가 진정 쓰고 싶은 첫 문장으로, 그것은 과거형이 아닌 현재형이다. 하지만 원고에는 과거형을 썼다. 원하는 대로 쓰고 싶지만, 언제나 가능한 것은 아니다.

1주일 전에 나는 그가 나를 원한다고 확신했다. 하지만 며칠 사이에 그가 다른 여자를 만났을 수도 있다. 이 일기는 처음부터 끝까지 열정과 고통의 외침이 될 것이다.

8일 수요일

괴로운 저녁시간과 밤. 잠을 잘 수가 없다. 구멍 속에 빠져 있는 느낌. 말하자면 전혀 사랑받지 못하고 있다는 생각, 어쩌면 이미 버림받았다는 생각. 버림받는 것이 얼마나 고통스러운가, 고통스러울 것인가에 대한 생각. 이젠 내게 전화조차 하지 않는 남자를 위해 원고를 쓴다는 것은 잔인한 일이다. 나는 남자에 관한 한 언제나 그랬던 것처럼 광적인 상황에 있다.

8시 30분에 전화가 왔다. (문자 그대로) 평범한 목소리, 그 목소리가 내 인생에서 차지하고 있는 중요성, 그리고 그가 그 중요성을 전혀 눈치채지 못한다는 점이 정말 놀랍다. 어쩌면 화요일에 볼 수 있을지도. 나: "그전에는 안 될까……" 그: "좀 어려워" (=그건 불가능해. 이제 나는 소련식 표현을 해석할 수 있다).

9일 목요일

에릭의 교원자격시험 때문에 화요일은 불가능하다. 8시인데도 캄캄한 아침이다. 당연히 나는 그에게 연락할 수가 없다. 이제 조금 있으면 그를 못 본 지 3주가 된다. 내게는 그것이 지속적인 고

126

통이나 무관심을 의미할 뿐이다. 1986년부터 2년 동안 P와 내 관계를 지배했던 그 무관심. 어제 파리 시내에서 아무런 의욕도 없이, 반쯤 죽은 듯 무겁게 걸어가고 있는 내 모습을 다시 발견했다. 어렴풋한 섬광 같은 광적인 쾌락을 적은 슬픈 일기.

10일 금요일

화창한 날씨. 혼자다. (그러나 나의 고뇌와 행복은 내가 혼자 사는 여자라는 조건과 결부돼 있다. 이 조건이 없다면, 거의 대부분 결혼이나 동거에 존재하는 권태나 질투를 느낄 것이다.) 지나가는 푸조 405 또는 505 자동차를 볼 때면, S가 이런 유의 남자라는 생각이 든다. 그러니까 대형 승용차를 선호하고 출세에 몰두하는 나르시시스트, 그리고 내가 작가라는 사실이 제일 중요하고, 그다음으로 섹스 생각이 날 때마다 만날 수 있는, 그의 물건을 불끈 달아오르게 해서 사정하게 해주는 예쁘장한 여자라고만 생각하는 남자. 계속 내재하는 고통. 월요일 이전에 전화가 오지 않으면 주중에 만나는 것은 불가능할 것이다.

12일 일요일

투표일. 내가 가장 최근에 투표한 것은 10월 20일. 그때는 개인적인 면에서 지금과는 너무도 다른 상황이었다. 나는 대단히 회의적이다. 다시 말하면 어느 노래에선지는 몰라도 J. 브렐*이 노래한 귀환의 희미한 약속에 귀기울일 준비가 되어 있다는 말이다. 소련에 관한 원고는 정말 나를 극도로 힘들게 하지만 이것마저 없었다면 더 끔찍하지 않았을까? 상대방이 절대적인 자유를 누리는 것을 정말 참을 수 없다. 그 관계도 마찬가지다. 오늘 저녁 그가 전화를 해올까?

11시. 아니다. 모든 것이 너무 힘들다. 원고 교정, 러시아 단어 익히기(이게 무슨 소용이 있을까) 등등. 그는 지적으로 형편없고, 기존 질서에 맹종하는 인물이라고 스스로에게 되뇌어보는 것도 아무 소용이 없다. 내가 그에게 애정을 느끼는 것은 그런 것 때문이 아니라, 이 설명할 수 없는 육체관계 때문이므로. 그 육체관계가 그리워 죽을 것 같다.

---

* 자크 브렐(1929~1978), 프랑스 작곡가이자 가수. 〈Ne me quitte pas(나를 떠나지 마오)〉를 작사, 작곡하고 불렀다.

지난밤, 어머니 꿈을 꾸었다. 우리는 기차 안에 있었다. 어머니는 정신 나간 모습이 아니었다. 그전 1970년대 말의 정상적인 얼굴을 하고 있었다. 현재 내 삶을 위안하는 꿈인지도 모르겠다.

13일 월요일

『유럽』지에 기고할 이 당치않은 원고를 끝낼 수는 있을까? 소련에 대해 내가 유일하게 말할 수 있는 것은 그 나라가 내게는 여전히 신비롭고 매력적이라는 것뿐이다. 그 외는 이미 다 아는 사실들이다. 자유로워진 언론, 투쟁, 페레스트로이카의 불확실성. S를 볼 수 없다는 참혹한 생각과 함께 아침에 눈을 뜬다, 언제까지? 오늘 저녁에는 그가 전화를 해오지 않는 편이 더 낫겠다. 내일 만날 수 없다고 말하지 않아도 되니까(에릭의 교원자격시험 때문에). 복통이 인다. 왜?

그의 눈에 나는 작가로서 특별한 점이 없다(그는 내 작품들을 이해하지 못할뿐더러 프랑스 문학에서 차지하는 위치도 전혀 이해하지 못한다). 다른 여느 작가나 마찬가지일 뿐이다. 즉, 동일한 사회적 환상을 준다면, 어떤 여성 작가든 나를 대신할 수 있다는 말이다. 이 일기장이 끝나간다. 『안나 카레니나』나 끝내야겠다. 내가 10월 이래 겪은 그 무엇보다 더 고통스러운 관계. 그가 나를 서서히 버릴 것이 틀림없다. 자백을 유도해야겠다. 첫날을 제외하고는 우리 둘 사이의 모든 것을 주도한 사람은 나다.

10시 30분. 그는 내가 집에 없었던 6시경에 전화를 했다. 그후 아무 소식이 없다. 나의 기쁨은 점점 스러져 마침내 확신에 이르렀다. 그는 내일 약속이 불가능하다는 걸 알리기 위해 전화한 것이다. 이런 고통 속에서 더는 살 수가 없다. 다시 전화가 오면 결별을 제의해야겠다. 저녁마다 황폐감을 느낀 지 벌써 열흘. 어쩌면 그보다 더 됐을지도 모르겠다. 며칠 전 그와 지낸 밤이 어쩌면 이렇게 멀고 비현실적으로 느껴질까.

14일 화요일

밤새도록 잠을 설쳤다. 목도 아프다. 일할 의욕이 전혀 나지 않는다. 원고는 끝냈지만 엉망이다. 내 마음은 번민으로 가득하다. 전화가 울린다. 페인트 회사다…… 어떻게 이렇게 살아가나? 아니, 그토록 아름답고 완벽하게 시작됐던 이 관계의 필연적인 종말 이후에 내가 어떻게 살아남을 것인가?

10시 30분. 전화가 왔다. 자동차를 고치고 있다고 한다. 단번에 머릿속이 정리됐지만 실제가 아니라 정리되는 듯한 착각임이 분명하다(전화하기 전보다 그가 나를 더 사랑하는 것도 아니고, 나는 소련에 관한 이 엉터리 원고를 써야 한다). 하지만 어쩌면 잠을 잘 수 있을지도 모르겠다……

18일 토요일

『안나 카레니나』를 다 읽었다. 죽음을 향한 마지막 페이지들이 일종의 내적 담론과 함께 너무나 아름다웠다.

그에게서는 아무 소식도 없다. 어젯밤, 침대에서 불면과 눈물로 지새우면서 죽고 싶은 마음이 들었으나, 구체적으론 아무것도 하지 않았다. 한 가지 이미지가 나를 공포로 사로잡았다. (우리처럼 소련에 초청된) 방문단의 여자들과 그가 춤을 추는 모습이었다. 나는 소외되어 있었다. 언제나 똑같은 이야기. (필립이 귀가 하지 않는 밤이면 내가 얼마나 고통스러워했던가? 그것은 바로 지옥이 아니었던가. 지금보다 더 끔찍했던가? 아니면 지금과 똑같았나?) 보르도에서 살 때, 방의 침대 시트에서 그 소녀(이름이 아니 Annie 뭐더라? 잊어버렸다)의 처녀성을 보여주는 피를 발견했던 것과 그 당시 나의 고통이 생각났다. 1964년 2월. 필립과의 결

혼, 오직 나만의 내적 결핍, 나를 사랑하지 않았지만 내가 필요로
했기 때문에 시작된 필립과의 결혼생활…… S도 나를 사랑하지
않는다. 그는 나를 결코 사랑한 적이 없다. 그리고 내가 사랑하는
것은 그의 젊음이며, 언제나 나를 매혹시키는 사람이며, 현 세계
의 가장 큰 수수께끼인 소련이라는 나라에서 온 사람이라는 점이
다. 그가 전화한 지 겨우 나흘이 지났을 뿐인데 그 시간이 영겁처
럼 느껴진다. 화요일을 되새겨본다. 세르지의 꽃가게에서 『한 여
자』의 여배우에게 꽃을 보냈다. 그는 그때까지도 전화하지 않았
고, 그래서 저녁시간이 즐거울 수 없다고 생각했다. 하지만 그것
은 지속적인 고통 속에 일어난 그저 하찮은 사건일 뿐이다. 전화
는 오지 않았던 것이나 마찬가지였다. 이런 때 지적 노동을 전혀
할 수 없다는 것은 최악이다.

19일 일요일

17시 30분에 전화가 왔다. 며칠 동안 계속된 내 상상의 연극무
대가 막을 내린 듯한 느낌이다. 조용한 기다림이 시작된다. 무관
심, 권태, 줄어든 욕정을 확인하는 두려움 역시 시작된다. 지난번
은 너무나 아름다웠다. 하지만 이 관계의 부조리함, '우연성'은 너
무도 확연하다. 무엇이 우리를 이어주는가? 나는 공허함을 의식

한다. 그는?

21일 화요일

어제는 완연한 봄이었다. 내 의사와 관계없이 3주 동안 그를 만나지 못한다는 사실이 나를 냉정하고 무관심하게 만든다. 그의 얼굴이 그저 평범하게만 보이고, 사형제도를 찬성하는 견해나 동성애자를 처벌하는 소련 법을 용납할 수가 없다. 하지만 그가 내게 애착을 갖도록 하고 싶은 욕망은 여전해서 오늘 아침, 그가 자기 생일에 갖고 싶어하는 책을 주문했다. 마른 몸매, 남성적이지는 않지만 아주 자극적이다. 우리가 서로 더 원하지 않게 되기 전에 함께 밤을 지새울 기회가 있을까? 그가 대사관 영화 시사회에 초대하겠다고 했지만 나는 의례적인 사의를 표시했다……

24일 금요일

어젯밤 꿈에서 내가 말한다. "성은 내 삶에서 언제나 번민이었어." 월요일 이후로 환멸과 열정의 부재, 그리고 그가 내게 전혀 애정을 가지지 않았다는 확신 속에 살고 있다. 따라서 나 혼자 이 관계를 지속시킬 수는 없다. 그는 아직도 나의 모든 생각을 잠식하고 있다. 예전 같은 강도와 미칠 듯한 욕구는 아니지만.

오늘 다뤄가에 있는 러시아 교회에 갔다. 좁다랗고 폐쇄적인 건축양식과 이콘*을 다시 보니 충격적이었다. 그다음 자크마르앙드레박물관에서 열린 의상 전시회—물론 러시아 의상—를 둘러봤다.

26일 일요일

안개 속에서 돋보이는 활짝 핀 목련꽃. 부활절. 정확히 6개월 전이다. 단지 '하룻밤거리'라고 생각했던 소련 남자와, 그날 새벽 2시 이후로도 계속해서 관계를 엮어갈 것이라곤 결코 깨닫지 못하고 있었다. 천박하거나 냉소적인 말로 치부해서 해결될 일이 아니다. 가장 낭만적인 사춘기 소녀들이 생각하는 것보다 더 낭만적인 관계. 이제는 어떻게 해야 하나? 현실을 받아들이며(섹스를 줄이면서) 절제한다? 아니면 내 평소 방식대로 결별한다? 그가 실질적이고 전혀 낭만적이지 않기 때문에 나를 만나려 애쓴다고 생각할 순 없다. 그 : "그녀가 더이상 원하지 않는다면, 할 수

---

* 러시아정교회에서 주로 그리는 종교적인 상징물인 성화와 성상.

없지." 그리고 그는 사회생활에서 그러는 것처럼, 이런 면에서도 틀림없이 허세를 부릴 것이다(알랭 들롱의 명함을 몸에 지니고 다니다니!). 나는 어찌하여 언제나 허영심 많은 남자들한테 애착을 가지는 것일까.

27일 월요일

끔찍한 꿈. 가장 끔찍했던 것은 어린 다비드의 죽음. 그것을 꿈이라 생각하고는 다시 다른 꿈을 꾸었다. 이번에는 불이 나는 꿈. 경보가 울리는 순간, 나는 가게에서 속옷을 입어보고 있다. 창문으로 다가가보니, 구조된 사람들이 버스 안에 있는 것이 보인다 (어쨌든 희생자는 없었다). 그들은 속옷을 입고 있는 나를 쳐다본다. 그 순간 버스 안의 사람들이 쇼윈도에 있는 수십 개의 러시아 인형들과 닮았다는 생각이 들었다. 이 두 꿈속에서 부모님은 생존해 있었다. 이 세대간의 고리는 나의 의식 속에 매우 뚜렷하게 존재한다. (1964년의 유산 이후부터.)

다가오는 4월에 대한 두려움. 노트 한 권에 다섯 달분의 일기밖에 적지 못했다. 처음 있는 일이다. 1963년에도 이 기록을 깨진 못했다. 이것은 내가 분석을 많이 할수록 글을 더 많이 쓰는 습관을 가졌다는 것을 증명할 뿐이다. 하지만 집착의 괴력, 그 자체에 관해서는 어떤 분석도 할 수 없다.

28일 화요일

밤 9시. 여름 같은 날씨다. 3월에 이런 더위를 겪은 적이 없다
(참, 1961년에 있었지). 전화가 안 온 지 여드레째, 하루가 더 늘
었다. 이제는 그것을 습관적으로, 그리고 어찌할 수 없는 마음으
로 받아들인다. 아직 결별할 결심을 못했기 때문에. 하지만 그는
서서히 결별하기로 마음먹었는지 모른다. 목요일, 그가 대사관
영화 시사회에 오지 않는다면? 혹은 나를 모르는 척한다면? 이제
나는 아무 일도 하지 않는다. '정치'에 관한 원고에는 아무 흥미를
느낄 수 없다. 오늘 아침 퐁투아즈의 노트르담성당 앞에서 땅 밖
으로 드러난 굵은 나무뿌리를 발로 밟고는 가볍게 뛰었다. 그 순
간, 레닌그라드 근처에 있는 황제의 여름궁전이 생각났다. 그곳
에는 바닥에 분수들이 숨겨져 있어 어쩌다가 그 위를 걸을 때면
온 발이 다 젖었다. 그후로 지금까지 한 번도 떠올린 적이 없었다.
언젠가 레닌그라드에 다시 가볼 것이다. 여러 번 베네치아에 다
시 간 것처럼. 그러나 그때 나는 늙은 여자일 것이다. 'tempo fa'*

---

* 이탈리아어로 '얼마 전'이라는 뜻.

가 러시아어로 무엇인지 모르겠다.

내가 이 노트에 일기를 쓰기 시작할 때부터 필연적으로 올 수밖에 없다고 생각했던 욕망의 종말이 서서히 다가오고 있다. 거역할 수 없는 순서를 따라서. 이제 어떻게 해야 하나? 나는 아직도 이 열정으로부터 빠져나올 힘이 없다. 그러므로 내가 현재 매달리고 있는 것보다 좀더 확실하고 명확한 신호들이 있어야 한다. 모험을 하듯 결별의 편지를 써야 하나? 현재 상태는 필립 때와 비슷한 S의 무관심, 우유부단한 태도인 것 같다. 나를 버리려고? 그래.

편지를 쓰면 끝날 것이다. 그래서 쓸 용기가 나지 않는다.

9시 40분. 전화가 왔다. 금요일에 만난다. 내가 미친 것일까? 아니야.

30일 목요일

벌써 여름. 소련 대사관에 가서 그를 볼 것이다. 내가 좋아하는 것은 긴장감, 욕망, 그리고 그저 그의 마음에 드는 것이다. 사랑? 사랑받는 것이 불가능하다는 걸 안다.

저녁. 밀어닥치는 실망. "대사관 당직." 그는 시사회에 참석할 수 없었다. 하지만 나를 보러 오겠다고 약속했다. 그러나 암흑 속에서 나를 찾을 수 없었던 그는 되돌아갔다. 내일은 그가 오지 않는다. 아마 월요일에 올 것이다. 다른 사람들이 있는 자리에서 보이는 조심성, 무관심. 오늘 저녁 나는 그를 보지 못했다. 다시 말해 나와 섹스를 하는 남자라고 상상할 수 없었다. 하지만 집으로 돌아와서는, 그가 차갑고 소극적이고 의례적이었기 때문에 더 그를 갈망한다. 이제 그는 사하로프를 기꺼이 인정한다. 머지않아 솔제니친도?

이 일기 속에서 그는 나에게 무엇인가? 나는 S에 대해 계속 쓰고 싶다. 가능할까? 나의 꿈은 휴가를 모스크바에서 보내는 것. 그곳은 S와 휴가를 보내기에 가장 '이상적인 곳'이다.

4월 3일 월요일

20년 전, 생트막심에 갔다. 나는 에릭을 포스트 호텔(?)에서 임신했다. 지금도 그 방이 생각난다. 그때 나눈 대화 중 생각나는 것이 있다(나 : "우리는 오토에로티크auto-érotique야." 그 : "그래, 어

138

떤 사람들은 침대 위에서 하지만 우리는 자동차에서 하지!"*). 내 인생은 그때 그렇게 시작되었다. 나는 그 당시 사회에서 자주 거론되던 미혼모가 되기 싫었고, 또다시 유산하고 싶지도 않았다. 해결책은 결혼뿐이었다.

오늘 내가 그의 제의를 제대로 이해했다면 S가 올지도 모르겠다. 아마도 내가 여행을 떠나기 전 마지막이겠지. 음울하고 추운 날씨. 그는 다른 때보다 말을 좀더 많이 할까? 하지만 왜 그가 바뀔 거라고 생각하나? 그는 레닌그라드에서도, 10월 파리의 아파트에서도 아무 말 하지 않았다. 그는 예나 지금이나 실속파고 속내를 결단코 내비치지 않는다. 단순한 쾌락주의자일지도 모르겠다.

17시. 혹시 내가 잘못 알아들었나? 확실한 약속이 아니었나? 내가 잘못 이해했을 거라는 확신이 조금 전부터 든다. 그가 올 수 있다면 토요일이나 일요일에 전화하기로 했던 것 같다. 절망의 구렁텅이.

22시 45분. 오늘이 틀림없었다. 마리클로드 V로부터 전화가 온 뒤인 17시 45분에 그가 도착했다. 마리클로드의 형인 장이브

---

* 작가는 자기들이 외부의 성적 자극이 필요 없는 커플이라는 뜻으로 말한 것을 남자는 카섹스로 이해함.

가 뇌종양에 걸렸단다. 1963년 마리클로드의 결혼식날 은밀한 얘기를 나누던 그를 기억한다. 나도 삶의 나락을 겨우 잡고 있지만, 마흔일곱 살 남자의 죽음이라는 현실은 부당하고 상상하기조차 어렵다. 그러나 그 순간 나는 S만을 생각하고 있었다. 오지 않는 S. 집 앞길로 파란 차가 돌아 들어오는 것이 보였다. 그후로는 다른 시간이 시작되었다. 이제 그 시간도 끝났다. 그는 여느 때와 마찬가지로 말이 거의 없었다. 내가 물었다. "좋아(내가 지금 하고 있는 것이)?" 그가 미소 짓는다. 뭐라고 표현할 수 없는, 즐거운 표정이다. 유일한 발전은 불을 켜고도 눈을 감지 않는다는 것이다. 내가 선물한 책을 어린애같이 좋아하며 들춰본다. 다른 책들을 더 보태서 주지 말 걸 그랬나 싶다. 마치 내가 선택(그가 원하던 책)을 무시하는 것처럼 보일 수도 있을 테니까. 이 두 권의 책속에 나의 개인적인 흔적을 남긴 것이 마음에 걸린다. 왜냐하면 그의 부인—마리아 또는 마샤—이 언제든지 의심할 수도 있으니까(내 경험상 그렇다는 말. 나도 의심이 많다). 오럴 섹스, 그다음엔 에이널 섹스. 그는 우선 자기 생각만 한다. 무한한 나르시시즘. 하지만 나는 이제 즐거움을 주는 것을 좋아한다. 그를 보지 않고 견뎌야 할 한 달.

4일 화요일

나는 심리적인 혼수 상태에 빠져 있다. 4월인데 눈이 온다. 지난밤에 꾼 S의 꿈. 그와 저녁을 함께 보낸 후 처음 있는 일. 컴퓨터가 있는 방을 그의 거처로 꾸몄다. 언제나처럼 확연한 의미.

내가 말했다. "우리는 함께 많은 즐거움을 나누고 있어. 하지만 당신에게 나는 뭐지? 아무것도 아니지?" "아냐, 아냐." "뭐라고, 아니라고?" "당신은 많은 부분을 차지해." 결국 나는 많은 것을 얻었다, 그 외에는 없었다.

그가 방에서 옷을 다시 챙겨입는 끔찍한 침묵의 순간. 옷가지들 하나하나—내가 네 시간 전에 벗겼던 옷들—를 천천히 다시 입는다. 처음에 팬티, 메리야스, 그다음은 바지, 벨트, 셔츠, 넥타이, 구두(양말은 절대 벗지 않는다). 이 의식을 보는 내 가슴은 찢어진다. 이별, 무한히 느릿한 슬로모션.

개가 짖는다. 텅 빈 가슴, 세Sées에서처럼, 1960년 런던에서처럼, 그리고 1984년 P의 집에서처럼. 그리고 조금 운다.

그의 기둥서방 성향. 시바스리갈 위스키 반병을 마시고, 뜯은 말버러 담배를 보루째 가져간다. 나는 어머니와 창녀를 겸한다. 나는 언제나 모든 역할을 다 맡는 걸 좋아했다.

러시아말을 하는 여자들에 대한 질투. 마치 내가 결코 가질 수 없는 어떤 것을 그 여자들이 그와 공유하는 것 같은 기분이다. 설령 그들이 그와 아무 관계가 없다 할지라도. 다른 사람들과 비교해서 나를 고통스럽게 하는 것은 바로 내 안에 있는 이런 결핍증이다(글로브서점에서 느꼈던 감정과 비슷한, 그리고 최근 러시아정교회에서 내가 이해하지 못하는 이 언어가 들렸을 때 느낀).

8일 토요일

수요일부터 심한 목감기를 앓았다. 덴마크, 동유럽 등 긴 여행에 대한 생각과 더불어 하루하루가 또다시 환멸스럽다(무감각증은 병이다). 떠나기 전에 그를 다시 볼 수 없을 것이다. 월요일이나 화요일 저녁쯤 짧은 전화 통화나 할 수 있을지…… 안개.

12일 수요일

말뫼.* 끝없는 피로가 계속된다. 실베르스베리라는 스웨덴 디

---

* 스웨덴 남서부 말뫼후스주(州)의 주도.

자인 회사 매장에서 인생에 대한 환멸을 느꼈다. 대중 앞에서 문학을 논하는 바보짓. 나는 왜 여기 있는가? 여행도 할 겸 '겸사겸사' 왔지만, 비싼 대가를 치르고 있다.

20분 동안의 얕은잠. 어젯밤, S의 의례적인 전화. "아-니An-nie, 잘 있어? 나 아팠어. (어디가 아팠는지는 묻지 않는다.) 안 떠나? 떠날 거야. 언제?…… 언제 돌아오는데?…… 토요일에 전화할게. 여행 잘해." 이 단어들이 컴퓨터나 미니텔* 모니터 위에 떠서 보이는 것만 같다. 그럼에도 나는 끊임없이 그에 대해 생각한다. (4년 전, 이곳에서 내가 생각한 사람은 P였다. 그렇다면 4년 후에는?)

13일 목요일

코펜하겐 넵튠호텔의 방(1985년과 같은 호텔), 침대 옆 탁자 위에는 신약성서가 있고 텔레비전 위에는 포르노 영화 비디오테이프가 놓여 있다. 호기심에서 언제 볼까 망설인다(계산서에 포함되어 드러날 테니까!). 결핍을 채우기 위해서가 아니라, 아직도

---

* 인터넷이 대중화되기 이전에 프랑스 전화국이 개발한, 데이터베이스 검색과 채팅이 가능한 개인용 통신 장비.

배우기 위해서. 학회를 끝내고 오늘밤이나 내일 아침쯤 봐야겠다. 작고 밝은 이 방의 완벽한 정적. 깔끔하고 절망적인 덴마크는 내게 아무 냄새도 없는 명주솜 같은 곳이다.

어제, 내 강연을 들으러 문화센터에 온 사람들에게 처음으로 모욕을 안겨주고 싶은 충동을 느꼈다. 그들에게 외치고 싶었다. "당신들은 무얼 기대해? 여긴 무엇하러 왔어? 문화적인 미사에 온 거야? 바보들아, 아무것도 볼 거 없어. 난 교양 있는 체하는 스웨덴 할망구들을 위해 글을 쓰는 게 아냐."

15일 토요일

어제, 덴마크 초창기의 왕 호르센과 옐링의 묘지를 방문했다. 묘사를 위한 묘사, 무용하다.

여자 상사에 대한 프랑수아즈 A의 태도가 짜증스럽다. 부르주아계급의 '솔직함'을 지닌 그 여자에게 끊임없이 굽실거리며 '아니Annie'라고 부르는 그녀의 태도(아마 내 이름과 같지 않았다면 내가 덜 예민했을지도 모르겠다).

그러나 중요한 것은 S가 약속과 달리 내게 전화를 하지 않았다는 사실이다. 내일 그를 만날 것이라는 나의 모든 기대(우리의 관계로 볼 때 틀림없이 미친 기대)가 무너져내렸다. 어쩌면 내가 내일 만나자고 요구할 수 없도록 그가 일부러 전화를 안 했을지 모른다. 지난 12월부터 어느 정도 느끼고 있는 무관심을 재확인하는 것이 비참하다.

17일 월요일

세르지역. 잠시 후, 프라하. 카뮈가 쓴 글. "……년도에, 나는 프라하에 있었다." 덴마크보다 S에 더 가까운 나라로 간다는 느낌. 게다가 초행이다.

어젯밤, 내가 돌아오는 날 아침 약속을 정하기 위한 사무적인 통화를 했다. 언제나 그가 일방적으로 정한다. 항상 나는 레닌그라드의 첫날을 떠올린다. 마치 공포를 일으키는 칼자루처럼, 모든 것을 유발시킨 그 몸짓. 그래도 사실 이게 행복이란 거잖아. 물론이지, 하지만 불행이기도 하지. 나는 또 온갖 에로틱한 장면들을 만끽하고 있다. 그것이 없으면, 난 더이상 그를 필요로 하지 않아.

19일 수요일

월요일, 비행기를 놓쳤다. 어제 꽁꽁 얼어붙은 빈으로 우회. 프라하, 웅장하고 검은 도시다. 카를교에서 바라본 성과 성당은 「호프만 이야기」 속에 나오는 분위기를 지니고 있다. 전찻길 옆에 위치한 센트룸호텔은 시끄럽고, 모스크바의 소련공산당 중앙위원회 호텔처럼 작은 거실이 있다. 어젯밤, 창문도 잘 닫히지 않아 추위로 덜덜 떨며 노르스름한 밤색 방에서 잠을 청하다가 동유럽권 나라에서는 결코 살 수 없을 거라는 확신이 들었다. 하지만 주민들은 행복해 보인다. 이곳에서 대사관 문화담당관들과 소련에 관해 많은 이야기를 나눈다. 미국과 함께 가장 크고 강한 나라에 산다는 자부심을 가진 소련인들. 그들이 짓밟고 있는 나라 사람들에 대한 경멸감, 그 대신 '비난'을 수용하는 그들의 태도. 확실히 파악할 수는 없지만, 나와 S의 관계가 가지는 성격을 이해할 수 있다 : 그들은 다른 존재일 수가 없다. 말할 때 그들은 단순하고 정복자인 체하는 거친 사람들일 뿐이다. 그 문화 담당관이 나와 소련 남자의 관계를 짐작했겠지만 소문내지 않기를 바란다. 항상 소문보다는 비밀이 낫지.

공항. 목소리를 낼 수 없다. 1969년 이후로 처음이다. 20년! 오늘 아침 말을 더듬는 붉은 머리칼의 통역과 면담. 작가동맹 방문,

프라하의 봄 이후 숙청을 주도한 '브라트'와 면담. 전형적인 동유럽 분위기, 어두운 회의실, 커피 대접, 극복 불가능한 이념의 벽. 흐라발*에 대한 브라트의 공격.

프라하대학. 누보로망에 대한 변함없는 비판과 공산주의 작가나 준準공산주의 작가들에 대한 언급. 이들이 변할 수 있을까?

저녁, 부다페스트. 조금 전, 절절한 정신적 고독감을 느꼈다. 변기에 앉았다. 복통. 바닥에 수건을 펴고 머리를 숙인다. 토하기 위해. 헝가리식 쇠고기 요리가 소화가 안 됐나. 너무 기름졌나보다. 요즘 나는 이상할 정도로 허약하다. 에이즈인가? 그렇다면 S밖에 없다.

22일 토요일

부다페스트 일정이 끝났다. 극도로 의기소침한 상태로 간신히 강연을 끝냈다. 그 보상으로 도시들, 꿈에 그리던 도시들이 거기에 있다, 아주 자연스러운 모습으로. 부다페스트(성 주변―자유의 여신상에서 보이는 파노라마), 바르샤바(역사적 유적지에 불

---

* 보후밀 흐라발(1914~1997), 체코 소설가.

과하게 된). 어딜 가나 러시아인들에 대한 증오가 들끓는다. 특히 폴란드가 심한데, 그곳은 낙후되고 초라했다(경작용 말들, 거위를 지키는 여자들, 교회들). 극도의 빈곤(휘발유, 오늘 아침에 본 치즈). 문화담당관 부인의 청바지와 스웨터 스타일이 거슬린다. 화장도 하지 않은 여자가 자기 딸의 부르주아적 교육과 클래식 음악 디스크 따위에 관해서는 괜스레 까탈스럽게 군다.

이제 더는 절대적 고독감 같은 것이 나를 미칠 것처럼 만들지 않는다. 바르샤바공항에서 가방 때문에 넘어져 얼떨결에 신발 한 켤레를 버렸다. 그러고는 폴란드어로 비행기가 (두 시간 반) 연발된다는 안내방송을 이해하기 위해 적어도 세 남자에게 설명을 구걸해야 했다. 또 컨베이어 고장으로 짐이 나오지 않았다. 마지막으로 내가 전혀 관심이 없는 문화담당관 부부와 함께 식사하러 가서 통조림 햄을 먹었다. 지겨운 여행.

발자크가 한스카 부인을 만나러 왔던 크라쿠프의 가장 오래된 호텔에 묵고 있다. 5미터가 넘는 높은 천장, 싸구려 사치, 페인트 냄새. 로즈호텔.

밤이 깊어갈수록 막연한 고통이 점점 더 엄습해온다. 레닌그라드에서의 S와 나의 이미지가 너무나 강렬하게 나타난다. 그를 다시 만날 순간을 울지 않고는 기다릴 수 없다. 고독감 역시.

24일 월요일

모든 일정이 거의 끝나간다. 더이상 강연하지 말아야지. 이런 자기과시가 혐오스럽다. 일요일 오후, E와 VC의 태도. 딸에 대한 문화담당관 부부의 태도 때문에 걷잡을 수 없을 만큼 화가 났다. 희화적으로까지 느껴지는 부르주아 원칙에 따른 양육. 매 순간 가해지는 이 은근한 폭력은 끔찍한 면이 있다. 손가락으로 올리브를 집으면 안 되고, 초대 손님이 먼저 식사를 들 때까지 기다려야하는 것 따위들. 네 살짜리 애에게! 스머프 만화영화를 미끼로 한 비열한 흥정. 만약 나중에 네 차를 타지 못하게 하면—소녀가 장난으로 한 말—스머프 만화영화를 못 보게 할 거야. 이 모든 것을 그녀는 소름 끼치도록 부드럽게 말했다. 계급에 대한 증오심. 천박한 나와 고상한 문화담당관 부인의 투쟁은 돌이킬 수 없는 단절감을 만든다. 그날 저녁 아주 천박한 폴란드 남자 두 명이 나를 유혹하는 것을 본 순간 그녀가 드러낸 혐오감.

그들과 함께 카지미에서 유대인 거주구역 방문. 그곳은 버려진 곳인데 어느 집 문 위에는 명패가 그대로 남아 있었다. 오늘은 교회를 방문했다. 월요일 미사에 끝없이 밀려드는 사람들…… 폴란드 사람들은 교회 아니면 상점에 다 모여 있다. 그들은 눈에 띄는 대로 뭐든 사기 위해 아무 상점에나 들어간다. 끊임없이 무언가 가져갈 것을 찾아다니는 개미들의 이상한 움직임. 말없이 서서히 움직이는 끝없는 줄. 순종, 침묵. 그리고 교회.

아주 작은 사탕이 수북이 쌓여 있거나 주스 병이 즐비한 진열창 안을 들여다보는 그들의 모습. 토마토 1킬로그램이 인형 하나, 미장원 네 번 가는 값과 맞먹는다.

25일 화요일

바르샤바발 파리행 비행기.

어제 오후 호텔에서 졸았다. 거리에서 사람들 발소리를 들었다. 길바닥을 망치로 때리는 듯한 이상한 소리, 움직이지 않는 발자국, 한밤 마구간 짐승들의 발자국 같다. 조용한 발자국. 폴란드 사람들은 말하지 않는다. 어디에서든. 침묵하는 긴 줄, 마리에키 광장에서 본 말없는 관광객들의 물결. 순종하고 침묵하는 인파. 내 강연에 한 수녀가 참석했다! 무겁게 짓누르는 교회. 때묻은 블라우스를 걸친 친절한 미용사들, 낡아빠진 헤어드라이어용 전기 모자들, 다듬은 눈썹을 확인하라고 내게 가져다준 모서리가 나간 거울은 흐릿한 모습만 반사할 뿐이었다. 헤어드라이어는 따뜻하지도 않다. 조명도 약해서 거의 어둠에 가깝다. 주스 팩, 사탕 같은 사치품이 진열되어 있는 큰 진열창 앞에 멈춰 선 사람들. 슬픔이 내게 이토록 강렬하게 다가온 곳은 없다.

28일 금요일

그는 어제 11시쯤 왔다. 욕정. 그는 무릎을 꿇고 내 성기에 입 맞추었다. 크리스마스 이후 처음이다. 다정한 사랑의 표현. 그는 여전히 나를 원한다. 그러나 두 사람 사이의 대화가 너무나 아쉽다. 시간이 갈수록 더 아쉽다. 감춘 눈물, 참고 삼킨 말, 언제나 미소 띤 내 얼굴, 항상 다정한 나의 애정 표현이 이젠 지겹다. 면세점에서 산 말버러 담배 한 보루를 그에게 선물했다. 그는 금방 담배 한 갑을 꺼내 피운다(그렇다면 그는 주머니에 담배도 없었단 말인가? 남의 물건만 쓰는 버릇). 그리고 떠나면서 나머지 담배도 가져가는 것을 잊지 않는다. 그에게 쓴 편지 두 통을 주었다. 하나는 후두염을 앓을 때, 다른 하나는 부다페스트에서 쓴 것이다. 하지만 그가 그것을 어떻게 생각할까? 결코 알 길이 없다. 저녁, 대사관에서의 영화 시사회. 제목은 '아사Assa'. 줄거리를 따라가는 것보다 러시아어를 이해하려고 애쓴다. 그의 부인이 내 옆에 앉아 있다. 나는 아무 '느낌'이 없다, 약간의 호기심을 제외하면. 그

러나 그 둘이 가끔 주고받는 몇 마디 말은 나에게 이방인의 소외
감을 느끼게 했다. 두 배로. 그녀는 전혀 의심하지 않는 것 같다.
그는 그녀와 어떻게 섹스를 할까? 그녀는 키가 작고, 엉덩이가 크
고, 허리가 굵고 가슴이 없다. 그녀도 오르가슴을 느낄까? 어쩌면
이 대수롭지 않은 질투심 때문에 악몽을 꾸었나보다. 꿈속에서
그는 내가 그로부터 벗어날 수 있도록 몇 번이나 일부러 만나는
간격을 길게 잡았다고 하면서, 이번이 마지막이라고 했다. 그리
고 조만간 프랑스를 떠난다고 했다. 나는 울타리 너머로 그가 지
나가는 것을 보려고 애썼다. 그러나 길은 이미 텅 비어 있었다. 그
를 다시 보지 못하게 되었다. 이 꿈은 내 소망의 표현, 즉 나에게
최상의 가상 해결책인가?

여행에서 돌아와 의례적이고 의무적인 일에서 벗어나기 무섭
게 그를 보고 싶다는 집착에 다시 빠진다.

5월 1일 월요일

1972~1973년, 1975년에 찍은 영상들을 다시 보았다. 처음으
로 내가 다르게 보인다. 현재 나와는 아주 다른 모습, 물론 더 젊
고 차가운 모습이다. 내 얼굴 표정에는 전혀 행복한 구석이 없다,
특히 1975년에는. '얼어붙은 여자', 정확한 표현이다. 내가 쓴 책

152

들은 언제나 나도 모르게 나 자신의 가장 진실한 표현이었다. 결혼이 준 중압감.

21시. 전화가 울렸다. 수화기를 들었지만 아무 대답이 없다. 혹시 전에도 그랬던 것처럼 S가 고장난 공중전화에서 건 전화가 아닐까 하는 기대감. 하지만 잘못 걸려온 전화일 수도……

3일 수요일

목요일은 아직도 멀었다. 너무 멀다. 그에게서는 전화가 오지 않을 것이다. 끝내야 한다. 인생을 너무 멍청하게 보내고 있다. 그러나 내가 누구를 위해서 선탠을 하는가? 그리고 내가 구상하고 있는 편지도 그가 결별을 거절하도록 유도하는 방향으로 잡혀 있다. 전에 써놓은 일기를 다시 읽어보았다. 그가 3월까지는 나에게 애착을 갖고 있었다는 확신이 든다. 그후로 서로 못 본 채 3주가 흘렀지만.

결심 : 내가 저지Jersey로 떠나기 전에 그가 세르지에 오지 않는다면, 한 번만 더 만나고 결별한다. 아니면 전화로 끝낸다.

5일 금요일

오늘처럼 파리에 와서 사람들—스웨덴 여기자와 프레르 부부—을 만나고, 밝은색 양복, 넥타이, 유행하는 머리 스타일을 한 세련된 남자들이 자동차를 타고 지나가는 것을 보고 있노라면, 우리 관계가 극도로 평범하고 싱겁다는 생각이 든다. 남녀가 가끔 만나서 섹스하는 관계일 뿐. 그것은 마치 모든 상상의 겉치레를 던져버리는 것 같다. 그렇다고 해서 서글픈 생각이 들지는 않는다. 사물을 그런 눈으로 느끼고 확인하는 것은 나 자신이지 다른 사람이나 그의 견해를 빌린 것은 아니니까. 그리고 다시 세르지로 돌아와서, 전화만 기다리고 있는 이 상황을 견딜 수가 없다. 오늘 저녁이면 1주일째, 새로운 단계로 접어든다. 사는 것 같지 않게 살고 있다. 언제 이 종이 굴레를 찢어버리고, 이 고통을 극복할 것인가?

6일 토요일

잠을 깨운 꿈. 내가 지붕 덮인 안마당 같은 곳에서 기다리고 있다(누구를?). 그곳은 극장 출구였다. 미슐린 위장이 출연하는 〈한 여자〉의 공연장이었다. 관객들 사이로 어머니가 보인다. 우리는 서로 대화를 나눈다. 그녀가 말한다. "네 작품은 내 이야기를 다룬 거냐?" 내가 대답한다. "꼭 그런 건 아니에요." 노망이 들기 전, 회색 정장과 자신의 '머리 장식'이라는 모자를 쓴 어머니 모습이다.

나는 1963년 이탈리아에서 필립의 편지를 기다릴 때처럼 완전히 바보처럼 아무것도 하지 않고 선탠만 했다. 보름도 더 기다렸나? 기억들이 희미해진다. 오직 S만이 나의 관심사다. 나를 그에게 밀착시키는 이 힘은 아마도 그의 비밀스러운 성격, 예측 불가능함, '기이함' 속에 있는 것 같다.

그가 침묵하는 원인에 대한 검토 :

1) 대사관 영화 시사회─나는 참석했고 그녀는 불참했던─와 관련해서 자기 부인과 다툼. 만약 내가 온 사실을 그가 감췄다면.

2) 내가 차로 데려다주겠다고 제의한 알랭 N에 대한 질투심.

3) 권태(내 꿈에서처럼), 그리고 만나는 간격을 늘여가면서 나를 버린다.

4) 업무, 내가 알지 못하는 일들(KGB가 아닐까?).

그는 내게 전화할 거라는 말을 하지 않았다. (나도 모르게 1986년 4월 마지막으로 본 어머니를 생각한다. 내가 어머니에게 "일요일날 봐요"라고 말했지만, 그녀는 대답하지 않았다.) 그는 '도서박람회 행사'에 갈 건지 물었다. 달리 말하자면 우리는 지금부터 그 때까지 만나지 않을 것이라는 뜻이다.

하지만, 하지만, 지난번의 그 애정 표시는 뭔가. 그러나 계획된 종말에는 나름대로의 아름다움이 있다.

내가 그를 다시는 만날 수 없다면. 옛날 클로드 G 때처럼. 그것은 곧 죽음이다. 최악의 예감(프랑스를 떠나거나, 버림받거나 하는)이 든다.

7일 일요일

아무 소식도 없다. 해를 쳐다보면 두통이 난다. 그리고 미칠 듯한 우울증에 빠진다. 두렵다. 그가 전화할 수 있는 시간은 이미 지나가버렸다. 내일 하루를 생각한다. 왜 기다리는가. 한결같은 고통 속으로 깊숙이 빠진다. S와의 관계에서 나는 아무것도 장악하지 못했다. 결국 결별의 주도권을 잡은 것도 그다. 그는 서서히 도망치고 있는 것이 틀림없다.

8일 월요일

시간이 갈수록 끝장났다는 생각이 든다. 진짜 이유는 언제나 그렇듯 알 수 없다. 온갖 모든 일에 대한 혐오(정원 일 등), 계속되는 번민. 지금 비싼 대가를 치르고 있는 10월부터 11월까지의 행복이 유감스러울 정도다. 저지에 가는 것을 마치 해방되는 것처럼 기대하고 있다. 그것은 전화를 기다리는 이곳에 더이상 있지 않아도 되는 것을 의미한다. 결별이 가능하다는 또다른 이유:E의 주책없는 수다, 나에 관한 중상모략들.

저녁. 전화가 왔다, 아주 '평상시처럼'. 내 상상의 날개가 한꺼번에 꺾인다. 잠이 온다. 그와 결별하고 싶지 않다, 다음번까지…… 하지만 어떻게 누군가 나를 사랑하고, 내게 애착을 가질 수 있다고 생각할 수 있겠는가? 그런 생각일랑은 우리 부모님이나 하는 것인데.

10일 수요일

저지로 떠난다. 또 꿈에서 S와 사랑을 나눴다. 불면증. 그가 나를 보고 싶어한다는 사실이 그가 우리 관계에 대해 권태를 느끼지 않는다는 것을 의미하지는 않는다. 어쩌면 그는 단지 관계를 유지하고 관리하기만 하는 것인지도 모른다. 내가 '작가'이기 때문에.

12일 금요일

15시 30분. S로부터는 아직 전화가 없다. 스무 살, 스물두 살 때 하룻밤을 꼬박 새우고 난 다음날과 똑같은 상태다. 저지의 바다 쪽으로 난 얼음장 같은 방에서 단 1분도 잘 수 없었다. HS와 중국 식당에 갔다가 택시를 같이 탔던 그 전날 저녁의 일도 떨쳐버릴 수 없다. 나는 아직도 욕망 앞에서 약하다. 그와 키스를 하고, 택시 안에서 그가 내 허벅지를 만지도록 내버려두었다. 하지만 그가 내 방에 올라오는 건 거절했다. 내 육체 안에 있는 것은 HS가 아니라, 러시아인인 S다(1985년에는 GM이 아니라 P였던 것처럼). 벌써 그의 몸짓들이 기억나지 않는다. 울다가 잠들고 싶다. S가 전화하지 않기 때문에.

11시 45분. 그가 와서 다섯 시간쯤 머물렀다. 오래전부터 이렇게 완벽한 시간, 이처럼 조화로운 시간이 없었다. 매번 다른 방법으로 네 번의 정사를 나누다. (침실, 에이널 섹스, 아주 부드럽고 오랜 애무 후에 아래층 소파에서 다정하게 남성 상위 체위로. 침실에서는 너무나 감동적이었다. "내 정액을 당신 배 위에 쏟을 거야." 소파에서, 완벽한 일체를 이루었던 에이널 섹스.) 우리 둘의 육체, 존재에 대한 끝없는 갈망.

13일 토요일

6시에 눈을 뜨다. 그가 8월에 떠나는 것이 확실하다는 사실에 처음으로 하염없이 눈물을 흘린다. 언젠가 그가 더는 여기 없을 것이며, 어쩌면, 아니 다시는 그를 보지 못할 게 확실하다는 사실을 실감한다. 9월 말부터 나를 지배해왔던 열정이 강렬하게 나타난다. 이 아름다움, 이 완벽함. (지금 이 글을 쓰면서 울고 있다.) 다음번 책은 내가 그를 언급하지 않더라도 왠지 그를 위한 것이 될 거라는 느낌이 든다. 어제 우리는 처음으로 절대적인 리듬을 공유했다. 어느 누구와도 이런 느낌은 없었다.

어제 우리는 레닌그라드에서 있었던 이틀간의 일을 함께 돌이켜보았는데 서로 의견이 일치하지 않았다. 그는 내 일기를 읽고 싶어했다. 우리는 또한 스탈린과 전쟁에 관해서도 대화를 나눴다. 그의 아버지는 스탈린에게 '훈장'을 받았다고 한다……

아무것에도 흥미가 없다. 집을 꾸미거나 겨울옷을 쇼핑하는 것도 의미가 없다. 무언가 8월에 멈춰 있다. 내게는 글쓰는 작업 말고는 아무것도 남지 않을 것이다.

하지만 아직 몇 달 더 남아 있다. 약 두 달 반. "그를 내게 남겨주오, 조금만 더, 내 사랑하는 남자를." 피아프의 노래.

오늘 아침 시내에서 운전하는 동안 끝없이 눈물이 흘렸다. 어머니가 세상을 떴을 때처럼. 그리고 낙태 후 루앙 거리에서 그랬던 것처럼. 내 삶에서 비밀스러운 의미를 지닌 굵직한 선들. 아직 정확하게 밝혀내지 못한 동일한 상실, 오직 글을 통해서만 그것을 진정으로 밝혀낼 수 있을 것이다.

16일 화요일

요즘 나는 살기 위해서 산다. 여름에 사라져버릴 이 열정, 이 정제된 삶에서 아무것도 상실하지 않기 위해서. 내가 그것을 어떻게 살아낼까? 스무 살, 스물두 살 때처럼.

오후 더위, 초콜릿을 먹는다. 더위와 초콜릿이 섞인 맛 속에서 옛날 수험생 시절의 기분을 다시 느낀다(예비고사, 교양과정시험, 학사학위시험). 이 기분이 그 당시 권태의 본질이자 인생에 대한 구토감이었다는 것을 느낀다. 30년 후 그 기분이 반대로 인생을 사는(살아온 또는 여전히 살아 있다는) 기쁨의 본질이 될 것이라는 사실을 몰랐다.

지금에야 나는 사랑을 사랑하고, 섹스를 사랑한다. 더이상 슬프고 고독한 것이 아닌 사랑을 사랑한다.

하지만 그의 애정 표시를 어찌 부정할 수 있을까. 그리고 질투(햇볕에 그을린 내 피부나 내가 자동차로 알랭 N을 데려다준 것에 대한)의 표시도 어찌 부정할 수 있을까. 하지만 며칠 후면, 모든 것이 무너질 것이다. 이것이 혹시 마지막이 아니었나 하는 생각이 든다.

18일 목요일

그가 참석했을 도서박람회 개막식에 가지 않았다. 파리의 명사연하는 사람들이 참석하는, 음란하고 흥청대는 이 행사에 가지 않은 것은 좀 의도적이다. 그가 거기서 마음에 드는 여자를 만날지 모를 위험도 있지만, 나 자신이 그 장소에 걸맞지 않다는 우려 때문에 가지 않았다. 내가 참석하지 않았던 모든 축제 행사들을 상기해본다. 1957년 농업학교 무도회. 그때처럼 나는 혼자다. 하지만 그때처럼 무도회 의상이 없어서 안 가는 것은 아니다. 지금은 잠자리 의상이지만 '최고급' 의상이 있다(1957년의 의상은 단추가 달린 분홍색 순모 가운이었다). 오! 파베세……* 그러나 축제의 소음은 나한테까지 닿지 않는다. 거기 있다면 내가 어떤 실망을 느꼈을지 짐작이 간다. 옛날에는 축제에 간다는 것이 꿈이며 절대적 행복이었다. 오늘 나는 스스로 그 자리를 피했다. 기분 잡치고 고통스러운 축제에 대해 너무나 잘 알고 있으므로.

그러나 갈지 말지 하루종일 망설였다. 이 밤을 너무 고통스럽지 않게 지내야 한다. 어쩌면 그가 나를 찾을지도 모른다고 생각해본다. 분명히 그럴 거야. 하지만 곧이어 반대로 그가 기자들이나 오늘 저녁 기분이 들뜬 몇몇 여성 작가들에게 매력을 느낄 수도 있다는 생각이 든다. 그것은 누구나 알고 있는 일이니까. 지난주, 나도 HS와 키스하고 그에게 강렬한 욕정을 느끼지 않았던가? 그러니까 똑같은 셈이지. 그래도 위로조차 되지 않는다.

19일 금요일

고통은 나의 밤잠을 깨우며 다가왔다. 그것은 나를 떠나지 않

---

* 체사레 파베세(1908~1950). 이탈리아 소설가이자 시인.

왔고, 다음 전화가 올 때까지 떠나지 않을 것이다. 그러니까 전혀 예측할 수 없는 시간 동안. 이번에는 의심의 여지 없는 질투심. 모든 것이 지나온 시간 속에 이미 존재하므로 그는 더이상 나로부터 뜻밖의 일을 기대할 수 없다. 내 질투의 바탕은 공허함이다. 다시 한번 끝내고 싶은 유혹, 가능하면 그를 고통스럽게 해주고 싶은 마음.

20일 토요일

도서박람회에 '사람들'도 별로 없고 그저 그랬다는 클로딘 D의 불평을 듣고, 목요일 저녁에 대한 내 기분이 조금은 평정을 되찾았다. 마치 행사 참가자들의 행태나 행사의 분위기가 S와 다른 어떤 여자의 만남에 영향을 미치기라도 하는 것처럼. 사실 그런 만남은 개인의 의지나 만남에 따른 개연성에 좌우되는 것이지만. 한 남자가 나에 대해 가지는 감정은 그 남자가 살아온 환경, 즉 그의 감정에 영향을 줄 수 있는 환경과 분리해서 생각할 수 없다는 것이 나의 지론이었다. 나는 결코 사랑이라는 감정의 힘을 믿은 적이 없다. 보통 사회적인 여러 요인이 다분히 작용하기 때문이다.

자동차들이 지나가는 것을 보거나 소리를 듣는 것만으로도 괴롭다. 모든 것이 내가 박탈당한 쾌락과 자유를 떠올린다. 아울러 내가 상상한, 그와 어떤 여자의 의심스러운 만남도. 하지만 그가 실제로 온다는 것과 그가 15번 고속도로를 달려오고 있다는 사실을 알고 있을 때, 그가 오고 있다는 것 말고는 아무것도 떠오르지 않는다.

21일 일요일

도서박람회. 그를 보지 못했다. 저녁에도 무소식. 그가 목요일 대사관 영화 시사회에도 가지 않는다면? 혹 다른 여자라도 생겼다면? 이 고통스러운 기다림은 그가 또다른 여자를 만나고 있다는 쪽으로 결론이 난다. 수많은 여자들과.

22일 월요일

6시에 눈을 뜨니, 고통이 다가온다. 나 자신이 쥘리앵 소렐* 같다. 다시 잠이 든다. 아주 젊은 남자와 바람피우는 꿈을 꾸다가 고

---

* 스탕달의 소설 『적과 흑』의 주인공.

함에(아마도 내 꿈속에서 들은 소리) 잠이 깬다. "엄마!" 나를 부르는 소리다. 모든 것이 저지에서 만난 HS와 관련이 있다. 그에게 어머니가 된 대단한 느낌.

어제 지하철에서 고통스러운 긴장감을 느꼈다. S를 만나기 위해 같은 지하철 노선을 타고 아파트로 갈 때와 같은 긴장감이었다. 하지만 그때는 고통이 아니고 확실히 실현 가능한 욕망이었다. 지금은 허기이자 처절한 공허감이다.

그에게서 왜 전화가 없는 걸까? 적절한 답이 없는 늘 똑같은 질문. 그를 목요일 대사관에서도 보지 못한다면? 자기 아내와 함께 알자스에 있는 바타브로 떠났나? 살갑게 대하지도 않고, 만나자는 제의도 없다.

밤 22시. 아무 소식도 없다, 아니 전화가 울렸는데 내가 너무 늦게 받았나. 그가 아닐지도. 그일지도. 상관없어.

1952년 투르. 호화로운 식당 안, 한쪽엔 시골뜨기 단체 관광객인 우리가 있고 다른 쪽엔 일반 손님들이 있었는데, 그중에 자기 아버지와 앉아 있는, 멋있게 피부를 그을린 소녀. 그녀가 먹고 있던 것이 요구르트라는 사실을 나중에야 알았다. 언제나 창백하고, 풀어진 파마머리에 안경을 쓰고 있던 나와 아버지 그리고 단체 관광객들. 나는 그때 두 세계가 존재하는 현실과 그 괴리를 발견했다.

23일 화요일

10시 40분. 기다림이 끝났다. 지난번보다 하루를 더 초과했다. 끝없는 추락. 10분 전, 끔찍해서 큰 소리로 중얼거렸다. "끝내자." 랭스에 다녀와야겠다. 그리고 어쩌면 최악의 경우, 목요일 저녁 시사회에서도 그를 못 볼지 모른다. 그가 갑자기 소련으로 돌아갔을지도 모른다는 끔찍한 생각이 서서히 엄습해왔다. 아니면 나에게 아무 말도 하고 싶지 않아서일까. 지난번의 열정이 그 때문이었나.

25일 목요일

6시. 혼란 속에 빠져 있다. 확신에 가까운 예감. 오늘 저녁 그가 대사관에 없을 것이라는(이유 : 프랑스를 떠났거나―출장중이라―오기 싫어서. 하지만 왜?). 다른 해석 : 무관심을 보이면서 약속을 하지 않는다. 아니면, 그는 나를 보고 싶어한다. 하지만 13일 동안이나 무소식이라는 것은 그럴 가능성을 희박하게 한다. 그러나 지금 여기서는 아직 모르겠다. 두 시간 반 후에 모든 것이 끝날 수도 있다. 내가 쓴 절교장은 내 가방 안에 그대로 있을 것이다. 그것은 언제나 죽음과 약간 닮은 모습이다.

11시. 온갖 감정이 교차한다. 얼마 동안 질투, 소외감, 끝장이라는 생각을 한다. 금발에 키가 크고 젊고 몸매가 밋밋한 여자(스물다섯 살에서 서른 살쯤, 그녀 곁에 있는 S의 부인은 주름살이 자글자글해 보인다). 그가 그 여자를 유혹하려는 게 역력하다. 그녀는 공산당원일 것 같은 키 작은 출판사 사장인 남편과 함께 있었다. 그 두 쌍의 부부 사이에 있는 나는 이방인이었다. 더욱이 그 자리에 내가 있는 것이 이상해 보였을 것이다(S의 부인에게, 또 S와 나 사이의 관계를 금방 알아차린 그 여자에게). 나는 혼자 자리에서 일어났다. 그리고 대사관 카펫을 지나 계단을 걸어내려오며 생각했다. '끝난 거야.' 벌써 그가 없는 미래를 상상했다. 그를 비웃으며, 나 자신은 더 비웃으며. 계단을 다 내려가서 내가 뒤를 돌아보았던가? 아마 그랬을 것이다. 계단을 내려오는 그를 보았다. 혼자였다. 나는 아무렇지도 않은 척하며 탁자 위에 있는 광고지들을 바라보았다. 그는 내가 자기를 기다린다는 사실을 당연히 알고 있었다. "다음주에 보지." "응." "전화할게." "전화해." 잠시 후.

"편지 줘도 돼?" "아니." 그에게 예쁘게 보이기 위해 천오백 프랑(!)씩이나 주고 산—내가 미쳤지?—가방을 도로 닫았다. 이게 전부다. 오늘밤 이 멍청한 소련 영화 시사회에 갔던 나를 증오한다. 그는 어쩌면 내가 오지 않기를 바라고 있었을지도 모른다. 어쩌면 내게 전화를 안 할지도 모른다. 유일하게 긍정적인 점 : 모든 사람들이 내가 떠나는 것을 보고 있을 때 그가 용기를 내어 나를 따라 내려왔다는 사실. 정말 유일하게 긍정적인 점이다. 좋아. 그렇다면 나는? 어떻게 행동해야 하나? 결별, 결별 위협, 혹은 침묵. 뭐든 선택해야 한다.

11시 30분. 전화가 왔다. 아무 소리도 없다. 물론 그다. 다시 전화. "잘 있어?" "응." "내일 10시에 가도 돼?" "응." 어린아이처럼 넘어갔다.

26일 금요일

그가 왔다. 잠깐 머물렀다, 두 시간 반 동안. 하지만 대낮에, 습관이 된 일이다. 오늘 나의 묵은 파괴 취향에 끌려, 해서는 안 될 짓만 골라서 한 느낌이다. 어제저녁 끝내고 싶었다는 얘기 말이다. 1952년 어느 일요일, 1958년에 Ph 그리고 P에게 했던 말, 그리고 임신중절. 그를 소름 끼치게 하기에 충분한 이야기. 게다가 그는 곧바로 떠났다.

무척 피곤하다. 오늘 아침, 햇빛이 가득한 꿈을 꾸다가 반쯤 잠이 깼다. 그 햇빛 속에서는 세상의 질서가 감별되지 않았다. 내가 느끼는 것은 생의, 세상의 모든 고통스러운 불가사의다. 그런 다음 오늘 올 S의 이미지…… 하지만 그것이 행복을 예고하지는 않는다.

나: "만약 끝내고 싶다면, 말을 해줘. 나는 아무것도 이해할 수 없으니까." 그: "그래, 내가 끝내고 싶을 때 얘기할게." 그의 말이 나를 얼어붙게 만든다. 아마 그가 몇 주 지나지 않아 얘기할 수도 있다.

(출판사 사장에 대한 추측은 모두 틀렸다. 그는 공산당원이 아니라 어느 부르주아의 아들이었고 함께 있던 여자와는 조만간 결혼할 거라고 한다. 그러므로 S가 그녀를 유혹할 수도, 유혹하고 싶어할 수도 없다. 그의 도스토옙스키적인 비루한 면이 그를 성급한 사람처럼 보이게 한다.)

27일 토요일

내가 몰두할 수 있는 지적인 작업 말고는 다른 해결책이 없다. 정말 최악의 상태다. 모든 것이 절망적이다. 10월 초부터 빠져 있는 환상과 예속, 그리고 무엇보다도 결별의 가능성. 사실 나는 결별할 수도 있다는 것에 익숙해져야 할 뿐 아니라 균형 잡힌 삶을 위해 그렇게 되기를 원하기라도 해야 할 상황이다. 문제는 지금은 그 균형 잡힌 삶이 내게 단지 무관심 또는 죽음과 같은 상태로밖에 비치지 않으며, 내가 그것을 원치 않는다는 것이다. 그러므로 내가 원하는 것은 그것이 아니다. 어제 나는 어중간한 해결책으로 결별하자고 위협하는 것을 택했다. 그 결과가 어떻게 나타날지는 모르겠다. 자존심이 앞서서 내가 표시한 결별 의사에 그가 선수를 칠지도 모른다. 아니면 내가 그에게 주는 쾌락과 은근한 자부심을 포기하고 싶지 않을지도 모른다. 사람들에 대한 그의 행태(남에게 극도로 잘 보이고 싶어 서두르고 초조해하는, 거의 비루한 행태)를 봐서 내가 좀더 무자비한, 거의 잔인한 태도를 보여야 할지도 모르겠다. 하지만 그게 효과가 있을까?

또다른 고통은 내가 세상에 내 존재를 알리는 것을 포기할 수 없다는 것인데, 2년 전부터 나는 아무것도 하지 못하는 상태다. 더이상 이렇게 살 수 없다. 남자와 글 사이를 오가는 지옥 같은 순환.

할일이 두 가지 있다. 임신중절을 한 병원이 있는 카르디네가를 다시 가고, 어머니를 돌보던 간호사를 보러 가는 것이다. 아직도 이 둘 사이에 존재하는 연관관계. 적어도 여덟 달 전부터 나를 덮고 있는 이 그림자로부터, 섹스라면 막무가내로밖에 할 줄 모르다가 나한테 큰 가르침을 받은 초록빛 눈동자의 그 감미로운 소련인으로부터 탈출해야 한다. 프루스트의 표현대로, "지성이 출구를 뚫도록" 내버려두자("인생이 벽을 둘러친 곳에 지성이 출구를 뚫는다"). 어쩌면 나도 스완처럼 나의 시간과 돈을 잃어버린 (이건 거의 사실이다) 순간에 와 있는지도 모르겠다. 스완에 대한 오데트의 입장과는 달리, 내 타입이었지만 그럴 가치는 없었던 한 남자를 위해 모든 것을 잃었다.

30일 화요일

잔인한 5월(1982년, 1985년의 무력감이 되살아난다). 그때는 더 끔찍했다. 내 결혼생활과 연관된 모든 것은 내게 공포감과 헤어날 수 없는 고통을 준다.

모처럼 정신이 맑은 순간. S가 나한테 싫증이 난 것은 확실하다. 반대로 5월 12일 나에 대한 그의 열정도 확실했다.

마리클로드가 내게 전화했다. 장이브가 지난 금요일에 세상을 떠났다. 우리는 다른 존재들과 신비롭게 연결되어 있어 그들의 죽음이 '파장'을 일으킨다는 생각이 든다. 내 상태가 그토록 좋지 않았던 그날, 모든 것이 공허하게만 다가오던 금요일 장이브가 죽었다. 그를 마지막으로 본 것이 1963년 7월이었다. 그는 내게 말했다. "내겐 친구가 없어."

6월 1일 목요일

영화 〈내겐 너무 이쁜 당신〉을 봤다. 내 이야기와 비슷한 점이 하나도 없지만 모든 게 내 이야기이기도 하다. 영화관을 나오면서, 그것이 내 이야기이자 평범한 인생사이며, 남녀간의 모순된 관계라는 생각을 했다. 영화관을 떠나기 싫었고, 영화가 끝나지 않기를 바랐다. 한 조각의 예술. 나에게 걸맞은 영화 속의 대사: "한 남자를 기다리는 것은 아름다워." 점심시간에 모텔에서 만나는 남녀들에 관하여 영화 속에 나온 대사: "점심을 안 먹고도 살 수 있는 사람들." 그리고 조지안 발라스코*가 울면서 하는 대사: "나는 살아 있는 여자야. 나는 계속해서 살고 싶은 여자야."

---

* Josiane Balasko(1950~), 프랑스의 영화감독이자 영화배우.

아무 소식도 없다, 당연히.

3일 토요일

마취된 고통 속에서 살고 있다. 보다 나은 무언가를 더는 기대하지 않는다는 말이다. 희망을 갖는 게 불가능한 이 상태에서 고통은 상상 가능한 행복을 기대하는 긴장감이 될 수 없다.

이번 주말에 그가 갈 곳을 안다. 르 루아레 지방의 샤티용쉬르루아르 근처. 내가 아이들과 함께 가본 곳이다(마지막으로 간 게 1984년이었나, 1985년이었나?). 교회로 올라가는 큰길에서 푸줏간까지 아직도 기억할 수 있다. 그가 누구와 가는지도 안다. E의 가족들과 함께. 그 때문에 나는 끝없이 상상한다, 끝없이.

지금 내 가슴을 뭉클하게 만드는, 정액을 연상시키는 어떤 것―그전에는 혐오하던 냄새―들이 있다. 5월 12일에 그가 내게 한 말. "당신 배 위에 사정해도 돼?" 그후로 엄청난 세월이 흐른 것 같다. 이런 추억들은 생각할 때마다 나를 전율케 한다. 그는 이제 오지도 않고, 이런 말들을 다시 하지도 않을 것이다. 러시아식으로 짤막하게 발음하는 말들. 정액에 대한 혐오감이 그리움으로 변한 것으로 그에 대한 내 애착의 강도를 가늠할 수 있다. 1987년 P와 함께 있으면서부터 정액에 대해 강렬한 혐오감이 생겼다. 그리고 레닌그라드에서 S와 처음으로 관계할 때, 그것을 세면대에 뱉고 싶었던 충동.

밤에 르 루아레에서 온 S의 전화로 행복이 절정에 이른다. 브르통의 아! 오늘밤, 그가 태양을 뜨게 할 수 있다면!에 가까운 행복감.

5일 월요일

호텔인지 아니면 샤테뉴레에 대한 꿈을 꾸다. 내 방 번호를 잊었다. 62호실이었나, 아니면 42호실이었나, 아니면 63호실이었나? 사람들이 나를 기다리고 있었기 때문에 당황했다. 잠이 깼다. 요즘 새벽마다 3시와 4시 반 사이에 꼭 깬다. 힘든 시간. 다시 잠들기 위해 로베르시대로에 있는 아파트의 부엌 구석구석을 떠올려봤다. 왜? 나도 모르겠다. 이것이 내 신경을 더욱 예민하게 만들었다. 나는 옆으로 미는 크고 무거운 문짝들이 달린 찬장에서 생각을 멈췄다.

아니Annie M도 프레데리크 L도 통화중에 나의 '러시아' 사랑을 언급하지 않았다. 그런 침묵은 그녀들이 이 이야기가 끝났음을 알고 있다는 신호처럼 여겨진다(객관적으로 생각해보면 그들이 알 수 있는 방법이 없지만).

내가 이해하려는 것(그의 느낌, 그가 하는 몸짓의 의미, 그의 말)을 포기한다면, 동시에 열정도 포기하게 될 것이다. 기다리는 것 또한 포기할 것이다.

저지에서 돌아오던 때를 다시 생각한다. 루아시공항에서 에릭을 기다렸다. 모스크바발 비행기 한 대가 도착했다. 에릭이 뭔가를 사러 간 동안 나는 이케아* 주차장의 차 안에 있었다. 그 순간 나는 그날 밤 어떤 행복이 나를 기다리고 있을지 알지 못했다. 아마도 S와 보낸 마지막 행복이었으리라.

6일 화요일

악몽 속에서 잠이 깨다. 그가 섹스하기 위해 양말을 벗는 꿈을 언제 꾸었더라? 이 꿈의 의미는 확실하다. 그에게 다른 여자가 생긴 것이다(그가 양말을 벗지 않는 것을 참는 여자!!). 두 가지 가

---

* 세계 최대의 가구업체인 이케아 매장.

정 사이에서 망설인다. 1)그에게는 우리의 관계를 지속할 의사가 조금도 없다. 2)내가 보고 싶거나 시간이 나면 그는 자연스럽게 내게 전화를 걸 것이다.

4시 15분 전, 전화가 왔다. "지금 가도 돼?" 둘째 가정이 맞았다. 내가 저지에서 돌아온 날도, 그리고 책방과 헌옷가게에 들렀던 오늘 아침까지도, 또 완전히 마음을 비웠던 오늘 오후까지도 어떤 행복(?)이 나를 기다리는지 짐작조차 할 수 없었다. 사실 행복이라기보다는 예기치 않았던 일로 되찾은 평온함. 지칠 줄 모르는 육체적 취기(더이상 쾌락이 느껴지지 않았다). 하지만 그는 왜 내게 그를 진정으로 욕망할 시간, 진정으로 그를 기다릴 시간을 주지 않는 것일까?

7일 수요일

습관적이고도 엄청난 피로가 엄습한다. 아무것도 할 수가 없다. 문장 부스러기들이 머릿속을 오락가락한다. 술이 아닌 섹스로 인한 숙취에 시달리는 것 같다. 무감각. 그것이 애착이라는 확신도 없다. E가 모든 것을 아는 것이 거의 확실하다.

그가 토요일에 참석할 결혼식과 그가 만날지도 모르는 사람들에 대한 생각이 갑자기 났다. 피로연 무도회…… 그의 부인이 있어도 나는 그를 믿을 수 없다. 요즘은 질투의 이미지가 훨씬 더 빨리 솟구친다. 아마도 전화를 기다리며 서서히 느끼는 환멸을 피하기 위해서인가. 나 스스로 사랑에 대한 해독제를 만든다. 고통으로 이 사랑을 연장하기 위한 것인가보다.

10일 토요일

아무것도 하지 않는다. 이젠 이런 게 거의 당연하다. 구상하고 있는 위대한 저서는 아직도 혼돈 상태이고 나는 그 주위를 서성댄다. S에 관한 나의 낙관론에는 아무 근거가 없다. 다만 내 심리 상태의 불안감을 덜어줄 뿐이다. 어쩌면 자기가 약속을 해놓고도 다음주에 전화를 안 할지도 모른다. 나는 정원 손질이나 하며 언덕의 잡초를 뽑는다. 지난 10월 그의 전화를 받지 못해 고통 속에서 똑같은 일을 하던 생각이 난다. 그 고통에 대한 기억이 지금은 감미롭다. 내가 그 당시 오해했다는 것을 지금은 알고 있기 때문이다(그는 그후 나에 대하여 열정적인 애착을 보였다). 그리고 내 면적으로는 내가 같은 상황을 겪고 있지만, 그때와 같은 고통을 겪는 것은 아니기 때문이다. 그것은 글쓰는 작업과 닮았다.

11일 일요일

불면의 밤. 또 한번 레닌그라드를 떠올린다. 그때의 기쁨, 그때의 감각들을 되살려본다. 하지만 그때만 해도 그는 내게 별로 대수롭지 않은 존재였다, 그저 하룻밤 상대였을 뿐. 내가 레닌그라드의 밤에 가치를 부여하는 것은 우리가 그후 섹스를 한 수십 번의 밤과 오후 때문이다. 이 밤과 오후들은 레닌그라드의 밤에 비할 바도 아니다. 요즘 나는 반쯤 마취 상태에 있다. 글을 쓸 의욕도 책을 읽을 의욕도 없고, 이제는 습관 같은 그의 무소식에도 걱정조차 되지 않는다.

15일 목요일

반쯤 의식이 들면서 깨어나는 순간에 끼어드는 진실들. S에게 나는 그저 섹스를 잘해서 가끔씩 만나볼 만한 여자일 뿐이다. 그 안에는 어떤 애정도 있을 수가 없다. 자존심이 폭발하지 않은 것도 아마 내 마흔여덟 살의 추억들에 의해 길들여졌기 때문인가 보다.

저지의 그 젊은 남자를 잊고 있었다. 게다가 그는 내게 다시 편지를 보내지도 않았다. S의 거친 매너, 한번 생각해볼 만하다. 그의 러시아적 수줍음도. 만날 때마다, 준비 단계에 해당되는 아무런 말도 없다. 인사말조차도. 곧장 육체로 직행한다. 10월 세르지까지 가는 자동차 안에서 그는 아무 말 없이 담배만 피우며 과속으로 차를 몰았다. 이 모든 것들이 매번 나를 사냥감, 잡힌 사냥감으로 만든다.

16일 금요일

밤, 통증으로 잠이 깨다. 또다시 나를 괴롭히는 이 방광염(10월부터다……). 어제 소변을 참느라 진땀을 흘리며 지하철을 타고 왔다. 그렇게 참은 것이 한밤중의 고통을 가중시켰다. 그리고 S의 침묵도. 요즘 작업을 해보려고 노력하고 있다. 하지만 파괴적인 이미지에 시달린다. 일요일 바르비종의 결혼식에서 돌아와 S가 자기 부인과 섹스를 하는 이미지. 그가 각별히 그녀를 원해서 하는 게 아니라는 사실을 나도 안다(지금은 나도 똑같은 처지지만). 그녀는 옆에 있고 그 둘은 부부이기 때문이다. 나를 위해서는 적어도 그가 40킬로미터라는 거리를 와야 하고 알리바이를 만들어야 한다. 적어도. 하지만 이런 장면이 떠오르면 나는 수렁 속으로 빠진다. 유일한 위안은 일기장을 읽는 것이다. 비슷하거나 더 심한 고통이 기록된 페이지들. 편지로 좀더 내게 자주 전화하라고 부탁했던 요구에는 답신이 없다. 나의 고통은 그가 약 1주일쯤 침묵할 때부터 시작된다.

17일 토요일

미용사에게 눈썹 손질을 맡기고 눈을 감고 있는 동안 아무 생각도 하지 않는다. 어느 순간, 내 얼굴과 내 입술 위로 규칙적인 숨결을 느낀다. 혼란스럽다. 눈썹을 좀더 잘 뽑기 위해 바싹 다가온 그녀의 숨결이다(여태까지 나를 다루어왔던 미용사들과는 다르다). 육체는 숨결이라는 생각이 든다. 그것은 무성無性의 생명이자 욕망이다. "어떤지 느껴보기 위해" 콜레트와 입을 맞춘 적이 있기 때문에, 나는 열다섯 살 때 이미 그것을 경험했다. 그 시도는 실패로 끝났다. 우리가 서로에 대해 알고 있다는 인식이 큰 걸림돌이었다. 나는 다시 눈을 떴다 : 여자였다, 나와 같은 여자. 오직 숨결만이 내게 성행위를 연상하게 했다. 이 얼굴은 아니다. 여자는 자위행위에 보완적인 쾌락만 줄 수 있을 뿐, 12일 금요일에 저지에서 돌아와 내가 S와 나눈 그런 쾌락을 줄 수는 없다. 향기, 부드러운 정액 냄새, 자벨*과 활짝 핀 꽃나무가 은밀하게 재현

---

* 빨래 따위를 표백할 때 쓰는 액체로 된 세제.

하는, 정신을 잃을 듯한 향기.

19일 월요일

전화가 없는 날들에 점점 더 부정적인 의미를 부여하며 날짜를 꼽는다. 하지만 그는 아마도 시간에 대하여 나와는 다른 개념을 가지고 있을 것이다. 아예 날짜를 세지도 않을 것이다. 그가 날짜를 세지 않는다는 것 또한 하나의 의미를 띤다. 그의 인생에서 내가 아무것도 아니라는 것.

계속해서 똑같은 태양이 뜨고, 한없이 맑은 하늘이 펼쳐진다. 빨리 다가온 여름 날씨. 오늘 아침, 1958년 CG와 그랬던 것처럼, 절망적으로 그가 그립다. 그가 나를 아무렇게나 대해도, 그를 만나 사랑을 하고 싶다. 그다음에 다가올 환멸과 불행은 감수해야지.

레닌그라드에서, 내가 S의 젊음을 부러워하게 될 거라는 생각은 전혀 하지 않았다. 당시 그 젊음은 하룻밤의 정사를 위해서는 너무 서툴고 불만족스러웠다. 이 '장점'은 중요성을 더해갔다. 러시아인이라는 '장점'보다는 덜하지만.

언제쯤이나 어느 정도 거리를 두고 사물을 관찰할 것인가? 하지만 그렇게 되면 내가 지금 쓰고 있는 것들을 더는 쓰지 못할 것이다. 그전에는 상상조차 못했던 열정, 욕망, 질투가 빚어내는, 너무나 미세한 인간적인 움직임에 유의할 수 없을 것이다.

오후. 끔찍한 기다림. 욕망과 공허. 비육체적인 욕망을 내 몸에서도 구별할 수 있다. 예를 들면, 나는 '젖어 있지 않다'. 하지만 심리적으로 텅 비고, 울고 싶을 정도로 나 자신과 분리되어 있다.

저녁. 한 단계 진보한 상태. 이렇게 오랫동안 전화가 없었던 것은 처음이다. 알자스로 떠난 것일까? 어쩌면 그럴지도. 알 수 없는 이 상황이 싫다. 나는 사랑받기 위해서 쓴다. 하지만 그들, 독자들의 사랑을 원하는 것이 아니다. 그렇다면 책 속에 직접 "나를 사랑해달라"고 쓸 것이다. J. 알리데*의 어느 노래처럼. '사람들'은 분명 나를 좋아할 것이다. 〈아포스트로프〉**에 나오는 연약한 여자, 프라하 또는 다른 곳에서 강연하는 여자인 나를. 하지만 나는 내가 선택하고 내가 원하는, 그리고 가능하면 내게서 작가라는 타이틀을 보지 않는 그런 사람의 사랑만을 원할 뿐이다.

---

* 조니 알리데(1943~2017), 프랑스의 록 가수.
** 국민 공영 프랑스 2TV 방송의 문학작품 소개 및 작가 대담 프로그램.

20일 화요일

6월은 5월보다 더 끔찍할까? 아마 비슷할 것이다. 2주가 지나
도록 전화를 하지 않는 남자가 내게 애정이 있을 수 없음은 자명
하다. 나는 냉철하게 현상황과 내 태도의 자멸적인 면을 직시한
다. 내가 지금 강박관념이나 욕망으로부터 벗어나기 위한 어떤
노력도 하고 있지 않기 때문이다. 질투나는 장면들이 머릿속을
가로지른다. 내일은 러시아 영화 〈귀여운 베라〉를 보러 갈 것이
다. 그가 영화관에 다른 여자를 데려오고, 그 여자를 껴안는 모습
을 상상해본다. 전화한다는 약속을 한 번도 지키는 법이 없다. 간
단히 말하자면, 결국 나는 지금 자신감에 넘쳐 잘난 척하고 치밀
하게 조절해서 계획한 쾌락을 누리는 한 인간을 위해 자신을 학
대하고 있는 것이다. 하지만 처음에는 그렇지 않았다. 시간이 흐
르면서 욕망만 마멸되었을 뿐이다. 왜 예전처럼 그것을 인정하고
긍정적인 결론을 내릴 힘이 없는 걸까. "나는 슬픔으로 죽을 여자
가 아니다/내게 뱃사람들의 아내 같은 미덕은 없다……"

21일 수요일

나의 욕망과 두려움을 암시하는 꿈. S를 공적인 자리에서 만나

오찬을 한다. 그가 내 어깨 위에 손을 얹는다. 우리는 둘만 있을 공간을 찾는다. 그는 평소와 다름없이 나를 몹시 원한다. 우리는 동굴 비슷한 곳에 이른다. 하지만 그곳을 밝히던 불이 꺼지고 바닥에 물이 넘친다. 나는 겁이 나서 그와 함께 동굴을 나와 우리집으로 온다. 집은 사람들로 가득하다. 아이들은 없다. 우리는 내 방으로 들어간다. 마치 이사하는 집처럼 침대 위에는 물건들이 가득 쌓여 있다. 나는 그의 성기를 애무하기 시작한다. 그의 태도는 변해 있다. 그는 나를 비웃으며, 한 번도 그런 적이 없는데 내가 너무 성급하게 그의 성기로 달려든다고, 그리고 언제나 그가 사정하게 한다고(이것은 사실이다) 책망한다. 좀더 지난 후, 내 꿈 속에서 고양이 뤼크레스가 살아서 돌아왔다. (나는 금요일부터 사라진 고양이가 죽은 것으로 생각하고 있다. 이 6월이 슬픈 또한 가지 이유.)

22일 목요일

어젯밤 11시 10분 전쯤 전화가 왔다. (목소리가) 약간 거북해하는 것 같다? 내게 만나자고 제안한다…… 다음주에. "월요일에 다시 전화할게." 정말 전화가 올까? 아직도 확신이 없는 상태. 확실하다고 생각할 수가 없다. 밤에—불면증이다—내가 거절할 거라고 그가 기대한 것은 아닐까 하고 생각했다. 그가 차마 떼지 못하는 결별의 첫걸음을 내가 먼저 시도하는 것에 마음 가벼워하며. 그 때문에 그가 월요일이 아니라 더 나중에 전화할 것이라는 두려움. 그리고 (주인공의 이름이 S인 영화 〈귀여운 베라〉를 보고 난 오후부터 자극받아) 내가 그의 육체와 다음번 만남에 대해 꿈꾸기 시작하자 파리에 있는 쿠바 무용수들의 영상이 내 머릿속을 스친다. 그가 향수를 품은 섬의 자유롭고 관능적인 여인들. 우리가 호텔방에서 한 것 같은, 그와 그녀들 사이의 육체적 접촉을 상상해본다. 질투의 심연과 강렬한 비애. 열여섯 살 때 적어놓았던 프루스트의 한 구절이 생각난다. "비애란 끊임없이 저항할수록 점점 더 그 마수에 빠져들어, 지하 통로를 통해 당신을 진실과 죽음으로 인도하는 말없는 하인 같은 존재다. 죽음을 만나기 전에 진실을 만난 사람들은 행복하다." 혐오와 슬픔 속에서 서너 번 자위행위를 한다. 그래도 슬픔은 남고, 그로 인한 피로감 때문에 S가 평범한 바람둥이인지 아니면 '유혹할 만한' 남자인지에 대한 불확실성 사이에서 결론을 내리지 못하겠다. 소문대로 쿠바 여자들이 저돌적이라면 두 가지 불확실성 사이에서 고민할 필요도 없다.

결심(월요일 아침에 다시 읽을 것). 그가 또 한번 날짜를 정하지 않은 채 우리의 만남을 연기한다면, 그에게 아주 솔직하게 그

리고 깨끗이 더이상 만나지 말자고 제안한다. 물론 한번 수를 써
보는 것이지만, 되든 안 되든 판가름을 낸다. 그가 오긴 왔는데 별
로 큰 열의를 보이지 않아도 같은 방법을 쓴다. 얼굴을 마주 대하
고 말로 하거나 아니면 미리 편지를 준비한다. 편지는 그의 태도
에 따라 주든지 말든지 판단한다.

26일 월요일

아침부터, 그가 전화하지 않을 것이라는 확신에 가까운 생각.
이미 이런 적이 있었다(1월 초, 3월?). 마찬가지 이유로 그는 올
수가 없다. 따라서 전화할 필요가 없다. 이렇게 번민 속에서 사는
것은 최악이다. 정말? 어쨌든, 이런 식으로 몇 달이고 계속될 수
는 없다. 최대 한계는 그가 소련으로 휴가를 떠날 때까지다.

27일 화요일

내 인생에서 가장 암울하고 가장 떳떳하지 못한 나날을 보내고
있다. 어머니의 죽음이나 지난주에 없어진 고양이를 잃은 것을 슬
퍼할 수는 있어도, S의 부재가 나를 파괴하고 있다는 것을 내색할

수 없다. 오늘밤, 눈물, 죽고 싶은 마음. 물렁물렁해진 내 허벅지를 만지며 느낀 경악, 어쩔 수 없이 늙어서 고독할 수밖에 없는 운명에 대한 슬픔. 아마도 고르바초프를 보지 못할 것이며 S에게 다른 여자가 있을 수도 있다. 그를 못 본 지 정확히 3주가 된다. 4월과는 달리 내가 여행을 간 것도 아닌데. 단지 고통을 면하기 위해서라도 결별해야 할 시간이 왔다.

저녁, 〈1942년 여름〉을 봤다. 모든 영화는 사랑을 이야기한다. 나는 울고 있다. 영화는 "나는 그녀를 다시 볼 수가 없었다"는, 보이지 않는 내레이터의 말로 끝난다. 언제나 똑같은 이야기. 어쩌면 내 이야기도 마찬가지인지도.

28일 수요일

오늘은 S를 만난 지 1년이 되는 날. 이렌의 집에서, 17시 30분쯤(그는 늦게 도착했다) 별생각 없이 그를 만났다. 이야기는 그후 두 달 뒤에나 시작되었다.

언제나 고통이 극에 달했다고 생각하지만, 나중에 보면 그게 아니다. 간밤에 두 번이나 잠에서 깨어 가슴이 터질 듯한 불안감으로 울었다. 1963년 이탈리아에서의 일이 되살아났다. 어쩌면 더 나쁜 상태일 수도. 알고 싶지 않다. 하지만 알아볼 게 뭐가 있나? 그의 무관심이 전부인 것을. 이유가 무엇이든, 일 때문이든 다른 여자 때문이든. 그리고 한 대 얻어맞은 내 자존심. 그가 고르바초프를 위한 대사관 리셉션에 나를 초대하지 않았기 때문이다.

29일 목요일

그가 올 것이다. 지난밤, 발가벗은 아이를 데리고 이브토의 레퓌블리크가로 가는 꿈을 꾸었다. 의사에게 데려갔나, 아니면 교회였나? 꿈속에서도 현실에서와 마찬가지로 나는 S와 약속이 있었다. 큰 십자가와 골고다 언덕이 보인다. 해몽하기 힘든 꿈.

두 가지 시간 속에서 살고 있다. 하나는 약속 없는 고통의 시간, 다른 하나는 오늘처럼 아무 생각 없이 곧 실현될, 그리고 내가 생각했던 것보다 훨씬 더 잘 실현될, 망연자실한 욕망의 시간이다. 그러나 어젯밤 그가 나를 완전히 버리지는 않았다는 행복감으로 울었다(삼류 잡지 독자고백란에나 나올 법한 망측한 표현).

11시. 비가 온다. 약속이 깨지거나 사고가 나지 않을까 하는 두려움. 축하할 것 없는 축제. 아니, 소용없는 준비들, 괜한 '예쁜' 치장, 헛된 기다림. 맨 마지막 것이 가장 끔찍하다. 어머니도 인생의 마지막 몇 달 동안 이렇게 매일같이 나를 기다렸겠지.

11시 10분. 점점 더 불안해진다. 전기 헤머 소음이 끊이지 않아 그의 자동차 소리를 들을 수 없다. 의식儀式 직전의 두려움. 언제나 이보다 더 아름다운 건 없다.

정오. 아마도 그가 오지 않을 건가보다. 이번 6월은 가장 암울한 달이 될 것이다. 이렇게 따뜻하고 화창한 날씨에 이토록 불행한 적이 없었다.

16시. 그가 왔다, 누군가를 공항까지 데려다줘야 하는 일 때문에 늦었단다. 약 두 시간 후 떠남. "당신 애들이 날 질투하나?" 그 역시 총애받고 싶어하고, 질투를 느낀다…… 하지만 나보다 너무나 강하다. 오직 또는 거의 출세에만 온 신경을 쏟는다. 그가 자신이 바라는 바를 숨기고 있거나, 원래 바람둥이가 아니라면 모르지만. 그러나 사람들이 우리의 관계를 알까봐 겁내는 그의 모습은 여태 못 보던 징후가 아닌가? 그리고 오늘 무릎까지 쭉 올려 신은 짙은 색 양말(내 어머니를 상기시킨다……)은 또 무엇일까. 의문이 좀처럼 가시지 않는다. 무엇이 나로 하여금 그에게 집착하게 하는가? 단지 쾌락만이 아니다. 이것은 이미 지났다고 말할 수 있다(여기에 비극이 있지만). 거의 1년 전부터 내 인생 속에 들어왔지만 그는 변함이 없다. 내 인생에 너무 조금 들어온 것이 문제다. 나에 대한 그의 애착을 증명할 수 있는 징후들을 왜 여기에 일부러 기록하지 않는가? 내가 끊임없이 반추하는 것이 그 것인데? 나의 모든 약점을 적어놓지 않으려고? 예를 들어 "당신 휴가 혼자 떠나나?" 같은 질문을 질투에 의한 것이라고 해석하고 싶은 마음.

30일 금요일

일요판 『위마니테』에 고르바초프에 대한 글을 기고했다. 다른 때 같으면 아마도 이 원고 청탁을 받아들이지 않았을 것이다. 이 글을 쓰는 시간은 내내 S를 생각하는 것과 마찬가지였다. 같은 식으로, 오늘 아침 나는 어제 그가 누웠던 침대 속에서 그의 몸과 얼굴을 생각하며 시트 속에 들어가 몸을 웅크렸다. 처음이다. 나를 감싸는 부드러운 이미지. 그의 부드러움(어쩌면 무관심?)은 자연스럽다. 나는 그에게 초연한 애정을 느꼈고(나에게는 함정. 그전의 필립처럼), 그가 보통 때와는 달리 보이고 달리 느껴졌다.

그가 담배를 안 가지고 와서—의도적으로?—피우고 남은 갑째 가져가도 되는지 내게 묻는 게 재미있다. 나: "다른 담뱃갑도 가져가." "그래?" 그는 전혀 양심의 가책을 느끼지 않고 그 두 갑을 다 가져간다. 기둥서방 근성……

7월 2일 일요일

꿈 때문에 잠이 깨다. 이브토의 지하실에서 일어난 일에 대한 꿈. 어떤 여자애가 나하고 성관계를 가지려 하는데 내가 거절한다 (다비드의 여자친구인가? 아니면 우리가 어제 얘기한 그 여자애의 엄마?). 그뒤에 같은 장소에서 나는 혼자 자위를 한다. 1952년 6월, 지하실 둘째 방문 앞, 바로 그 장소에서 아버지는 어머니를 죽이려고 유인했다. 지금은 오직 세 남자만 그것을 알고 있을 뿐, 여자는 아무도 모른다. 나는 그들 셋을 모두 사랑했다. 이 고백은 내 사랑의 표시였다.

6월, 그리고 5월에 절망의 밑바닥까지 경험했기 때문에 지금 나는 소강 국면을 맞고 있다. 그렇기에 이제 나는 다시 살 수 있으며, 내겐 그럴 권리가 있다. 아니, 차라리 내가 겪었던 그 암울함과 슬픔, 인생다운 인생이었지만 끔찍했던 그런 삶으로부터 거리를 둘 수 있게 되었다고 하는 편이 나으리라. 이 굴레에서 벗어나는 것. 또한 며칠 후, 또는 몇 주 후, S가 모스크바로 떠나면 또다시 그런 상태에 빠지리라는 것도 안다. 그러나 고통의 침체 상태는 이미 시작된 것 같다.

1963년 7월 초의 일이 생각난다. 그때는 이탈리아에서 황폐한 시간을 보내기 직전으로, 두 달간의 혼란스러운 삶을 마치고 난 후의 공백기였다. 다시 황폐한 시간을 보낸 것은 1988년 9월 레닌그라드에서였는데 이미 과거사가 되었다. 언제나 물리적 상황이 아닌 내적 상황을 비교하게 된다.

5일 수요일

소르본에서 열린 고르바초프의 강연회에서 그를 보지 못한 탓에 세르지로 돌아오는 내 마음은 우울했다. 맥도널드 바로 앞에 있는 카페로 들어서며 모든 것에 대한 의욕 상실과 무한한 절망감을 느꼈다. 더이상 부재, 욕망, 기다림으로 고통받고 싶지 않다. 그래서 아무 생각도 하지 않으려고 한다.

이렇게 약하고 패배주의적인 태도("사랑은 존재하지 않는다" "모든 것은 상상일 뿐이다")에도 불구하고 때때로 오늘밤처럼 슬픔이 나를 엄습한다. 지나간 열정의 장단점을 따져보고 있는 나 자신을 발견한다. 그것이 내게 주는 힘은 그럼에도 유익해 보인다. 그러므로 또다시 기다린다. 나는 사랑(이것 말고 다른 단어가 있을까?)에 빠질 준비가 되어 있다. 하지만 조금은 주춤거리며, 이미 환상에서 깬 상태로. S의 얼굴을, 몸을, 쾌락을 잊어버리고 싶다. 그가 다시 작년 이렌의 집으로 들어서던 그 남자, 내가 여름

동안 단 한 번도 생각하지 않았던 그 사람일 수만 있다면.

7일 금요일

공허감, 살고 싶지 않다는 생각에 사로잡힌다. 아침에 눈을 뜨며 내가 열정의 종말을 애도하고 있다는 것을 느낀다. 어젯밤 두 가지 꿈을 꾸었다. 첫번째 꿈은 조르주 M이 나타났다는 것 말고는 아무것도 기억하지 못한다. 다른 꿈에서는 프랑스-러시아 교류협회에 관련된 사람들을 만난 것 같다. 거기에는 이렌 S(수요일 고르바초프 강연에서 그리고 어젯밤 텔레비전에서 그녀를 봤다), S와 그의 부인이 있었다. 그들과 악수한 기억. 그리고 같이 걸었다. 키가 크고 마른 젊은 금발 여자가 우리와 합류했다. 나는 그녀에게 질투를 느끼는 것 같았다. 특히 그녀가 무슨 침낭이나 상자 같은 곳에 나체로 눕는 것을 보았을 때. 그러나 그녀가 남자 성기를 가지고 있는 것이 보였다. 그러니까 그녀는 양성인이었다. 그녀에 대해 두려워할 게 하나도 없었다. 해몽하기 어려운 꿈. 그 젊은 여자는 S(크고, 마르고, 금발이고 여자처럼 매끈한)였을까?

모든 것이 힘들고 고통스럽다, 제정신이 아니다. S에게 다음번에 "아냐, 오지 마"라고 말할 자신이 없다. 그와의 약속에서 아무것도 기대하지 않으면서. 아마도 그가 모스크바로 떠나기 전 마지막이 될 만남이겠지.

8일 토요일

　무엇에 대해 써야 할지 모르겠다. 글을 쓸 수 있을지조차 모르겠다. 어쨌든, 또 한번 매우 비싼 대가를 치를 것이다. 죽고 싶은 생각과 정신적 고통이 너무도 강렬하여, 신경안정제나 마약을 찾는 사람들의 심정을 이해할 것 같은 밤이다. 다행히 내 수중에 스파스퐁리옥*밖에 없다. 원인이 꼭 S인 것은 아니다. 우리 관계에 관한 성찰이 조금은 가능해진 현재로서, 글을 써야 한다는 절대적 필요성과 4월 말부터 생긴 삶의 고통을 제대로 구별할 수 없기 때문이다. 말하자면 나는 죽음, 창작, 섹스가 뒤섞여 있는 구덩이 속에 빠져서, 그 상황을 빤히 보면서도 극복하지 못하고 있다. 이 체험을 엮어서 책으로 내야지.

　언제나 똑같은 여름의 침묵. 예전에 그것은 기다림이었다(무엇인가를 기다렸지, 물론 어떤 만남이지만). 이제 나는 기다림에는 비극적인 결말밖에 없다는 것을 알고 있다(CG와 필립 그리고 S). 그리고 이 공허감을 채우기 위해 의지할 데라곤 언어밖에 없다는

---

　* 진통제 상표.

사실도 안다.

9일 일요일

이 고통―오늘은 약간 극복되었다―은 두 가지 사실의 결합
으로부터 비롯된다. 글을 써야 한다는 필요성과 S가 나를 사랑하
지 않는다는 인식. 이 두 가지 사실은 서로 연결되어 있다. 내가
글을 쓰기 위해서는 진실이 밝혀져야 했다. 그러나 전보다 더한
진실이 있는 것은 아니다. 단지 생각이 달라졌다는 것뿐이다. 나
는 글을 쓰기 위해 열정을 포기할 뿐이다. 그러나 한쪽에서 다른
쪽으로 넘어가는 과정은 고통스럽고 매우 모호하다. 그래도 S가
모스크바로 떠나기 전에 전화할 것을 기다리고 있다.

12일 수요일

12시. 내일이면 S를 본 지 2주째 되는 날인데 아무 소식이 없
다. 아마 계속 이렇게 살아야 하는지도 모르겠다. 소식을 기다리
지 않고, 전화하거나 만나러 오면 보고, 가볍게 섹스하는 걸로 충
분한 생활. 하지만 나는 그렇게 살 수 없다. 점점 더 그렇게 살아

야 하는 것이 당연하더라도 결코 그럴 수 없다(쉰 살 이후의 여자는 그것으로 만족해야 하나?). 9월까지 시간은 한없이 많이 남아 있다. 그런데도 글쓰기를 시작하지 않고 있다. 아마도 시작하면 몇 달 동안 그 일에 몰두해야 하기 때문일 것이다.

어머니가 치매에 걸리기 전의 모습을 꿈에서 봤다. 그녀는 접힌 매트리스를 가져와 편다. 그리고 어떤 미친 남자 옆에 앉아 기차 여행을 하는 꿈. 나는 자리를 바꾼다.

13일 목요일

밤마다 불쾌하게 잠에서 깬다. 깨고 싶지 않다. 고통이 사라질 때까지 다시 잠에 빠지고 싶다. 아까운 시간—말하자면 내 인생의 한 부분—이 얼마든지 흘러도 상관없다. 그리고 모순적인 욕망이 인다. 늙고 싶지 않다는. 섹스, 억제할 수 없는 욕망에 대한 꿈. 물론 상대는 S. 이제부터 내가 기다리는 것—그리고 가장 소박하고 모욕적인 최소한의 욕망—은 단 한 시간이라도 그를 마지막으로 한번 더 보는 것이다. 하지만 그가 내게 돌아오더라도 9월에는 더 만나지 않기를 바라는 마음. 마지막까지 끌려다녀서는 곤란하니까.

잠에서 깨어나며 '고통의 침대'를 생각하다. 나는 아무 쓸모 없는 인간이다 : 지금 나는 무엇을 하고 있는가, 세상에 무슨 공헌을 하는가? 그리고 출세지상주의자이며, 감정이 무디고 거만하기까지 한 남자에게 미친듯이 집착하고 있다는 의식이 점점 더 뚜렷해진다. 하지만 나는 이미 그것을 알고 있었다. 중요한 것은 그런 것들이 아니다.

혁명 2백 주년 축제가 시작된다. 나는 아무데서도 초대받지 못했다. 바로 내가 허세를 부리고 싶은 순간이다. 내일도 전화가 없다면, 새로운 '기록'이다.

그에게 줄 편지 속에 네잎클로버를 넣었다. 우리가 다시 만날 수 있다면. 소녀들의 신화! 불가능한 행복을 위한 온갖 비법들!

14일 금요일

끔찍하다. 사방이 축제로 들썩들썩하다. 라디오, 텔레비전, 신문이 끊임없이 축제 분위기를 연출한다. 오늘 새벽 5시쯤, 견딜 수 없는 고통이 엄습했다. 그러곤 다시 잠들지 못했다. 나의 열정과 그의 무관심. 상처받은 자존심과 나 자신에 대한 극도의 혐오감으로 눈물을 쏟는다. 반드시 헤어져야 한다. 하지만 불가능하다. 기억을 계속 지니고 있을 수가 없다. 추억은 그저 고통일 뿐이니까. 이 공허함을 감수하고 지난 몇 달을 부정해야 하니까(그리고 욕망을 잠들게 하는 데 많은 시간이 걸린다……). 내게 살고 싶은 욕망, 계속해서 살고 싶은 욕망까지 잃게 한다. 게다가 나의 직관이 정확할 수밖에 없음을 알고 있다. 그를 나에게서 결정적으로 멀어지게 한 '뭔가' 일어났던 것은 5월 중순이다(11월 말쯤에도).

다음의 두 질문 '어떻게 하면 더이상 고통스럽지 않을까?'와 '어떻게 그의 마음을 붙들 수 있을까?'에 대한 답은 같을 수가 없다. 그에게 끝이라고 말하는 것을 제외하고는. 이런 말에는 언제나 관계 회복에 대한 열망이 포함되어 있기 마련이다……

15시. 내가 더할 수 없이 의기소침해 있던 오늘 아침 그가 전화를 걸어왔다. "축제를 축하해!" 멋진 말이다. 그는 몇 분 뒤나 한 시간 뒤에 올 것이다. 인생, 부조리한 인생, 이런 일이 언제까지나 계속될 것이다. 혁명 기념일! 프랑스혁명 기념일과 지난 11월의 러시아혁명 기념일(그는 그때 대사관의 리셉션이 끝난 후 내게 왔다). 5년 전 P도 같은 날에. 마치 그들이 바스티유를 탈취해서 흥분한 것처럼. 웃음. 그와 함께 즐길 것이다. 하지만 그후에는 상실, 고통, 공허감만이 남겠지.

15일 토요일

그는 15시 25분, 30분경에 왔다가 20시 15분에 떠났다. 다섯 시간. 지난겨울(11월)보다 약간 덜해진 그에 대한 욕정. 하지만 언제나 거듭되는 우리의 애무에 경이로움을 느낀다. 어제 그에게는 시간적 여유가 있었다. 이럴 땐 대화가 더 많아진다. 비극은 가눌 수 없는 피로감이었다. 어젯밤, 나는 침대에서 움직일 수 없는 돌같이 누워 있었다. 그가 스며든 내 몸은 아무것도 할 수 없으며 특히 글쓰기 작업은 말할 것도 없다. 우리는 보름 만에 만났다. 이제 이게 평균적인 간격이다. 1주일 정도면 좋겠다. 부인이 그의 욕구를 충족시켜주나…… 아니면 다른 여자인가? "여자들은 힘들어"라는 그의 말은 무슨 의미인가? 그가 비록 성공하지 못했지만 애썼다는 말인가, 아니면 힘들게 다른 여자와 성공했다는 말인가? 일반적으로 그가 여자를 쉽게 유혹하지 못한다는 말인가? 우리가 관계를 맺기 전에, 나는 그가 수줍은 사람이라고 생각했다(레닌그라드 기차 안에서 어떤 여자와 침대칸을 함께 써야 했을 때와 아르바트 거리에서 한 히피족이 그에게 담배 한 개비를 달라고 했을 때 그가 보인 태도를 보고). 그러나 수줍은 사람들이 성공하는 경우도 있다. 그 자신이 증명하고 있지 않은가!…… 게다가 레닌그라드에서는 내가 모든 걸 주도했잖아. 오늘 아침, 나는 1963년 생틸레르뒤투베에서처럼 내 몸속에 그의 육체를 간직하며 완전히 녹초가 되어 있다. 술이나 마약을 복용했을 때처럼 자신에 대해 감정을 상실하는 것은 적어도 나에게는 가장 바람직한 동시에 가장 위험한 것이다.

물론 내가 애착을 갖는 이유는 여러 가지다. 일견 거친 듯한 그의 부드러움과, 부끄러움 속에서 살았던 나의 지난 20년을 보상하는 그의 젊음이 그 이유다. 그리고 나는 지금 환희를 느끼며 그가 소련 사람이라는 사실을 만끽하고 있다.

16일 일요일

그를 위해서 글을 쓴다. 하지만 그렇다고 더 잘 써지는 건 아니다, 적어도 오늘은. 이제 공포감이나 죄책감 없이 시간을 낭비하는 습관을 갖게 됐다. 오늘밤 같은 우연의 일치는 혼란스럽다. 러시아정교회에 관한 텔레비전 프로그램에서 한 수녀가 말한다. 그녀는 자고르스크에서 신의 계시를 받았다. 그것은 "마치 사랑에 빠지는 것 같았다". 나 역시 자고르스크의 성물박물관에서 사랑에 빠졌다. 하지만 신에 대한 사랑은 아니었다.

20일 목요일

잠이 깨자 삶에 대한 혐오감이 밀려왔다. 이상하게도 며칠 동안 정말 생각할 여유가 없었기 때문인지(아비뇽 축제, 화요일, 수요일의 유쾌하고 열띤 분위기) 혐오감은 강렬했다. 미슐린 V의 홍보 담당인 스무 살 난 젊은 남자애가 보내는 찬사와 욕망의 신호가 다른 어떤 것보다도 훨씬 더 나를 절망하게 만든다. 내 머릿속과 몸속에 있는 것은 오직 S뿐.

작년에 쓴 일기를 다시 읽었다. 더 잘 쓴 것도 아니고 지극히 공허할 뿐이다. 위안이 되지 않는다. 지난번 만났을 때부터 1주일 후, 정확하게 엿새 후 S의 부재를 고통스럽게 느끼기 시작한다. 그 순간 그를 위해 글쓰고 싶은 생각이 사라지고, 그를 잊기 위해, 그로부터 나를 해방시키기 위해 글을 쓰고 싶어진다. 하지만 그는 언제나 브론스키의 얼굴로 내게 나타난다.

『자리』, 나와 동떨어진 책. 유일하게 감동적인 순간은 아버지가 그의 이야기, 그 요약된 이야기, 어둠과 고통 속에서도 끈질기게 살아온 삶의 의미에 대하여 이야기하는 것을 사람들이 의자에 앉아 듣는 모습을 생각할 때다. (나도 그렇고, 아버지의 모계 쪽인 르부르가의 사람들이 모두 그랬던 것처럼, 그도 우울증을 앓았기 때문이다.) 그래, 나는 무엇인가에 대해 복수한 거야, 내가 속한 족속에 대해……

21일 금요일

1주일. (어제 내게 편지를 보낸) 다니엘 라퐁과 휴가를 보내는 꿈을 꾸었다. 나는 어떤 남자와(여자에게 돈을 뜯는 타입의 남자였나, 아니면 내가 돈을 냈던가?) 섹스를 한다. 그런 다음 에이즈에 걸렸을까봐 겁이 났다. 그리고 S가 보였다. 하지만 어떻게 나타났는지 모르겠다. 흐릿한 기억.

23일 일요일

1963년에 쓰던 수첩을 다시 꺼내 보다. 로마에서 Ph를 기다림. 생틸레르뒤투베는 레닌그라드와 닮지 않았다. 그러나 나는 똑같은 기다림, 똑같은 욕망을 느낀다. 순식간에 그 당시 로마에서의 내가 오늘의 내가 된다. 두 남자는 하나의 그림자로 합쳐진다. 좀더 길고 좀더 부드러운 S의 그림자. 레닌그라드의 밤에 S를 만난 내 이야기는 로마에서 스물세 살의 여자애에게 일어난 이야기이기도 하다. 1963년처럼 시적이고 환상적인 이야기. 그렇게 똑같을 수 있다니 두렵다. S와 나는 어떻게 될 것인가? 남자들이 나를 헤매게 한다고 말할 수 없다. 나를 헤매게 하는 것은 단지 내 욕망일 뿐이다. 즉 내가 이해하지 못하는, 다른 육체와의 결합 속에 나타났다가 곧바로 사라져버리는 굉장한 어떤 것에 대한 복종(또는 추구)일 뿐이다.

25일 화요일

더는 기대하고 있지 않았는데 10시 20분쯤 그에게서 전화가 왔다. 지난밤, 그에 대한 갈망이 그토록 강렬했음에도 신기하게도 별일 아니라는 느낌이 든다. 그에 대한 꿈을 꾸었다. "뭐하고 싶어?" "함께 즐겁게 지내고 싶어." 꿈속의 그가 대답한다. 사랑을 하고 싶다는 뜻이다. 전화로 얘기하면서 나는 거리를 둔다. 마치 그가 오거나 오지 않거나 크게 상관하지 않는다는 듯…… 하지만 나는 그 사람만을 생각하고 있는데.

27일 목요일

10시 30분. 어제 찬물을 끼얹는 듯한 생각이 들었다. 만약 오늘이 마지막이라면? 밤새도록 '현재란 무엇인가?'라고 자문했다. 그럼에도 지금처럼 나는 우리가 함께 지낼 시간—어쩌면 마지막일 시간—만을 생각했다. 그리고 그 시간이 다가와 함께 지내게 되면, 섹스할 때만 빼고는 매 순간 시간을 잃는다는 큰 상실감을 느낄 것이다.

나는 또한 내가 왜 S에게 강한 애착을 느끼는지 안다. 그는 나를 완전히 지배하지 못하는 타입의 남자로, 먼 듯하면서도 부드러운, 아버지이자(나의 아버지가 그랬던 것처럼) 멋진 금발 왕자의 모습을 동시에 지니고 있다. 자고르스크에서 신중하게 행동했어야 했다. 근본적으로 시골뜨기인 내가 그토록 환상적인 러시아 남자를 만나다니.

9시 25분. 나는 그것을 알고 있었다. 하지만 사물은 말로 표현되지 않은 이상(또는 글로 표현되지 않은 이상, 문학에서 우회적이거나 암시적이지 않은 방법으로) 존재하지 않는다. 표현된 후에야 비로소 사물은 존재한다. 텔레비전을 켜놓은 채 즐긴 섹스와 욕망만 보자면 무척 아름다운 저녁이었다(1958년 달리다의 노래처럼, "나는 떠나네……"). 내가 그에게 "당신과 사랑하는 것이 좋아"라고 말하자, 그는 내 이름을 부르며 말했다. "나도 당신하고 사랑하는 것이 좋아." 알고 싶은 호기심, 다시 말해서 파괴적인 성향이 늙은 악마처럼 오고야 말았다. 나는 그에게 말한다. "Ya tebya lioubliou."* 그가 내게 러시아말로 대답했다. 나는 이해하지 못해서 그에게 다시 한번 말해보라고 한다. "단지 마샤만 사랑해?" "응." 내가 대답한다. "그렇기 때문에 나는 당신을 떠날 거야. 하지만 당신은 슬퍼하지 않겠지, 강한 남자니까." 그가 대답한다. "그래 맞아." 그가 떠날 시간이었다. 어떤 말로도 덮을 수 없는 그 말이 내 가슴을 찢어놓았다. "다음주에 당신에게 전화할게. 집에 있을 거야?"라는 말뿐. 일순간에 정신이 번쩍 든다. 그를 거칠고(그리 심하지는 않지만), 즐기기만 하는(나쁠 것도 없지) 플레이보이 또는 고르비보이로 봐야 한다. 떠나며 탁자 위에 있는 말버러 담배 보루를 가져가도 되겠느냐고 묻는 그 남자를 위해 내가 1년이란 시간과 돈을 잃었음을 확인했다. 스무 살에나 마흔여덟 살에나, 언제나 원점으로 되돌아온다. 하지만 남자 없이, 삶 없이 무엇을 하겠는가?

오늘 어머니의 결혼반지를 끼었다. 아마도 어머니는 내 손이(S에게 결혼에 관한 암시를 보여주지 않으려고 오른손에 꼈다) 섹스중에 하는 이 모든 것을 결코 알지 못했으리라. 지금 나는 완

---

* 러시아어로 '당신을 사랑해'라는 뜻.

전히 무의식적이고도 깊은 본능적 욕망에 기인한, 즉 조금도 불경스러운 생각 없이 다만 행운을 기대하며 반지를 낀 내 기이한 행동에 대해 생각해본다. 따라서 신성모독과는 거리가 멀다. 죽은 어머니의 반지는 당신이 생전에 끊임없이 생각하면서도 극구 회피했던 사랑의 의식에 참가했다.

그는 언제나 여자들의 나이에 관심이 많다. 아마도 자기보다 열두 살, 거의 열세 살이 많은 내 나이를 의아해한다는 표현일 것이다. 처음에는 그것이 조금도 중요하지 않았지만.

28일 금요일

사는 것이 점점 더 힘들어진다. 그럼에도 아름다운 모험이었다고 생각한다. 세월이 지난 후에, 젊은 러시아 미남과 더할 수 없이 멋진 사랑을 한 것은 행운이었다고 나는 말하게 될 것이다. 왜 그것이 나를 행복하게 하지 못하는 걸까? 사랑과 감정, 게다가…… 꿈을 꿨다. 어떤 방에 S가 다른 사람들과 함께 있다. 나에게 온 소포가 있는데 아무도 그것을 찾으러 가고 싶어하지 않는다. 나밖에는 갈 사람이 없다. 그것은 초록색과 검은색이 섞인 아주 근사한 만년필이었다. 그 꿈의 의미는 명백하다. 글쓰기…… 끔찍하다. 동시에 글쓰기는 다른 사람들로 하여금 나를 사랑하게 하는 방법일 것이다. 그것은 내가 주체가 되는 사랑을 중단해야 함을 의미한다.

어제 헤어지기 직전에 있었던 일은 이전까지의 행복감에 그늘을 드리웠다. 내가 그의 성기를 입으로 애무하는 동안 그는 두 손으로 내 머리채를 잡고 부드럽게 당겼다. 우리는 서로 많이 쳐다본다. 방에서 섹스할 때, 그는 더이상 거울을 피하지 않고 오히려 찾는 것처럼 보였다.

30일 일요일

우울한 일요일, 비雨. 머리가 텅 빈 상태. 앞으로의 만남이나 S와의 관계에 대해 생각하고 싶지 않다. 즉, 내가 겪고 있는 것을 분석하길 거부한다. 하지만 다른 생각 속에 돌입하지도 못하기 때문에 공허감과 불만족을 느낄 뿐이다.

여행가방 하나를 들고 기차로 올라타려는 꿈을 꾸었다. 미국이었다. 플랫폼과 기차 사이가 너무 넓었다. 나는 가방을 들고 매우 힘들고 조심스럽게 다음 기차에 올라탔다. 가방—S—을 계속 가지고 있어야 하나, 그리고 글쓰는 작업은?

8월 2일 수요일

1924~1928년의 소련 영화들을 보고 있는데 10시 45분쯤 전화가 왔다. 그는 8월 4일에 온다. 1963년과 똑같은 일이 반복되고 있다. 나의 무의식 속에 26년의 시차를 두고 동일한 일이 일어난다. 기다림, 욕망. S가 상대적으로 젊다는 것 또한 중요하다. 그는 부드러운 한편 남성적인 정복감을 잘 아는 사람이다. 너무나 부드러운 살결, 머리카락, 열여덟 살 때 이브토의 묘지 옆으로 난 작은 오솔길에서 나를 껴안았던 D처럼 나를 포옹하며, 세에서 알고 지내던 남자들처럼 나를 원하며, 옛날의 몇몇 대학생들이나 이탈리아에서의 Ph보다 나은 것 같다.

글을 쓰기 때문에 내가 다르게 사는가? 그래, 그렇다고 생각한다. 깊은 고통 속에서도. 하지만 언제나 그런 것은 아니다. 그것이 비극이다.

3일 목요일

이런 일은 반복되지 않을 것이다. 그는 3일인 오늘 오후 16시 15분에 왔다(그리고 밤 10시에 떠났다). 육체적, 심리적으로 완전히 지쳐 있다. 광적인 섹스로 얼이 빠져 있다. 예외적으로 그가 만난 지 1주일 만에 왔다. (과거보다는 미래, 즉 내가 전혀 확신할 수 없는 것과 비교해보기 위해 이런 것들을 기록한다.) 처음으로 내 베개 밑에 그의 것으로 젖은 팬티를 하나 간직하고 싶은 생각이 들었다. 그는 예전과 달리 내 젖가슴을 삼킬 듯이 온 입으로 애무하고, 부끄러움 없이 벗은 채로 돌아다녔고, 지난번 내가 준 편지에 대해 얘기했다. 하지만 이 모든 것이 내게는 아직도 불투명하고, 사랑을 증명하지 못한다. 물론 사랑은 증명할 수 없는 것이지만.

4일 금요일

이상한 밤, 신비로울 정도로 이상한 밤. 육체적 사랑이 이제까지 몰랐던 반응을 일으킨다. 마약을 복용했을 때와 흡사한 효과. 우선 조금도 움직일 수 없을 정도로 무거운 내 팔과 다리들이 마치 트럭이나 흙더미에 깔린 느낌. 전혀 잠을 잘 수가 없다. 그리고 이런 반수면 상태 속에서 온몸이 땅에 파묻힌 느낌, 하늘 아니 우주에 딱 붙어버린 느낌이다. 나는 넓은 무엇인가와 합쳐져, 마치나 자신이 행복감으로 넓고 편편하고 묵직해진 것 같다. 하지만 공중이나 물에 떠 있는 느낌은 아니다. 자연의 중력, 그 움직임에 참여하는 듯한 느낌이 황홀하다. 내가 자리에서 일어난 것은 7시

30분이었다. 흐리멍덩한 정신으로 기진맥진해서. 물론 비극이다.

8일 화요일

이번 휴가의 절대적인 공허함은 사춘깃적의 방학뿐만 아니라 그보다 더 어렸을 때인 1951년 이후의 모든 휴가의 지루함을 상기시킨다(1950년은 여러 가지 활동을 하면서 재미있게 보낸 마지막 방학이었다). 그 시절에는 쉬는 동안 실제 별로 중요하지도 않은 온갖 활동으로 지루함을 달래며 소일했는데, 그중 하나가 독서였다. 그후에는 여름에 글쓰는 일이 소일거리가 되었다.

깨어나면서 대중교통수단, 장거리 버스를 탄 꿈이 먼저 떠올랐다. 그리고 러시아 여자가 된 꿈도. 의식이 되돌아오며 니장*의 말이 머리를 때린다. "남자들이 지루해한다!" 나는 어머니의 열띤 모습과 그녀의 끊임없는 일욕심, 무엇이든 하고자 하는 나 자신의 욕구, 그리고 유용한 일, 특히 세상에 유용한 일을 하고자 하는 욕구에 대해 생각한다. 나의 사회참여 의지는 정치적인 저술과 사회활동으로부터 나온다(나는 사랑도 생사가 걸린 듯 빠진다). 실천praxis에 대한 필요성이나 다른 사람들을 위해 행동할 필요성에

---

* 폴 니장(1905~1940), 프랑스 소설가, 철학자이자 저널리스트.

대한 의지 같은 것들도 그렇다.

9일 수요일

꿈에서 러시아어로 말하고 러시아어로 생각했다. 뭐야, 그런데 하나도 기억이 안 나잖아. 그리고 중학교 2학년 때부터 4학년 때까지 기숙사 생활을 했던 생미셸 학교의 역사 선생이었던 마드무아젤 우엥이 꿈에 나타났다. 구두를 잃어버렸다가 결국 다시 찾았다('제 신발을 다시 찾아 신다*를 뜻하는 은유적인 꿈인가?).

P에게 주었다가 다시 돌려받은 편지들을 어제 찢어버렸다. 내가 『한 여자』를 집필하고 있던 시기에 그런 편지들을 썼다는 사실이 경악스럽다. 그 편지들이 순전히 상투적이었다는 것을 알지만, 그 속에 상투적이라고 판단 내릴 수 있는 객관적인 증거는 하나도 없다.

---

* '제정신을 되찾다(rentrer à nouveau dans ses pompes)'라는 프랑스의 관용적 표현을 직역한 것.

11일 금요일

시아버지가 돌아가셨다. 오늘 아침 화장火葬을 하지만 나는 장례식에 참석하지 않을 것이다. 어제 온 S 때문에 여기에 있기로 했다. 이제 몇 주만 있으면 그가 떠난다는 것이 확실해진 마당에 고통 말고 또다른 무엇이 있을 수 있나. 이 아름다운 이야기, 광기, 사랑, 모든 것이 멈출 것이다. 모든 것이 아무것도 일어나지 않는 시간처럼 퇴색할 것이다. 오후의 텔레비전 프로그램, 〈도로테〉〈샌프란시스코 거리〉〈법정 드라마〉〈혁명 일기〉 등등, 언제나 똑같은 프로그램. 그리고 우리는 사랑하고, 먹고, 애무했다. 땀이 범벅이 되어도 떨어지지 않는 입술. 그래, 얼마나 아름다운 이야긴가. 나는 어제 쾌락에 관한 나의 한계들을 또 한번 넘었다. 그에게는 아마 퍼포먼스 같기도 했으리라. 그런 건 아무래도 좋다, 오직 욕망만이 중요할 뿐.

나는 변하지 않았다. 지난밤, 생틸레르뒤투베에서와 같은 감정을 느꼈다. 똑같은 말이 떠올랐다. "얼마쯤은 그 사람 자체이기도 한 이 피로감", 곧 사라질 피로감.

그는 10시 반에 떠났다. 지난번보다도 좀더 늦게. 그의 부인이 눈치챌까 두렵다.

흐린 날씨다. 머릿속도, 가슴도 나는 언제나 스물두 살이다. 물론 비극이지만. 옛날처럼 '그가 돌아올 때까지 기다릴' 수 없을 테니까("아름다운 아가씨들이여, 그가 돌아올 때까지 기다려요⋯⋯"라는 가사의 〈카마르그의 말지기〉라는 노래가 생각난다. 이따금 그 오래된 음반을 들었지. 1956년에는 GV를 위해서였고, 1958년에는 CG를 위한 것이었다. 1963년에는 〈내 기억이 고장났네, 이젠 기억이 잘 안 나네〉와 〈자바 여인〉을 들으며 감동했다). 4년 후면 주름살도 더 많아질 테고 갱년기에 접어들 것이다. 그는 마흔 살로 한창때겠지.

"당신은 내게 많은 것, 아주 많은 것을 가져다주었어." 그가 말한다. 내 짐작으로는 에로티시즘, 육체적인 면을 의미하는 것 같다. 나에게는 다른 무엇보다 더 중요한 것이다.

어제, 헐렁헐렁한 팬티를 발견했다. 분명 러시아제 팬티. 흰 밴드가 달린 푸른색 팬티로 1960년대를 상기시켰다. 아마도 부인의 관심을 끌지 않게 하려는 것일까⋯⋯ 아니면 이런 세밀한 것들에—대체로 그렇지 않지만—신경을 쓰지 않아서일지도. 그리고 언제나 신고 있는 그의 양말. 나는 그의 감정을 상하게 할 만한 말은 한마디도 하지 않았다. 무심결에 그런 일이 생기면 얼른 정정하고 후회했다. 한두 번, 그 이상은 아니었어. 그에게는 엄마이면서 창부였지.

17일 목요일

그는 내리 3주, 목요일마다 왔다. 하지만 이번 목요일에는 못 올 것이고 이번주 내내 역시 마찬가지다. 나는 여러 갈래의 고통 속에 빠져든다. 그를 보고 싶은 너무나 강렬한 욕망. 시간이 얼마 남지 않았다는 생각. 이별 뒤에 올, 그를 다시는 볼 수 없을 날들이 어떨지 상상해본다. 선잠에 들면 여러 가지 꿈을 꾼다. 어렴풋한 어머니 꿈. 어머니는 치매 상태지만 자신의 구원을 위해 애쓴다. 그녀는 내게 '본 적이 없는' 사진들이 들어 있는 지갑을 주었다. 말하자면 현실과 맞지 않는 사진들이었는데, 예를 들어 이브토의 우리집에 있는 주느비에브의 사진 같은 것이었다. 그리고 필립의 부인인 리디가 있는 집에 비바람이 치는 꿈. 섹스에 관한 꿈: 나는 릴에 있다. 그곳은 깡패, 강도들의 본거지가 되었다. 사실은 시카고. 아주 어린 여자애들과 나는 언덕을 넘고 공터를 달려, 눈에 보이지 않는 무리들로부터 몸을 숨기기 위해 바닥에 엎드린다. 어느 집 현관에 도착한다. 한 남자가 제법 큰 인형의 옷을 벗기고 있다. 그는 나와 함께 온, 별로 특징이 없는 소녀에게 다가온다. 그리고 그녀의 몸속에 삽입해서 곧 사정한다. 포르노 영화 장면이 내 눈앞에서 전개되는 것 같다. 여자의 성기 위로 정액이 흐르는 것이 보인다. 나는 이 '얌전한' 소녀가 수치심이나 슬픈 감정이 없을뿐더러 아무 저항 없이 습격(그때 내 머릿속에 떠오른 단어)

당하는 것을 보고 놀랐다. 그녀는 누구일까? 옛날의 나? 내가 아니었던, 그래서 그렇게 되고 싶었던, 그리고 늦게 실현된 '나'?

걸려오는 전화를 감시하고 있는 에릭을 보기만 해도 짜증이 난다. 나의 어머니, 나의 남편, 나의 아들들…… 10월에 에릭이 떠나면 S도 떠날 것이다. 이곳에서 내가 고독한 생활을 하는 것도 더는 소용이 없을 것이다.

그저께 밤, 침대에 누워 생각했다. 최근에 S가 자주 온 것은 떠날 시간이 다가왔기 때문이 아니라 '다른 애인'이 휴가를 떠났기 때문이다. 등줄기가 서늘해지는 이런 생각은 곧이어 모든 것을 의심하게 만들었다. 하지만 그 생각은 다른 것들처럼 확신으로 바뀌지 않는다.

그의 몸짓과 표정을 떠올리려고 노력한다.

그가 나에 대한 욕망을 표현할 때면 입술을 다문 채로 짓는 미소. 가짜 미소에 가깝다.

"아! 아냐!" 하고 말하면서 머리를 흔드는 모습.

밤이 깊어 우리가 욕정에 지쳐 나자빠졌을 때 내게 입을 맞추려고 벌어지는 그의 입술, 너무도 부드럽고 너무도 어린애 같은 그의 얼굴.

화가 났을 때 말하는 "내 말 좀 들어봐!"…… (정교회 사제들이 죄수들의 '영혼을 구제하기' 위해 그들을 방문한 사건에 대해 말하면서. 그는 그것을 믿지 않는다. 낡은 흑백논리.)

18일 금요일

여드레째, 무소식. 지난 3주와 너무나 달라 이번주 내내 정말 힘들다. 그는 앙드레 S와 같이 있는 것일까? '꼭 해야 할 일'이 있나? 나는 내 일기를 모두 녹음기에 녹음한다. 언제쯤이나 열정에 갇힌 이 현재의 기록들에 도달할 수 있을까? 기다림과 욕망의 시간을 단축시키는 데 그것들로는 충분치 않다. 무위에 의한 몽롱한 상태보다도 못하다.

카날 플뤼스*에서 디코더 없이 포르노 영화를 봤다. 처음엔 클로즈업된 성기들을 보고 놀랐다(특히 카메라를 가까이 접근시켰을 때가 매우 좋았다). 하지만 너무 기계적이라 별로 흥분되지 않았다. 그리고 음향이 없어서 책보다 덜 에로틱했다. 끝까지 다 보지 않았다. 그러나 오늘 아침 그 영상들은 나를 쫓아다닌다. 그것

---

* 유료 텔레비전 채널. 시청하기 위해서는 디코더가 필요한데, 이 장치 없이 보면 화면이 흐릿하고 음향이 없다.

들은 명백한 사용법을 보여준다. 행위를 보는 것은 언어를 통해 상상하는 것보다 훨씬 더 수행적遂行的이다. 가장 마음을 혼란스럽게 하는 장면은 남자가 여자 배 위에 사정하는 장면이다. "나는 그녀 위에 평화와 정액을 강물처럼 흐르게 하리라"(성경).

19일 토요일

가장 두려운 것은 그가 내게 전화를 해서 "나 모스크바로 떠나" 또는 "이제 서로 만나지 못할 거야"라고 말하는 것이다. 아니면 나중에 내가 피렌체에 가 있는 동안 전화를 하는 것. 그럴지도 모른다는 생각에 여행을 망칠 것이 틀림없다.

21일 월요일

그가 벌써 떠났을까봐 너무 두렵다. 물론 내게 아무 연락도 없이. 어제저녁 KGB에 관한 방송. 내 발밑으로 거대한 미지의 구덩이가 꺼지는 듯한 기분을 느꼈다. 그의 인생에서 나라는 존재는 조그만 부속품일지도 모른다! 그가 정보원으로 활동했는지 아닌지가 불확실하다. KGB 요원의 애인이라니 더없이 낭만적이지만 지난 몇 달 동안 내게는 이런 차원의 현실이 존재하지 않았다. 어쩌면 내가 잘못 생각했을지도 모른다. 그리고 내 편지들이 언제라도 작은 이용가치가 있는 요소들로 보존된다면, 적어도 서양의 부패상을 증명하는 '음란물'로서……

22일 화요일

S에 대한 나의 번민을 안정시킬 만한 꿈을 새벽에 꾸었다 : 미테랑 대통령이 나를 유혹하는데 혐오감과 함께 복종하는 마음으로 저항 없이 응한다.* 우리는 함께 지하철을 타려고 하지만 첫째와 둘째 차량 모두 사람들이 너무 많아 탈 수 없다. 셋째 차량은 없다. 플랫폼에 있는 스낵코너에서 점심을 먹어야 한다. 그때 사람들이 미테랑을 알아봤다. 다른 꿈 : P가 헝가리에서 특유의 붉은 수가 놓인 예쁜 흰 드레스를 내게 가져왔다.

---

* 미테랑 대통령은 생전에 여러 문화예술인과 염문을 뿌렸다.

23일 수요일

꿈에서 깨어나니 울음이 터질 것만 같았다. 아랫방에서 일어난 일에 관한 꿈이었다. 나는 S의 무릎에 앉아 내가 잘 알고 있는 표현을 써서 그에게 러시아어로 편지를 쓴다. 때때로 틀려서 고치기도 한다. m을 t로 고쳐쓴다. 너무나 생생한 꿈! 편지 내용은? 내가 그를 얼마나 사랑하는지, 그런데 그는 자기 일만 생각하고 있다 같은 말들…… 나는 고개를 돌린다. 그의 얼굴은 현실에서와 똑같이 아름답다. 우리는 소파에서 섹스하기 시작한다.

견딜 수 없이 슬픈 하루, 내일이면 2주가 된다. 이제는 시간이 거의 없다. 그는 어디 있는 걸까? 나는 또다시 6월, 아니 그보다 더한 5월의 공포 속에 있다. 그가 내게 알리지 않고 소련으로 떠났을 가능성도 배제하지 않는다. 그가 약속했음에도 불구하고 영원한 이별의 순간을 피하기 위해 알리지 않을 수도 있다. 이런 생각이 들면 미칠 것 같다. 미칠 듯한 고통. 지금부터 토요일까지 전화가 없다면, 내 가정이 맞는다고 볼 수 있다.

24일 목요일

다시 한번 최악의 가정을 해보았다. 어제 내가 햇볕 아래서 〈르몽드〉지를 읽고 있을 때인 11시 40분, 그에게서 전화가 왔다. 현재란 무엇인가? 저녁 내내, 밤새도록 자문한다. 지금 이 현재는 완전히 현재/미래다. 오늘밤은 현재/과거가 될 것이다. 아! 끔찍해. 그렇게 생각하면 내가 지금 살고 있는 현재/과거를 가장 강도 있게 살아야겠다는 생각이 든다. 우리가 섹스를 하는 이 오후가 그에게 무엇을 의미하는지 알고 싶다. 어쩌면 나는 그냥 섹스 상대 말고는 아무것도 아니리라.

우리가 매번 만날 때 일어나는 일들의 세부사항과 생각들을 적어놓을 걸 그랬다. 1) 내가 입었던 옷, 2) 내가 준비했던 음식, 3) 그가 도착했을 때 내가 있었던 장소. 삶을 낭만적인 문학의 수준까지 끌어올릴 수 있는 아름다운 연출. 아직도 이런 사치를 누릴 수 있을까.

3시 10분, 아직 한 시간을 더 기다려야 한다.

밤, 10시 30분. 나른하고 불분명한 현재. 그가 왔다 돌아갔다. 그는 로마, 피렌체에 있었다! 돌아오는 길에 아비뇽에도 들렀다고 한다. 여기서 어떤 결론을 내려야 하는가? 순전히 우연인가, 아니면 그도 내가 아는 것을 알고 싶어해서인가? 나로서는 알 수가 없다. 그는 10월에 떠난다. 2,3년 후에 나를 다시 보고 싶다고 한다. "10년, 20년, 30년 후에도 내가 제일 먼저 전화할 사람은 당신이야."

30일 수요일

흐리고 추운 날씨다. 화창한 날씨는 지난 금요일로 끝났다. 그가 떠나고 없을 계절, 겨울을 준비하기 위한 쇼핑을 한다. 이별이 시작되었다. 이별과 동시에, 나는 작년과 같은 날짜에 이탈리아로 떠날 것이므로, 여기는 남자아이들의 분위기로 바뀔 것이다. 에릭은 공부하고, 다비드는 친구들을 초대하겠지. 아직 아무 일도 일어나지 않았는데 또다시 모스크바로 떠나는 느낌이다. 그리하여 1년이란 주기가 다시 시작되는 듯한 느낌. 영원한 반복이라는 생각.

31일 목요일

어제는 그래도 날씨가 좋았다. 하지만 내가 지난주처럼 정원에서 선탠을 하고 있을 때 전화가 오지 않았다. 나쁜 예감. 그가 이번주에는 오지 않을 것 같다. 그리고 다음주 내가 떠나는 날까지는 이틀이 남을 뿐이다. 어쩌면 그를 다시 보지 못하고 이탈리아로 떠날 것 같은 예감…… 오늘 아침, 〈잃어버린 작은 무도회〉란 샹송이 나를 눈물범벅으로 만들었다. 부르빌이 그 노래를 부른 해, 내가 대학 입학 자격시험을 준비하던 스무 살 시절의 추억 때문이 아니라, 곧 S를 잃는다는 상실감 때문이었다. 1958년, 어리석게도 CG를 기다렸다. 나는 1년 후에, 아니 2,3년 후에라도 더 '예뻐지고', 더 교양 있어지고, 더 자신 있어지기를 바랐고, 사실 그렇게 되었다. 하지만 앞으로 나는 더 시들고 무기력해질 수밖에 없다. 내가 바랄 수 있는 유일한 것은 더 '멋진' 책을 써서 더 많은 '명예'를 얻는 것이다. 오늘 보니 그 가능성이 희박하지만.

어제 다비드의 친구들이 와서 함께 브리지 게임을 했다. 기다리던 전화를 받지 못한 10월의 어느 날 저녁이 떠올랐다. 그때는 지금보다 훨씬 더 끔찍했다. 내가 품은 열정으로 이토록 계속해서 고통스럽고 불확실한 상태에 빠지지 않았더라면, 이렇게 오랫동안 그 열정을 간직하지 못했을지도 모르겠다. 그리고 다른 특징에도 불구하고 좀 서투른 듯한 태도에 가려진 그의 바람기가 아니었더라면. 하지만 그의 이와 같은 면에 대한 진실은 더이상 중요하지 않다. 시간이 거의 없다.

17시. 비가 온다. 가장 힘든 것은 한 남자의 냄새를 맡고 싶은 이 욕망이다. 가을 버섯처럼 습하고 강한 냄새. 몇 주 후면 그 냄새는 나를 영원히 떠나갈 것이라는 생각. 내게 남겨진 모든 것, 러시아, 그의 유년 시절 및 청년 시절에 대한 상상의 추억과 함께.

9월 1일 금요일

태양과 바람. 1989년의 아름다운 여름은 스러져가고 있다. 내가 아름다운 여름이라고 말하는 것은 내 기억 속에 그렇게 남겨질 것이라고 생각하기 때문이다. 너무나 무기력했고, S에 대한 욕망 이외에 다른 어떤 의욕도 없었지만.

생일이 온다. 마흔아홉 살. 곧 끔찍한 '오십대'가 된다. 올해는 어렵겠지만 바라는 것은 그저 단순히 책을 쓰는 것, '개관' 또는 다른 것이라도. 아직 책의 틀을 정하진 않았지만 이 계획을 세워야 한다는 필요성 앞에서 더이상 뒷걸음치고 싶지 않다. 아름다운 소련 이야기의 종말을 좀더 열정적으로 살고 싶은 마음. 그리고 그가 떠난 후에도 모스크바에서 오는 전화를 자주 받고 싶다. 1958년의 10월, 11월에 느낀 것 같은 잔인한 공허감은 싫다.

오늘 11시 40분쯤 그에게서 전화가 왔다. 모든 걸림돌, 즉 나이, 국적, 그리고 특히 최악의 물리적 거리를 넘어 날아온 일종의 사죄성 연락이었다.

4일 월요일

오늘밤 마흔아홉이라는 내 나이는 중요하지 않다. 아무것도 중요하지 않다. 부드러운 사랑의 말은 없었지만, 깊은 애착이 있었다. 그것은 다정함, 그리고 물론 에로티시즘이다. 하지만 그와 이 둘을 결코 분리할 수는 없다. 나는 완전히 지쳐 있다. 이탈리아로 떠나는 것…… 1963년 생틸레르뒤투베 이후처럼. 멈추지 않는 회귀인가? 오늘 저녁에는 하고 싶은 마음조차 일지 않는 질문이다. 어쨌든 아름다운 이야기.

5일 화요일

그에게 그가 태어난 날에 발행된 신문을 선물했다. 이렇게까지 마음을 쓰는 것이 그를 얼마나 행복하고 다정하게 만드는지. 이제 순조롭게 되어가는 건가? 마치 10월, 11월이었을 때 같았다. "당신은 멋져"라고 그가 말했다. 그때처럼 우리는 서로 입술로 애무했다. 우리는 깊은 합일을 이뤘다. 나는 그가 나를 완전히 정복하여 내가 순종의 자세를 취하는 것을 좋아한다. 그는 나를 등쪽에서 보고, 나는 그를 보지 못한다. 그리고 오럴 섹스. 아직도 그의 얼굴에 대한 기억들을 모으는 데 많은 노력이 필요하다. 그러고도 금방 잊어버린다. 오늘밤, 시간과 역사 속의 '한 여자의 이야기'를 써야 한다는 확신.

"소련에서의 속박과 어려움은 언제부터 시작됐지?" "고르바초프 때부터." 가차없는 대답. 무슨 결론을 내릴 수 있을까?

그가 나의 마른 체형을 좋아한다고 생각한다. 내 배를 애무하는 그의 방법, 너무도 감미로운. 나의 입속에 사정한 후 나누는 긴 입맞춤(마지막은 12월이었을 거다). 이 모든 것을 다시 생각하면 우리가 어떻게 헤어질 수 있을지 모르겠다. "헤어져 있는 첫 순간, 찢어지는 가슴처럼……" 러시아혁명에 관한 아라공의 시 구절이 벌써 지난주부터 내 머릿속을 떠나지 않고 있다.

곧 1년이 된다. 새로운 키스 방법과 욕망을 해소하는 새로운 방법들을 끝없이 고안해야겠다.

7일 목요일

피렌체. 나는 왜 피렌체에 다시 오고 싶었나? 기억이 나질 않는다. 이 도시는 베네치아에 비길 수 없다. 그리고 로마에서와 같은 추억도 가지고 있지 않다. 유일한 것이라고는 열여덟 해 동안의 결혼생활 후 남편과 헤어져, 원하던 자유를 쟁취하고 1982년 이 곳으로 여행을 왔다는 기억. 하지만 모든 것이 달라졌다. 열정의 추억들을 남겨놓고 이제 곧 프랑스를 떠나려는 한 남자가 내 머 릿속에서 떠나지 않는다. 오늘밤에도 나는 기차 안에서 끊임없이 지난 월요일의 장면들을, 그리고 내가 앞으로 준비하고 있는 장 면들을 떠올렸다.

　호텔은 아르노강가에 있는데 끔찍하게 시끄럽다. 1963년 로마 에서의 기억을 떠올린다. "내가 여기 뭘 하러 왔나?"

　오늘 아침, 우피치미술관, 보티첼리의 〈봄〉을 다시 봤다. 흥미 가 가지 않는 산로렌초성당, 단테가 베아트리체를 만났다는 피오 렌티나수도원, 건물이 멋진 바르젤로미술관. 미술관 안마당은 육 체적인 동시에 정신적인 만족감을 준다. 그리고 관능적이고 대담 하며 강렬한 이 조각상은 생의 찬미가다. 러시아 예술은 너무 정 신적이라 나는 이해하지 못한다. 카페 리부아르에서 코코아를 마 신다. 멋진 이탈리아 여자들, 그리고 일본 단체 관광객들(그들은 언제나 나를 짜증나게 한다). 베키오 다리를 건너 산토스피리토 성당으로 갔더니 문이 닫혀 있다. 산토스피리토광장에서 느낀 적 막감. 느긋한 히피족 하나가 분수 가장자리에 앉은 내 옆에 앉는 다. 1963년과 똑같은 절망감. 오! 마흔아홉 살이나 먹었는데 나를 좀 가만 내버려뒀으면 좋겠어…… 하지만 나는 나이보다 젊어 보인다. 이번주가 길 것, 아주 길 것이라는 느낌.

오후, 파치가 $\otimes$ 예배당과 치마부에의 예수를 빼고는 하나도 기억나지 않는 산타크로체성당에 갔다. 조토의 아름다운 프레스코 벽화. 사람들이 같이 온 가족들 모두 들으라고 큰 소리로 안내책자를 읽는다. 그게 무슨 소용이 있을까? 나는 알고 있던 것을 모두 확인할 뿐 진정으로 즐기지 못한다. 하지만 뭐랄까, 전체적으로 아름답고, 안정감을 준다. 영원이거나 영원에 가까운 무엇, 그리고 인류. 산타크로체성당에 있는 무덤들의 뛰어난 스타일과 감동적인 형상.

8일 금요일

오늘 아침 산티시마아눈치아타성당에 들어서니 마침 찬송가와 양초들로 가득한 미사를 드리고 있었다. 그때서야 오늘이 9월 8일 성모마리아 탄생 축일이라는 생각이 났다. 옛날에는 나도 미사에 참석하여 영성체를 모셨다. 1953년의 추억. 아침 미사를 드렸는데, 날씨가 너무 좋고 더운 날이었다. 사촌인 콜레트와 나는 오후에 미셸 살랑테와 약속이 있었다. 그는 나보다 열세 살이나 위였지만 콜레트와 아무 부끄럼 없이 공유했던 나의 열정적인 첫 사랑이었다. 지금은 S가 나보다 열세 살 적다. 1953년에 나는 이미 모든 것을 간파했던 것 같은 느낌이 든다. 열정, 인간에 대해서. 특히 남자, 그래, 미술관에서도 나를 황홀하게 만든 것은 바로 그것이었다. 미켈란젤로의 〈다비드상〉, 약간 비스듬한 자세로 아름다움의 극치를 이루는 육체. 매우 강해 보이는 아름다운 손은 다비드의 순수한 힘을 보여준다. 각각의 근육, 관절, 엉덩이 윗부분의 돌출부, 이 모든 것이 내게는 천재적인 조각가에 의해 신격화된 남자의 육체를 찬미하게 한다. 여자들은 남자의 육체가 추하다고 한다. 나는 그 말을 이해할 수 없다.

천지창조를 주제로 한 태피스트리. 이브의 과오, 죄, 하지만 죄 같지도 않은 죄, 아주 자연스러운 것이다. 15세기의 그림들, 간헐적으로 피가 솟구치는 십자가에 못박힌 예수상. 바로크 스타일의 장면들. 1982년에 이미 본 산마르코수도원과 프라 안젤리코를 돌아보다. 경내가 너무도 마음에 들어 2시까지 머물러 있었다. 숨막힐 듯한 이 장소에서 짓누르는 동시에 짓눌리는 돔 지붕. 내부는 실망스럽다. 전에도 그런 느낌을 받았는데 잊고 있었다. 레푸블리카광장의 도니니 식당에서 샌드위치와 타마린드* 열매를 샀다. 어두운 트리니타성당. 그보다 더 어둡고 기이한 오르산미켈

---

* 약, 조미료, 청량음료 등의 재료로 쓰이는 열대산 열매.

레성당.

날씨가 흐리면서 추워졌다. 나는 마지막으로 피오렌티나수도원을 돌아보기로 결정하고, 세번째로 그 문턱을 넘는다. 캄캄하고 좁은 계단을 통해 정면 회랑에 도착했을 때 여러 사람들이 기이한 프레스코 벽화를 바라보고 있었다. 식사 장면이었는데, 줄에는 행주가 걸려 있었고, 상자 같은 것 위에 흉하게 생긴 개가 앉아 있다. 이내 나는 혼자가 되었다. 침묵. 수도원 한가운데 서 있는 거대한 나무 한 그루. 언젠가 다시 올 때도 이 나무가 남아 있을까? 감동으로 떨리는 순간. 가장 행복하고 충만할 수 있는 고독의 시간. 내가 이 장소에서 기원하는 모든 것이 이루어지리라는 생각을 해본다. 교회 안으로 들어가니 대여섯 명의 사람들이 그곳에 있다. 놀랍다. 그들은 봐야 할 게 수도원이라는 걸 모르는 걸까? 그들을 보니 좀전의 나의 고독이 신비하고 예외적이고 특별한 행운처럼 느껴졌다.

저녁에 비가 내렸다. 창문으로 내다보니 물기로 반짝거리는 거리가 보인다.

9일 토요일

해와 바람이 번갈아 나타나는, 조금 춥게 느껴지는 날씨. 특별한 계시도 없고 아련한 슬픔마저 가슴속을 떠돈다. 이탈리아에서의 주말은 언제나 나를 우울하게 만든다. 아침에 본 카사 부오나로티는 별로였다. 암브로조의 예쁜 시장과 암브로조성당을 둘러보다. 그리고 골동품 시장에 갔다. 엄청나게 비싼 가격. 여기서 무엇을 살까? 옛날, 특히 7년 전처럼 이것저것 사고 싶은 의욕이 더는 없다. 자동차들이 가득차 있는 광장을 힘겹게 걸어서 도착해보니 산타마리아노벨라성당의 문은 닫혀 있다. 레푸블리카광장에서 카푸치노 한 잔을 마신다. 거의 소름이 돋을 정도로 춥다. 돔 광장과 미술관. 미켈란젤로의 〈피에타〉를 보면 예술가의 죽음이 확실하게 보인다. 범인류적인 이상의 성취를 묘사한 아름다운 '패널화들'(14세기?). 아담의 몸 한가운데쯤, 갈비뼈에서 나오는 이브의 탄생을 보여주는 혐오스러운 장면. 메디치가의 궁전은 볼필요가 없었다. 마침내 문을 연 산타마리아노벨라성당의 화려한 내부를 보다. 내가 좋아하는 교회 스타일(그에 비하면 두오모는 빈 보석 상자 같다). 마사초의 〈삼위일체〉 벽화를 보며 열심히 '성령'을 찾았지만 보이지 않았다. 오늘 아침, 아름다운 미켈란젤로의 작품들로 장식한 무덤이 있는 메디치 궁전 예배당을 잊었다. 희미한 얼굴의 낮과 밤 그리고 새벽과 석양. 이번에야말로 미켈란젤로의 힘과 천재성을 발견할 수 있었을 텐데.

피렌체에 너무 오랫동안 머물기로 한 것이 오늘 저녁에는 후회스럽다. 방도 작고, 옆방에 든 사람들도 끔찍하다(지독한 여자 목소리, 내 어머니 목소리보다 더 지독하다. 적어도 어머니는 밖에 나오면 조심했다). 옛날에 저녁이면 혼자 대학 구내식당에 가기가 망설여졌는데, 오늘 혼자 식당에 가려니 그 생각이 떠올라 마음이 동하지 않는다.

10일 일요일

피렌체 지방 특유의 화창한 일요일. 다른 날보다 객관적으로 더 유쾌하다. 하지만 나의 이탈리아 여행―베네치아는 제외―을 이제 끝내야 할 것 같다. 1982~1989년. 7년간. 1963년 7월 14일 로마에서 느낀 우수가 다시 밀려온다. 사실 내일이면 S를 본 지 1주일밖에 되지 않는다. 그가 "당신은 멋져"라고 말한 지 1주일. 다른 때보다도 그가 훨씬 더 멀리 있는 것처럼 느껴진다. 그러니 프랑스를 떠나고 나면, 그가 어떻게 느껴질까 상상이 간다. 파리와 모스크바 간 기차를 탄 이틀 동안 나는 서서히 지워질 것이다. 땅과 하늘을 표현한 산타마리아노벨라성당 벽의 프레스코 벽화처럼.

도시의 거리를 지나는 자동차들의 소음은 언제나 슬픔을 자아낸다. 3시다. 분명 너무 불행해할 것을 알면서도 방으로 돌아왔다. 외국의 호텔방, 오후, 고독……

오늘 아침 산토스피리토성당에서 미사가 있었다. 성당 광장에는 관광객들이 거의 없었고, 시장이 섰다. 어둡고 조그만 산펠리체성당. 피티궁, 팔라티나미술관과 현대미술관, 볼거리가 거의 없었다(19세기의 전형적이고도 평범한 그림들). 그리고 보볼리정원, 실편백나무 가로숫길, 아마도 카페 이름이 독일식이라 독일 사람들이 잔뜩 모여들었을 카페하우스. 뚱뚱하고 촌스러운 커플이 내 테이블에 앉았다. 여자 혼자 있으니 같이 앉아도 된다고 생각하는 모양이지…… 원형극장, S가 사진을 찍었다고 한 거대한 몸집의 난쟁이가 있는 부온탈렌티동굴. 그도 겨우 3주 전에 우피치미술관, 피티궁, 돔을 지나갔다는 생각이 든다. 이 정원은 혼자 산책하기엔 너무 힘든 곳이다. 모든 것이 나를 사랑으로 초대하는 듯싶다. 지난 10월 소공원에 대한 추억, 그리고 레닌그라드 여름궁전의 정원. 때때로, 행복하든 불행하든 S를 다시 만날 것이고, 우리가 영원히 헤어지지 않을 거라는 확신을 갖는다. 어디에 근거를 둔 확신인가. 하지만 잘 생각해보면 그렇게 하지 못할 이유 또한 없다.

11일 월요일

비. 절망. 꿈, 또 꿈을 꾼다, S와 섹스하는 꿈을.

어제저녁, 처음 리에락 보디 크림을 발랐을 때 그 냄새가 역했던 이유를 찾아보기로 했다. '병원 냄새' 때문이라고 생각했다. 내 어머니와 연관된 냄새라는 맨 처음의 내 생각을 접어두고, 궁리 끝에 드디어 찾아냈다. 임신했을 때(에릭이었나, 다비드였나?), 배의 피부가 트는 것을 방지하기 위해 바르던 크림이었다. 혼란스러움, 어떤 임신이 내게 나쁜 인상을 남겼나, 둘 다인가? 그렇지만 그때마다 행복하다고 느꼈던 것 같은데. 아니면 불룩 튀어나온 배 때문에 몸매가 망가진다는 기억에 연결되어 있나. 단지 그 이유뿐인가. 하지만 내 거부감은 매우 강했고, 그것을 바를 때마다 그랬다. 감성적인 기억은 거짓말을 하지 않는 법인데. 과연? 그것이 어떻게 거짓말을 할 수 있을까? 이제 이유를 알게 되니 이 냄새가 더이상 불쾌하지 않다. 알고 나면 언제나 해방된다.

13시 30분. 오늘 아침, 우체국에서 쓰러질 뻔했다. 습한 날씨에 줄을 서 있자니 숨이 막힐 것 같은 기분이었다. '내 차례까지 견딜 수 있을까. 어쩌면 창구 앞에서 쓰러질지도 몰라.' 전보를 보내는 방에 앉아 조금 쉰 다음에야 기운을 회복할 수 있었다. 그런데 어쩐 일인지, 오늘쯤엔 생리가 있어야 하는데. 속이 비어서 그런가? 어제 아침은 많이 먹었지만, 사실 어제 낮부터는 아무것도 먹지 않았다. 그리고 많이 걸어다녔다. 기력이 없다(적혈구 이상인가? 혈압?). 그 상태로 성인聖人박물관에 갔다(성 프랑수아의 외투는 생각보다 누더기가 아니었다). 그리고 마리노마리니미술관(마리노 마리니가 누구지?)에 들렀다가 돔 근처의 찻집에 갔다. 비가 오고 무거운 날씨. 이곳, 피렌체에서 죽을까봐 두려워진다. 더이상 S를 보지 못할까봐도 두렵고. 갑자기 모스크바로 떠났을지도 모른다.

어제 새벽 1시까지 세르주 두브로브스키의 『부서진 책』을 단숨에 읽었다. 처음에는 작가의 라캉*식 말장난이 마음에 들지 않았지만 계속 읽었다.

저녁. 1주일 전이었다…… 오늘 오후, 올트라르노 거리를 걸으면서 모스크바공항에서의 재회를 상상해봤다. 너무도 강렬해서 그 반대의 상황—그 같은 재회가 불가능하다는 것—은 있을 수 없어 보였다. 나는 산펠리시타성당에 들어갔다(그것이 어떤 암시였을까?). 눈에 눈물이 고였다. 내게 열정이란 〈오만한 사람들〉(1955년의 영화, 잊히지 않는 음악)의 마지막 장면에서 미셸 모르강과 제라르 필립이 서로를 향해 달려가는 그 영원한 몸짓이

---

* 자크 라캉(1901~1981), 프랑스 철학자이자 정신분석학자.

라는 생각이 들었다.

리피*가 태어난 집이 있는 산카르미네(복원중인 브란카치 예배당) 근처의 거리는 조용하고 신비로우며 인상적이다. 산프레디아노디카스텔로성당에 대해선 아무 할 말이 없음. 스트로치궁은 문을 닫았다. 단테성당, 제단, 경건한 분위기, 그리고 좁은 삼층집(각층에 방 두 개씩).

피렌체의 날씨가 루앙이나 코펜하겐의 날씨 같을 때 나는 이 도시를 좋아할 수가 없다.

12일 화요일

아침. 어제도 토요일과 같은 식당에서 먹다. "혼자이십니까?"** 1963년 로마에서와 같은 혼자, 그렇게 혼자가 되기로 선택했다. 1962년 내 첫 소설의 (찢긴) 문장들이 생각난다. "그녀는 보부아진 거리로 내려갔다…… 그녀는…… 그녀는……" 머릿속에 울리는 소리, '그녀'. 나는 처음부터 소설의 등장인물이다. 그로스망의 『인생과 운명』을 읽는다. 무거운 초반부를 지나 800쪽을 읽고

---

* 프라 필리포 리피(1406?~1469), 피렌체 출신의 이탈리아 종교화가.
** 식당의 웨이터가 손님 수를 확인하는 말.

있다. 나는 책에 담긴 들끓는 인생 이야기와 통찰력에 빨려들어가기 시작한다. 그리고 "내가 S와 지낸 시간도 러시아 소설만큼 아름답다"고 생각한다.

1982년과는 반대의 상황이다. 이번 1989년 피렌체 여행은 나를 누군가와 분리시키지 않는다. 여러 가지 이유가 있음에도 이 여행은 나를 그와 깊이 밀착시킨다.

정오. 바르디니박물관. 이 박물관은 안내책자에 없어 건성으로 전시작품들을 돌아보았다. 문화라는 것이 외부에서 왔듯 그림에 대한 내 교양도 주입된 것이다. 하지만 아름다운 성모상들이 많고 15세기의 거대한 예수상도 볼만하다. 그리고 산탐브로조성당으로 가는 길목에 있는 시장, 서민적인 동네. 내 집처럼 느껴지는 곳은 언제나 이런 곳이다.

저녁. 아름다운 오후. 산미켈란젤로광장으로 올라갔다. 눈부신 햇살. 산살바토레성당. 나는 산미니아토성당이 피렌체에서 가장 아름다운 성당이라고 생각한다. 제단 위의 환상적인 동물상들. 다음은 갈릴레오 거리를 통해 산레오나르도 거리까지 이르는 길고 가팔라 오르기 힘든 언덕길. 백작부인들이 살았다는 흔적이 아직 담에 남아 있다는 골목을 통해 내려온다. 스포츠카 스타일의 차를 탄, 유혹에 능한 젊은 이탈리아 남자가 나에게 접근한다.

이해할 수가 없다Non capito.

망루에서 본 전망은 미켈란젤로의 작품에서 본 것만큼이나 아름답다. 모든 성당을 다 알아볼 수 있다. 산타마리아노벨라성당과 그 밖의 성당들. 보볼리정원 안으로 내려와 내가 아직 본 적이 없는 정원 안의 작은 섬까지 가본다. 오늘 저녁에 본 색깔은 진짜 피렌체 특유의, 그림에서나 볼 수 있을 법한 색깔이다. 내 방문을 열었을 때, 방의 불을 켜놓았나 착각했다. 석양빛이었다.

전형적인 '피렌체 식당'에서 저녁을 먹기 전에(결국 맛이 없었다), 산타크로체성당의 정면을 다시 봤다. 광장은 비어 있었다. '피렌체에서의 마지막 밤'이라고 생각했다. 어디를 가나 S가 나를 따라다닌다. 현실적인 이별의 악몽이 시작되기 전에 한, 꿈같은 여행이었다. 언젠가 나는 아르노강이 보이는 이 방을 행복한 추억으로 표현하게 될지도 모르겠다.

13일 수요일

다시 흐린 날씨.

새벽 4시에 갑자기 잠이 깼다. 가끔 내가 글을 쓰고 있을 때만큼이나 생생하게, S가 우리집에 도착하던 그날 오후의 순간을 다시 겪는다. 서재에서 기다리는 나. 자갈길 위로 차가 빠른 속도로 달리는 소리, 급브레이크 소리, 자동차 문을 닫는 소리, 자갈길 위를 걷는 발소리, 문 앞 콘크리트 계단을 올라오는 소리. 조용히 문이 열렸다 닫힌 후 걸리는 빗장. 복도의 발소리. 그가 거기에 있는 듯했다. 이 모든 것을 생생하게 반복해서 느끼기 때문이다. 나는 먼 훗날 추억으로 되새길 것처럼, 지금 그것을 생생하게 느낀다. 이 글을 쓰면서 울고 있다. 그가 이미 떠나버렸을 것 같은 두려움과 고통.

14일 목요일

어제, 떠나는 날치고는 그런대로 아름답고 좋은 날이었다. 아침에, 산아폴린수도원에 있는 사실적이고도 무거운 〈최후의 만찬〉을 보다. 스칼초수도원에서는 단색의 프레스코 벽화인 〈살로메〉와 〈헤로데의 식사〉를 보다. 방문객은 나 혼자였다. 작고 나이든 여자가 인터폰으로 문을 열어주었다. 나는 도나티에서 〈르몽드〉지를 읽고, 산타크로체성당으로 떠났다. 우연히 거리를 따라 걷다가였는지 아니면 무의식적으로였는지 델라 스틴케 거리에 있는, 1982년에 맛있게 먹었던 아이스크림가게를 발견했다. 지금은 보기 흉한 주차장이 없어져 아름답게 변한 산타크로체광장에 앉아 아이스크림을 먹는다. 그때는 다비드와 함께 그 주차장에서 장난으로 주차료를 안 내기 위해 주차장 관리인을 피하려고 애썼던 기억이 났다. 프레스코 벽화를 다시 보기 위해 마지막으로 다시 한번 성당 안으로 들어갔다. 나오면서 새겨진 수백 개의 글들 중 하나가 내 눈길을 끌었다. "Voglio vivere una favola."* 마지막 단어가 무엇을 의미하는지 모르겠다. 모험? 열정? 이 글귀와의 우연한 만남이 다시 한번 길을 밝혀준다. 이 문장이야말로 바로 이 시간, 나를 향한 말이라고 생각한다. 기분이 별로 좋지 않은데 가방을 하나 사고 난 다음, 아침에 미처 보지 못했던 산티아포스톨리성당을 돌아보았다. 이탈리아 여행에서의 마지막 행복감.

산티아포스톨리 거리에는 청소기로 자주 씻어내는데도 강한 짐승의 똥냄새가 배어 있다. 뚱뚱한 여자가 길가에 앉아 있다. 그녀의 깨끗하고 하얀 팬티 위로 유난히 튀어나온 음부가 드러난다. 어머니가 죽은 이후로, 나는 이제 그런 장면들을 보고 거북해하며 눈을 돌리지 않는다.

이 모든 것을 쓰면서 이제 곧 9시가 될 거라는 생각을 한다. 그

---

* 이탈리아어로 '나는 동화처럼 살고 싶다'는 뜻. 이 책 첫머리의 제사(題辭)이기도 하다.

가 "목요일 저녁에 전화할게"라고 말했던 것도.

16일 토요일

만약 그가 떠났다면? 내가 돌아온 후로 연락이 없다. 모든 활동에 대한 절대적인 혐오감, 기다림, 가슴 졸임. 하지만 울지 않는다. 10월 15일 대신, 9월 15일로 바뀌어 결정되었다면. 또는 그 자신도 이미 9월 15일이라는 것을 알고 있었다면. 에릭에 의하면 수요일, 그러니까 13일에 이상한 전화가 두 번 왔다는데…… 두려움으로 배가 아프다.

어쩌면 그는 단지 스페인이나, 앙드레 S의 집에 있을지 모른다. 하지만 언제 돌아오는 것일까? 그것도 아니라면 단순히, 우리집에 언제 올 수 있을지 묻기 위해 전화하려고 기다리는 것일까. 그가 내게 그토록 잔인하게 구는데도 이 가정은 얼마나 만족스러운지. 그리고 비, 끝없는 비. 오후에 정원에라도 나가 모든 것을 잊고, 마비 상태에 빠지고 싶은데 태양조차 보이지 않는다.

저녁. 9월 말에 있을 소련 영화 시사회 초대장을 받았다. 하지만 그것이 무언가를 증명하지는 않는다. 그의 글씨인지도 확실하지 않다. 순간적으로 눈물이 솟구쳐 끔찍한 상태에서 빠져나올 수가 없다. 돌아온 후로 계속되는 이틀간의 침묵. 그가 목요일에 전화하지 않았다는 사실 자체가 바로 죽음이고 암흑이다. 지금 이 순간 그가 떠났다는 확신이 미친듯이 나를 휘감으며, 그를 다시 볼 거라고 생각했던 피렌체에서 품었던 나의 기대가 혐오스러워진다.

17일 일요일

내일이면 내가 모스크바로 떠났던 날로부터 1년이 되는 날이다. 그다음의 일들, 소위 운명이라 부르는 것, 그리고 끈질기게 같은 방향으로 밀고 나가는 그런 일련의 행동들. 프루스트의 천재성을 이해하기 위해서는 『사라진 알베르틴』을 직접 체험해봐야 한다. 나는 진정으로 『갇힌 여인』과 『사라진 알베르틴』('도망자'라는 제목은 별로 맘에 들지 않는다)을 다시 체험하고 있다. 아직까진 누구도 "SB가 떠났다"고 말하지 않았다. 그러나 대사관에 전화를 걸거나, 9월 28일 소련 영화 시사회에 갔을 때 듣게 되리라는 것을 알고 있다. 나는 어머니가 돌아가신 뒤에 겪었던 것과 유사한 상태에 놓여 있다. 나의 1958년, 1959년, 1960년을 이해한다. 즉 그때의 뭐라 표현할 수 없는 고통을. 그러나 이 광기, 한 남자에 대한 이 꿈, 그리고 S에 대한 나의 집요한 애착은 이해할 수 없다. 다시 무無로 되돌아가서 우주와의 태초의 융합(신화!)을 추구하는 것을 제외하고. 나는 동화처럼 살고 싶다…… 웬 헛소리!

저녁. 그가 3시에 전화를 했다. 그후, 지난 사흘 전과 비슷하게 평정을 되찾았다. 그가 모스크바로 떠났다는 생각과 함께 나를 사로잡았던 죽음과 공포에서 벗어나는 데 한두 시간이나 걸렸다. 왜 언제나 최악의 상황만을 상상하는 것일까. 나는 영원히 버려진 아이인가(누구로부터? 나의 어머니에게서, 아니면 폭격 아래서?). 아직도 살아야 할 것들이 있다. 반대로, 나는 그가 브뤼셀에서 내게 전화하거나 나더러 오라고 할 거라는 환상은 거의 가지고 있지 않다("그건 좀 힘들어"=러시아말로 '그건 불가능해'). 오늘 전화가 올 것 같은 좋은 징조들이 모두 맞았음이 증명되었다.
머지않아 꿈꾸듯 산 지 1년이 된다. 한 달 후면 꿈에서 깨어날 것이다. 열여섯 살 때 너무나 좋아했던 라신의 아름다운 구절을 아직 읊을 수 있다.

한 달 후, 1년 후, 우리는 어떻게 고통스러워할 것인가
아, 얼마나 많은 바다들이 당신과 나를 갈라놓고 있는가.
태양은 끝없이 떠오르고 또 끝없이 지건만
티투스는 베레니스를 영원히 볼 수 없네.

20일 수요일

오늘은 좋은 조짐들이 실현되지 않았다. 그는 브뤼셀에서 전화하지 않을 것이고, 내게 오라고도 하지 않을 것이다. 나는 글쓸 때와 똑같은 마음가짐으로 이 열정을 살아왔다. 그리고 매일 종말에 가까워진다. 나는 10월 13일이면 브레멘으로 떠나, 그가 출발하는 15일에 돌아온다. 이런 이유로 나는 질투를 억누를 수 없고 (그가 브뤼셀에서 누구를 만날 것인가 하는 것 때문에) 무산될 수밖에 없는 우리 관계의 불충분함도 감안하지 못한다.

23일 토요일

이렇게 해서 오늘, 스물여섯 해 동안 기록해온 내 일기의 녹음이 현재의 시점과 만났다. 이것은 이야깃거리가 아니다. 다만 자기중심적인 고통을 펼쳐놓은 것뿐이다. 그러나 나는 바로 그것을 통해 인류의 나머지, 다른 사람들과 교감한다는 것을 깨닫는다. 터져나오는 울음을 누르지 못하고 마지막날들의 일기를 읽었다. S는 브뤼셀에서 전화하지 않았다. 아마도 그는 돌아왔을 것이다. 우리가 이별의 시간을 가질 것인지조차 확신할 수가 없다. S는 P보다도 한층 더 '연민의 글' 쪽으로 나를 유도하는 사람이 아닌가 싶은 생각이 든다. 러시아 책 속에서나 볼 수 있는 경이로운 연민.

24일 일요일

번민. 얼마 남지 않은 시간. 아무 소식도 없다. 내게 몇 날, 아니 몇 시간 동안만이라도 생명을 줄 수 있는 그 소식. 대사관에 가서 소련 영화를 보는 꿈을 꾸었다. 『한 여자』를 러시아어로 상영하고 있었다. 배우는 미슐린 위장이 아닌 시원찮은 여자였다. 지극히 사실적인 연출로, 원작의 모든 이야기가 나왔다. S는 내 옆에 앉지 않았다. 사람들이 비토프 같은 두세 명의 러시아 작가들과 연극에 관해 토론하도록 나를 유도한다. 마리 R도 있다. 러시아로 날 초대할 것 같은 느낌.

오늘 오후 2,3시쯤이면 내가 자고르스크에서 처음으로 S를 원했던 때로부터 정확하게 1년이 되는 시간이다. 이콘들이 생각난다. 감색 소니아 리켈 원피스, 굽 높은 구두, 내 허리를 감싸는 S의 팔을 느낀다. 그때 갑자기 떠오르는 생각. 그가 내 인생의 반려자가 못 될 이유는 무엇인가? 그 팔은 결정적으로 여행 전과 후로 시간을 나눈다. 그때만 해도 그것은 미지의 팔이었다. 아무것도 걸치지 않은 채 부드럽게 나를 감싸는, 현재의 그의 팔이 아니다.

25일 월요일

3주 전에는 아직 행복했다. 3주 후면 더이상 아무것도 기다릴 일이 없을 것이다. 그는 이미 소련으로 떠났을 것이다. 지난 일요일부터 아무 연락도 받지 못한 나의 절망은 광적인 고통으로 치닫는다. 번민과 눈물이 목구멍 위로 차오른다. 목요일에 대사관에서 그를 보지 못할지도 모른다는 공포감, 아니면 지난 5월처럼 나를 모르는 척할지도 모른다는 생각(그건 오해였다. 그럼에도 나는 진짜와 그러는 척하는 것을 구별할 수가 없었다. 게다가 어떤 게 진짜인가……). 어제 미셸 G의 행복, KG와의 관계에서 기다리는 입장인 그의 모습을 보자 내 고통이 되살아났다. 작년 10월에 그런 관계를 시작한 사람이 나였다. 물론 끔찍한 결말은 예상된 것이었지만. 그러나 불행의 끝으로 간다는 것은 먼저 행복의 끝으로 가는 것을 의미한다.

어제, 나는 내 사랑 이야기를 쓰고 끊임없는 순환고리 속에서 내 책들을 살고 있다는 확신이 들었다.

16시 40분. 이번 월요일로 3주가 되었다. 그렇게 많았던 만남들 그리고 아무것도 없다. 1963년 말, 어떤 해결책을 기다리던 그 날들, 낙태를 한 후에도 이토록 기분이 가라앉지는 않았다. 알 수 없다는 것이 가장 싫다. 지금 바로 그가 전화를 해주는 편이 더 낫겠다. 다른 사람이 생겼다고, 그리고 끝이라고. 나는 언제나 '내 운명을 직시하기'를 원했다. 아무것도 하지 않는다, 정말 아무것도. 정원 일조차 짜증난다. 가장 끔찍한 것은 그에게 미리 전화 연락도 받지 않고 목요일에 대사관으로 가는 일이다. 어머니의 죽음 때처럼, 아무것도 하고 싶지 않다. 그에 관한 책을 쓸 수도 없을 것이다(그에게 잘못 약속한 것 같다).

밤 10시. 새벽 2시경이 되면 단 2초 만의 결정으로 인생을 열정에 바친 지 1년이 된다. 카랄리아호텔에 있던 S의 방문 앞에서 잠깐 그것을 후회했을 뿐. 오늘밤, 잠이 깨어 생각한다. "기차가 멈췄다"고. 밤 기차에 타고 있는 느낌이다. 아마도 작년의 모스크바-레닌그라드 간 기차일 것이다. 멈춘 것은 시간이다. 며칠 전부터 매일 밤 죽어도 상관없다는 생각이 든다. 나는 GV를 다시 만나지 않았다. CG도 마찬가지다. 그는 1958년 약속해놓고도 내게 작별인사를 하러 오지 않았다. S는?

26일 화요일

거의 잠 못 이룬 밤, 꿈을 꾸다. 꿈에서 나는 보행자 전용 거리처럼 돼버린, 사람들이 가득차 있는 클로데파르가를 걸어간다. 가게 앞에는 사람들이 많았고, 내 치마는 더러웠다(정원 일 할 때 입는 까만 치마). 그래서 너무나 거북했다. 다른 꿈에서는 동성연애자들이 서로 신호를 주고받는다(미시마의 『금지된 사랑』이 되살아난 것). 일어나서 어머니의 결혼반지를 낀다(꿈이 아니라 현실에서!). 마치 그것이 부적인 것처럼. 무엇엔가 나를 연관시키고자 하는 욕구. 그리고 나 스스로에게 끊임없이 되뇐다. 진실 아니면 죽음. S에게 일어나는 일을 알 것, 이 지독한 번민의 삶에서 벗어날 것.

28일 목요일

10시 10분. 어제 10시에 전화. 그러므로 열두 시간 전부터 '나에게는 무엇인가 있다'. 그를 보기 위해 이렇게 기다리는 것은 하나의 소유이고 재산이며, 그 나머지 시간들은 내게 '아무것도 아니다'라는 말이다. 그저 '존재하기만 하면' 된다. 물론 그게 너무 어렵지만. 지금 나는 평소 나를 사로잡고 있었던 것들에 대해 아무 생각도 하지 않는다. 그에게 다른 여자가 있는 것은 아닐까? 이번이 마지막은 아닐까? 등등. 어제 전화에서 그는 퉁명스럽고, 뭔가에 몰두해 있거나 아니면 무관심한 것처럼 보였다.

14시. 관능적인 면에서는 언제나 긍정적이다. 그럼에도 나는 왜 헛된 희망을 품는 걸까. 더 바라서는 안 된다. 서재에서 다시 옷을 입는 그의 벗은 등과 엉덩이를 볼 때면, 섹스와 유명 작가라는 타이틀만을 염두에 두고 나를 대하는 한 남자를 위해 이렇게 많은 시간(3월 이후, 로브그리예에 대한 강의를 마친 이후로)을 낭비했다는 생각이 들면서 극심한 고독과 괴멸이 증오로 변한다. 그는 내 책상에 앉아 내가 쓴 글과 다음 작품을 위해 메모한 것을 읽으려고 애쓴다.

오늘밤은 무슨 일이 일어날까? 내가 대사관에 가지 않았으면 하는 그의 바람("나는 거기 없을 거야." "하찮은 영화야." 정말인가, 거짓인가?)에도 불구하고, 나는 다시 한번 '내 운명을 직시하기로' 마음먹었다.

밤 11시. 운명은 어둡게 드리워져 있다, 불길한 징조들과 함께. 그는 거기 있었다, 볼쇼이발레단 공연에 간 것이 아니라. 하찮은 영화였던 것은 사실이다(우리는 영화를 끝까지 보지 않았다). 마샤는 오지 않았다…… 부인과 정부 둘 다 오지 못하게 하고 다른 여자를 만나기로 했나? 그는 키가 크고 마른 농염한 금발 여자를 뚫어지게 바라본다…… 그가 좋아하는 스타일? 모든 것을 주도하는 여자들을 좋아하나? 나는 그라는 사람을 모르는 것 같다…… 오늘 새로운 체위를 시도해보다. 흥미롭다. 둘 다 서로 등을 돌리고 앉았다. 여태껏 나는 바람둥이들만 만났다.

오늘 그가 완벽하게 진실해 보이는 듯하지만 자주 거짓말을 한다는 확신이 섰다.

29일 금요일

『자리』와 『한 여자』를 제외한 내 책들의 마지막 부분은 무미건조하며 무의미하고, 결론이나 종결이라기보다는 갑자기 중단된 듯할 때가 많다. 나의 욕심에도 불구하고 S에 대한 소설도 마찬가지가 되지 않을까. 어제, 그와 함께 TF1*의 멍청한 오락 프로그램들, 예를 들어 〈정확한 가격 알아맞히기〉 따위를 보면서 나 자신에 대한 혐오감과 절망감을 느꼈다. 그가 얼마나 지적인 것과 거리가 있는지를 발견했다. 저녁에도 마찬가지였다. 우리가 본 영화는 끝까지 볼만한 가치가 충분히 있었다. 그런데 그가 어찌나 지루해하는지, 끊임없이 몸을 뒤틀며 보기 드물게 신경질적으로 굴었다.

---

* 프랑스 최대의 민영 방송국.

나는 그와의 관계를 제때 끝내지 못했다. 크리스마스쯤이 그때였던 것 같다. 3월에는 황량한 봄 때문에 어려웠다.

10월 1일 일요일

이달이 가면 모든 것이 끝날 것이다. 침묵. 다시는 러시아 악센트의 '아-니'도, 자동차 소리를 기다리는 것도, 오후의 발소리도 들을 수 없겠지. 지나온 과정을 되돌아본다. 1년, 1년 전 10월 1일, 나는 그다음날 생제르맹데프레성당 앞으로 그를 만나러 갈 참이었다. 그는 청바지와 초록색 폴로 티셔츠를 입었던 것 같다. 정확히 기억나지는 않는다. 하지만 그는 웃고 있었다. 이미 그는 내 마음에 들었다. 그는 내게 열렬한 사랑을 느끼게 될 것이었고, 그런 후 싫증을 내고, 아마 나를 '속이고' 떠나가버릴 것이다. 이 모든 것이 어쩌면 이렇게 간단할까. 그리고 또다시 10월이 왔다. 정원에는 푸른 쑥부쟁이가 피고 흙냄새가 느껴진다. 나는 마취제를 맞아 육체적 고통을 은폐한 것 같은 잠재적 고통 속에 있다. 다음과 같은 세 가지 끔찍한 생각에 이러지도 저러지도 못하면서. 1)더이상 그를 보지 않는다. 2)공유되지 못한 열정 속에서 몇 달이란 시간을 '잃었다'. 3)처음 몇 달과 비교해서 이제 그가 날 덜 원하고, 덜 사랑한다는 것에 대한 모욕감. 한밤중에 잠에서 깨어

나는 것이 참담하다.

5일 목요일

이미 헤어지고 있는 중이다. 끔찍한 것은 맑은 정신으로 느끼는 이별. 12월 초에 끝냈어야 했다. 그러나 이제 와서 그런 말을 하는 것은 어리석을 뿐이다. 7월과 8월, 특히 8월에는 아주 잘 지냈다는 사실을 인정하지 않을 수 없기 때문이다. 그러고도 나는 다시 한번 마지막 만남도 기대하고 있으니까. 그러나 지난번, 영화 시사회에 오지 않을 것이라고 했던 그의 거짓말을 어떻게 받아들여야 할까? 지금은 그에게 나 말고 다른 여자들이 있다는 사실을 받아들이게 되었다. 하지만 언제부터였을까?

작년 이맘때를 기억하지 못한다. 살아남으려고 노력해야지. 그를 마지막으로 볼 수 없을 것이라는 생각은 참혹하다. 그런 생각은 하룻밤을 위한, 순전히 육체적인 욕망의 투정으로 시작되어 소리 없는 창백한 고통 속에서 끝을 맺는다.

6일 금요일

9시. 살아야 할 또다른 백지 같은 하루. 이 모든 것은 내 잘못이다. 적절한 시기에 판을 깰 힘이 없었고, '지배자의 절대적 권리'를 받아들였기 때문이다(그는 그가 원할 때 왔으며, 전화도 마찬가지다). 결국 숨막히는 상황에서 행복이란 있을 수가 없다. 그가 떠나는 것이 나에게는 해방이 아닐까 하는 생각이 든다. "더이상 희망이 없을 때…… 그때를 새벽이라고 한다……" 그러나 내게 그를 볼 수 있다는 희망이 한치라도 남아 있는 한—어쩌면 CG를 한 번만 더 보고 싶어했던 1958년과 이토록 똑같을까, 결국 CG는 내가 새벽까지 기다리고 있던 내 방으로 작별인사를 하러 오지 않았다—나는 그때와 똑같이 황폐해질 것이다.

9일 월요일

어제 18시 30분에 전화가 왔다. 곧이어 피로감. 마치 지난 열흘 동안 쌓인 긴장과 고통이 가라앉고 이런 평화로 돌아오는 과정이 나를 기진맥진하게 하는 것처럼. 그러니까 그가 수요일 오후에 온다. 틀림없이 마지막으로. 이것은 이제 더는 없을 기다림이기에 이 이틀간의 시간을 흐르지 못하게 하고 싶다. 전쟁터로 떠나는

군인…… 모든 것과 이별하는 두 연인의 작별인사…… 이 시간
을 어떻게 지낼 것인가. 수요일에도 욕정을 느낄 수 있을까.

10일 화요일

저녁. 내일이 마지막이 될 것 같다. 그가 나와 함께 파리에서
이 집에 처음으로 온 지 이제 곧 1년이 된다. 울음이 나온다. 1년!
나는 이 열정을 1년 동안 살았다. 다른 아무것도 하지 않았다. 여
름을, 7월 중순부터 온 여름을 끝까지 살아내기 위해 이 열정에 바
쳤다. 또 한번 전율하며 자문한다. "현재란 무엇인가?" 현재는
이곳에 존재한다. 그것은 버거운 미래와 두려움이다. 그를 볼 것
이라는 행복감과 서너 시간의 만남이 흐른 후에 그를 더이상 볼
수 없을 것이라는 공포감. 멍청한 노래 한 곡이 머릿속을 맴돈다.
"안녕은 영원한 작별인사가 아닌데…… 당신의 예쁜 눈에는 왜
눈물이 가득한가요……" 안녕은 언제나 영원한 작별인사다. 대부
분의 경우, 미리 알 수는 없는 거니까. 또 한번의 약속, 냉혹한 사
람……

11일 수요일

4시. 곧 카운트다운이 시작될 것이다. 나는 샴페인, 벽난로 불, 이별의 선물로 풍차가 그려져 있는 고판화를 준비하며 진짜 파티를 마련했다. 너무 고통스럽지 않게 끝내는 유일한 방법은 이별을 하나의 의식儀式으로 만드는 것이다.

12일 목요일

약간의 시간이 더 남아 있다…… 그는 러시아혁명 기념식 후에 떠난다. 사도마조히즘적 체험을 했다. 하지만 거칠지 않고 부드러웠다(에이널 섹스와 '정상 체위'의 혼합으로. 완전히 녹초가 됨. 한순간, 그 부분이 찢어지는 줄 알았다). 그가 말했다. "아니 Annie, 사랑해." 하지만 나는 그 말에 대단한 의미를 부여하지 않는다. 섹스를 할 때 한 말이니까. 그러나 어쩌면 유일한 진실은 거기에 있는 것일지도. 욕망의 진실. 오늘 아침, 그의 부인이 양말에 붙은(!) 머리카락을 발견했을까봐 걱정. 그에게 사고가 났을까봐도. 그의 생명은 내게 진실로 소중하며, 나는 러시아에서 수년 내에 틀림없이 일어날 끔찍한 혼란에 대해 벌써부터 가슴 아파하고 있다. 그는 어떻게 될 것인가?

내 빗에 묻어 있는 그의 머리카락 네 가닥을 간직하며 트리스탄과 이졸데를 생각했다. 이졸데의 금빛 머리카락을 옷에 꿰맨 트리스탄처럼 그의 머리카락들을 내 옷에 꿰매고 싶은 욕망. Vivere una favola…… 그가 도착하고, 우리는 서재의 카펫 위에서 사랑을 했다. 서로의 옷을 벗겨주는 동작이 점점 더 황홀하다. 떠나는 시간이 되면 나는 그에게 옷을 입힌다(그의 소매 단추를 채워준다). 그런 다음 서로 포옹하고 입맞추는데 너무도 부드러운 애정이 가득하다. 그가 떠난 시각은 10시 15분, 아니 30분이었다. 그후 나는 두 시간 이상 잠을 이루지 못했다.

그는 희고 느슨한 러시아제 팬티를 입고 있었다. 넓고 두꺼운 밴드가 부착된 팬티. 나는 손의 촉감으로 그것을 금방 알 수 있었다.

16일 월요일

시간은 흐르고 그는 오지 않는다. 정말로 내키지 않는 독일 여행이었다. 브레멘은 그런대로 괜찮았다. 사실대로 말하자면 별관심이 없었다. 프랑크푸르트에서의 토론은 지겨웠고 아무 소용도 없는 것이었다(물론 그럴 거라 생각은 했지만). 그리고 자기 밥그릇을 지키려는 시인의 공격을 받았다. 그의 이름도 생각나지 않는다.

어쩌면 그는 내가 그에게 또다른 선물을 할까 두려워서 오지 않는지도 모른다. 내가 그에게 "당신에게 줄 선물이 있어"라고 말했을 때 그는 이렇게 대답했다. "이런, 제기랄!" 정말로 아무런 금기도 없는 밤이었다…… 그는 우리의 격렬한 섹스 스타일과 광적인 쾌락 추구에 대해 부끄러움을 느끼는 것일까? 자동차가 고장났나, 아니면…… 아니면 그에게 또다른 여자가 생긴 것을 순순히 받아들여야 하나, 등등.

찬란한 가을 햇볕 아래 반짝이는 나무들을 바라보며 끝없이 작년을 생각한다. 이 열정으로 내 인생의 걸작품을 만들고 싶었다. 아니, 오히려 내가 그것이 걸작품이길 바랐기 때문에 이 관계가 열정이 된 것이다(미셸 푸코: "최고의 선은 자신의 인생을 예술품으로 만드는 것이다").

18일 수요일

공허한 하루. 이제 정확하게 1주일이 됐고 머지않아 더는 아무것도 기대할 수 없게 될 것이기에 저녁이 되자 울음이 나왔다. 하루하루가 오는 것이 아니라 차례로 사라진다. 13시에 전화벨이 울렸다. 내가 받았는데 저쪽에서는 아무 소리도 나지 않았다. 처음에는 동독 여자 프랑케 로터라고 생각했는데 아니었다. 그녀는 내가 더이상 기다리는 것을 포기했을 때에야 두 시간쯤 늦게 세르지에 도착할 거라고 알려왔다.

머리도 다듬고 잘 차려입고 늦은 오후시간을 그녀와 함께 보내야 한다는 것이 지난 수요일과 비교할 때 나를 절망케 한다. 작년의 같은 날짜에 대해서는 더 무슨 말을 하랴…… 나를 깜짝 놀래줄 수 있는 가장 큰 행복은, 그가 어느 날 밤 예고도 없이 갑자기 오는 것이다. 그러나 우리의 관계에서 깜짝 놀랄 일이란 별로 없다. 우리는 미리 정해진 약속의 틀 속에서 만난다. 그래도 아무것도 없는 것보다는, 정형화된 약속이라도 그를 볼 수만 있다면 무엇이든 할 텐데.

19일 목요일

9시 10분 전, "아-니Annie." 45분 후면 그가 올 것이다. 전화를 받고 나는 기뻐 날뛰다못해 춤까지 추었다. 어렸을 때 이래로 한 번도 이런 적이 없었다. 생리, 사춘기의 부끄러움, 그리고 여대생의 수줍음, 이 모든 것 이전에도 이렇게 기뻐 날뛰지는 않았다. 그러므로 이 기쁨이 어린 시절의 기쁨을 되살리고, 1952년 이전의 기쁨까지 되살리기 위해서는 기막힌 것이어야 한다.

저녁. 아직 샴페인 병은 가득차 있고 위스키도 지난번보다 덜 마셨다. 사랑의 몸짓과 체위에 대한 끝없는 발명. 그의 성기 위에 샴페인을 부었다. 그런 것은 그가 해보지 않았을 것이라고 거의 확신하면서. 에이널 섹스. "언제 어디서건, 당신이 무엇을 요구하건, 나는 당신을 위해 그걸 할 거야. 당신을 위해서 그걸 할 거야" 라는 나의 말에 당황한 그의 모습을 기억하고 싶다. 그의 눈에 눈물이 고인 듯했다. 그가 먹고 있던 음식 조각을 내 입안에 넣었을 때 그는 감동했다.

어쩌면 한번 더, 단 한 번이라도 더…… 모든 것, 애무, 희미한 말들, 또는 애정을 표현하는 구체적인 각각의 신호를 다 기억할 수가 없다. 가죽 의자 위에서 머리를 아래로 늘어뜨리고 하는, 놀라운 서커스 같은 체위. 나에게는 완벽주의적이고 창의적인 면이 있다. 얼마 남지 않은 시간 동안 내가 골몰하는 대상은 사랑이다.

21일 토요일

루앙에서 돌아왔다. 그곳에서 가장 재미있었던 일은 30년이 지난 지금, 끔찍한 R사감과 앙큼한 F교장이 레즈비언 커플이었다는 사실을 알게 된 것이다.

'10월혁명'까지의 카운트다운 앞에서 전율하고 있다. 신기하게도 고통에 대한 예방 효과가 있다. S가 옛날 내가 그를 떠났을 때(그후 그와 결혼하기 전)의 Ph처럼 보인다. 그가 그 무엇으로도 나와 갈라질 수 없는 형제 같은 존재처럼 느껴진다.

검은 투피스 한 벌을 샀다. 멋지다. 대사관 행사에서 그에게 가장 아름다운 여자로 보이고 싶다. 작년의 기억이 되살아난다. 아침이면 나는 라로셸의 골목을 산책하곤 했다. 프랭탕백화점, 호텔이 있던 침침한 거리가 생각난다. 마르세유 거리를 걷는다. 노천카페에 들어간다. 그리고 이 모든 것이 내게는 어제의 일만 같다, vtchera.*

23일 월요일

내가 파리에 있는 동안 에릭이 받은 전화. 말없이 전화를 끊은 사람이라니 틀림없이 그다. 낙담이다. 나는 항상 자신의 애매한 위치를 의식조차 못하는 제라르 G 같은 사람들을 만나려는 우를

---

* 러시아어로 '어제'라는 뜻.

범한다. 그는 자신을 배척하는 파리 명사들의 모임을 증오하면서
도 다시 거기에 끼고 싶어 안달이다. 그 시간에 나는 어쩌면 오늘
올 수 있었을지도 모를 S를 놓친 것이다. 며칠 전부터 계속 머리
가 아프다. 내일 아침에도 집에 없으면, S를 놓치게 될까? 희망 없
이, 기다림 없이 어떻게 살아갈 것인가. 내가 처음 소련에서 알게
된 평범하고 전형적인 공산당원인 그 젊은 남자와, 내 안에 육체
를 담고 있으며 지금 내게 무엇보다도 소중한 존재인 이 남자 사
이에서는 어떤 공통점도 찾아볼 수 없다.

생드니 거리.* 축축한 분위기, 가게의 벽면을 비롯하여 집요하
게 섹스를 연상시키는 것들이 사방에 있다. 정력제, 윤활 크림, 가
죽 제품 등등. 남자들의 시선을 느끼며. 나는 교회에서 의자를 정
리하는 여자처럼 눈을 내리깔고 얌전히 걷는다. 그러나 실은 남
성의 진정한 욕구를 이해하기 위해 가게 안으로 들어가보고 싶
다. 서류가방을 든 젊은 남자가 비디오나 나체쇼를 볼 수 있는 가
게 안으로 들어갔다. 20프랑.

---

* 파리의 대표적인 윤락가.

24일 화요일

10월혁명 기념일 행사 초대장을 받았다. 11월 6일. 종말이 유예된 것을 의미하므로 기쁘다. 적어도 월요일까지는 그가 여기에 있을 것이다(기념 행사가 작년처럼 금요일에 있을 거라고 생각했다). 자기 주변을 맴도는 죽음까지 남은 기간을 상상하는 군인에 대해 쓴 프루스트의 글이 생각난다. 모든 인간은 언젠가는 모든 것의 끝을 맞겠지만, 새로운 유예기간에 대하여 끊임없이 희망을 갖는다.

버렸다고 생각했던 셀러리 애피타이저 요리법을 찾았다. 20년 전부터 가지고 있는 요리법이지만 한 번도 해보지 않았다. 아무도 셀러리를 좋아하지 않았다. S는 셀러리를 좋아한다. 그렇게 오랜 세월 이 요리법을 간직해온 게 오직 그를 위해서였던 것처럼.

1963년, 1985년, 그리고 작년처럼 더할 나위 없이 좋은 날씨다. 잡념을 떨칠 수 없기 때문에 정원 일을 하고 싶지 않다(다른 여자가 있는 게 아닐까? 지금 이 시간 그는 퐁텐블로숲에 있을까? 등등). 여기에 있는 나는 기다림과 욕망, 두려움 때문에 극도로 불행하다. 그리고 내가 정원에서 하는 일은 그와 아무 상관이 없다. 그러나 무엇보다 더 끔찍한 것은 우리가 헤어지고 오랜 세월이 흘러도 이 꽃들은 자랄 거라는 사실이다.

요양원인지 노인병원인지 모를 장소에서 살아 있는 어머니의 꿈을 꾸다.

25일 수요일

이 날씨…… 이 기막힌 날씨…… 10월의 태양 말이다. 오후 내내, 정원에서 똑같은 두려움에 사로잡혀 있었다. 1) 그에게 다른 여자가 생겼다. 이 경우 젖먹이들이 느끼는 절대적인 공포가 엄습한다. 한 심리학 논문에서, 젖먹이의 형언할 수 없는 **공포**(이 표현이 맘에 든다)는 엄마에게서 떨어지는 데 대한 공포로, 점진적으로 극복할 수 있다는 것을 읽었다. 아이가 엄마가 없을 때도 엄마의 모습을 간직할 수 있게 되면 그것은 중요한 단계를 넘어섰음을 의미한다. 다시 말하면, 서로에 대한 생각을 지속시키기 위해 서로에게 물리적으로 존재할 필요가 없다는 사실을 이해하게 되었을 때가 그 단계다. S는 떠나고 나면 내 생각을 하지 않을 뿐만 아니라 다른 여자를 생각한다…… 나는 아직도 형언할 수 없는 공포에 사로잡혀 있다. 2) 내일 대사관에서 영화 시사회가 있는데 그는 일부러 나를 초대하지 않았다. 혹은 그는 Sa 또는 S네 집에 갔다. 혹은 그는 더이상 이곳에 올 수 있는 자동차가 없다(이건 새로운 상상이지만, 이미 일어났던 일이기도 하다……).

세르지 생크리스토프 도서관으로부터 매우 아름다운 꽃다발을 받았다. 잠시 동안 이 선물에 행복해했고 그런 후 전보다 더 불행해졌다. 다른 이들이 내게 주는 것은 S가 내게 주지 않는 것을 상기시킨다. 즉, 그의 욕망과 사랑.

26일 목요일

10시 45분. 점점 더 줄어드는 희망. 공포가 밀려와 끝내 운다. 그가 떠났다면? 아직도 지난 월요일에 걸려온 확인되지 않은 전화 때문에 미칠 지경이다. 급작스러운 출발을 알리려고 한 건가?

14시 45분. 처음으로 오늘 시사회가 있는지 없는지 알아보기 위해 용기를 내어 소련 대사관에 전화했다. 없다고 한다. 그러고 나니 마음이 약간 가벼워졌다. 그를 보고 싶은 내 욕망이 가벼워진 것이 아니라, 단지 질투의 무게를 덜었을 뿐이다.

10시 25분 전. 작년에 나는 "10월 26일, 완벽한 하루"라고 기록했다. 오늘은 너무도 암울하다(하지만 내가 그와 1년 동안이나 관계를 가질 거라고 생각했나?). 전화가 네 번 왔다. 네 번의 무산

된 희망.

27일 금요일

　나는 10년 간격을 두고(1962~1972년) 같은 날, 10월 27일에
책 두 권을 쓰기 시작했다. 올해는 해당되지 않는다. 어젯밤 3시에
펑펑 울었다(아이들이 없고 나 혼자였기 때문에 그럴 수 있었다).
그가 떠난 것이 확실해 보였으므로. 오늘 아침에도 역시 그럴 거
라는 생각이 든다. 오늘 오후에 대사관으로 전화를 해봐야겠다.
두려운 또다른 이유. "알랭 들롱과 함께 일했다"는 그 여자가 생
각난다. 그는 그 여자를 다시 만났을까? 월요일의 전화가 나를
점점 더 불안하게 만든다. 3월, 5월, 그리고 이탈리아에서 돌아온
9월처럼 암울하다. 하지만 매번 나는 가장 밑바닥에 떨어졌다는
생각을 해왔다. 비슷한 상황들에 대한 기억은 조금도 나를 도와
주지 않고, 사랑(어떤 사랑이든, 누구를 향한 사랑이든 상관없이)
과 연관된 일률적인 불행에 대한 확인인 양 고통을 가중시킬 뿐
이다.

30일 월요일

15시 15분. 번민과 운명론의 광기. '그는 떠났다' 혹은 '그에게는 떠나기 전에 서둘러 사랑해야 할 다른 누군가가 있다'. 말할 수 없을 만큼 힘이 든다. 화창한 날씨가 시작되었다, 어김없이 온 여름. 언제라도 쏟아질 듯한 눈물. 형언할 수 없는 공포, 오! 얼마나 가혹한가. 소련에 관한 모든 것이 끊임없이 내 가슴을 찢는다. 견딜 수 없는 두통. 금요일 그에게서 아무 소식이 없을 경우의 내 상태에 대해 감히 생각하기조차 두렵다. 대사관에 전화하는 것은 모든 희망의 종말을 뜻하므로 그것만은 못하겠다.

31일 화요일

확실히 최악의 상황인 것 같다. 온통 눈물범벅이다. 그는 러시아로 떠난 것이 확실하다. 지난 수요일 도서관에서 보내온 꽃다발을 보고 몇 초 동안 그것이 그로부터 온 것이라고, 그가 프랑스를 떠났다고 생각했다. (그가 떠난 것은) 아마도 사실일 것이다. 그렇게, 그는 내게 작별인사를 하고 싶지 않았을 것이다. 그것이 확실하다면 어쩔 수 없이 대사관에 전화를 해야겠다. 계속 살아나가려면 어떻게 해야 하나.

11시 20분 전. 전화 통화. 그러나 그는 올 수가 없다. 나는 당연히 다른 것을 생각한다. 다른 애인, 다른 욕망. 너무도 자연스러운 일이지. 월요일은 시련의 시간이 될 것이다. 그것이 강하게 느껴진다. 하지만 적어도 무언가 얻을 것이다…… 나는 암울한 상태를 벗어난다.

11월 1일 수요일

이번에는 더이상의 유예기간이 없다. 그가 소련으로 떠나는 것은 11월이 확실하다. 다시 한번 상상한다. 떠나면 이젠 아무것도 없을 것이다. 어젯밤 전화했지만 아무 약속도 하지 않았기 때문에 그와의 통화는 나를 안정시키지 못했다. 지옥이 계속된다. 형체 없는 질투심, 월요일에 대한 두려움, 반들반들한 벽 같은 그에 대한 분노, 나의 나약함과 무기력함에 대한 분노. 시간이 가지 않는다, 아직 수요일이다.

5년 전부터 즐거움과 자신감(섹스, 질투심, 사회적 출신 성분 역시)을 가지고 살 수 있는 것들에 대해 더는 수치심을 갖고 살지 않기로 했다. 수치심은 모든 것을 덮어버리고 앞으로 더 나아가는 것을 방해한다.

또한 내게 글쓰는 작업은 도덕적 기능을 지닌다는 생각을 했다. 그렇기 때문에 예전에는 글쓰기에 대한 집념을 잃지 않기 위해서 사랑의 모험을 원치 않았다. 오랫동안—아직도 그렇지만—글을 써왔기 때문에 쾌락적인 삶은 내게 불가능해 보였다. 나는 내 남편이 쾌락을 추구하는 것을, 그가 글을 쓰지 않기 때문에 용서했다. 글을 쓰지 않는 인생이 다른 무엇을 할 수 있을까? 먹고, 마시고, 섹스하는 걸 빼고는.

2일 목요일

이토록 시간이 느리게 가는 동시에 미래가 불투명한 적이 없었다. 월요일이 오는 것이 두렵고, 5월과 9월처럼 그가 다른 여자들에게 관심 갖는 모습을 보는 것이 두렵고, 아는 사람들을 만나는 것이 두렵고, 그들이 내 얼굴과 내 몸에서 '이제는 일하고 있지 않음을, 더는 글을 쓰고 있지 않음'을 알아차리는 것이 두렵다. 아니지, 이제 나는 글쓰기를 통한 그들의 영광과 고통의 세계에 속해 있지 않다. 내가 육체의 세계, 누군가에 대한 욕망과 고통의 세계에 있다는 것은 나 혼자만 알고 있는 일이다.

남자들이 패널로 나와서 얘기하는 〈사랑과 섹스에 대하여〉라는 텔레비전 프로그램을 보았다. 그들을 통해서, 만약 S에게 다른 여자가 있다면 그가 어떻게 행동할까 알아보려고 했다. 물론 어리석은 일이지. 하지만 알기 위해선 모든 실마리를 찾아야 한다……

3일 금요일

나는 지적이고 '탄탄한' 남자와 함께 무언가를 '이루어나가겠다는'(?) 꿈을 완전히 포기했다. 글과 아이들 외에 나는 아무것도 만들 능력이 없다. 애무와 욕망, 꿈, 환상 말고는 내게 아무것도 가져다줄 것 없는, 잠시 내 곁에 머물러 있는 남자가 내가 가진 유일한 현실이다. 그것도 그의 시간이 허락하는 경우에만.

내가 한 남자를 위해 러시아어를 배우기 시작했다는 것을 생각하면 기가 막힌다!

때때로, 끔찍하게 고통스럽고 모욕적인 장면을 연달아 상상한다. 월요일 대사관에서, 내가 보고 있는데도 노골적으로 눈이 맞은 '다른 여자'에게, 그동안 그렇게나 많이 들었지만 이제는 내게 하지 않는 "오늘 오후에 볼까" 하고 말하는 그의 모습. 그렇다면 공들여 준비한 이 모든 몸치장이 무슨 소용이 있는가? 입으면 패션모델 같아 보이는 검은 투피스, 살짝 드러나는 검은 레이스, 짙은 색의 실크 스타킹, 샤를 주르당 핸드백, 데상주 미용실에서 다듬은 꿀색 머리 스타일…… 단지 새로운 욕망 앞에 그것들이 부질없음을 증명하는 효과밖에 없다. 아니, 사실은 상당히 교육적인 효과가 있다. 그럴 경우, 내가 언제나 그렇게 다짐해왔던 것처럼 도피하지 않고 품위 있게 견딜 수 있을 것인가. (옛날에는, 나를 잊은 남자를 때리고 따귀를 갈겨주고 싶었다. 하지만 이제 그런 행동은 도망가는 것이나 다름없다.)

5일 일요일

이틀 동안 비가 오고 난 후인데도 흐리고 찬 날씨. 간밤 꿈에 S를 보았다 : 그가 나를 릴(?)로 초대했는데, 우리는 방안에 있다, 그리고 거리로 나선다. 그는 밖에서 벽에 기대어 나와 섹스를 한다, 그리고 사라진다. 나는 내가 크리스티안 B의 아파트 바로 밑에 있고 대낮이라는 것을 깨닫는다. (남자가 없는 B. 내 나이 또래는 거의 그렇다. 그녀는 나보다 겨우 네댓 살이 많을 뿐.) 나는 S를 찾으려 하지만 찾지 못한다. 1주일 전의 꿈에서는 그가 파란 편지를 가지고 집에 왔다.

내일 있을 리셉션을 향해 시간이 뒷걸음질하는 것을 실감한다.

말하자면 아무런 저항도 하지 못하고 그의 말과 몸짓에서 진실을 읽을 수밖에 없기 때문이리라. 옛날의 악몽이 되살아난다. 어떤 일에 대한 시간과 날짜를 잊어버렸다가 생각났지만, 그땐 이미 너무 늦었다는 사실을 알아차렸을 때처럼.

6일 월요일

10시 40분. 곧 대사관으로 떠날 것이다. 이상한 기분, 번민에 휩싸인다. 거울 속에 비치는 내 모습에 약간 안심이 될 뿐이다. 거의 돋보기를 들여다보고 한 듯한 화장, 모든 사람들이 내게 기막히게 잘 어울린다고 감탄하는 검은 정장. 하지만, 그가 더이상 나를 원하지 않는다면…… 육체적인 사랑에 대한 언급을 삼가고, 내가 여태껏 정복하지 못한 감정들을 정복하자.

8시 10분 전. 대사관, 그가 없는 것 같다. 아니다, 저기 있다. 하지만 나를 멀거니 대하는 것 같다. "오늘 오후에 볼까?" 이 한마디에 정신이 내 육신을, 내 존재를 떠나는 듯했다. 그는 4시 20분에 와서, 8시도 안 돼서 떠났다. 시간은 서서히 지나갔다. 그는 왜 그런지 알 수 없었지만 말수가 적었다. 그의 머릿속에서 그는 이미 떠난 것이다. 그거다. 나는 그의 어깨에 기대고, 그의 가슴에 안겨

울었다. 처음으로 그의 입에서 악취가 났다. 나는 그가 괴로워하고, 감정을 이기지 못하고 있다고 생각했다. 그러나 어쩌면 그런 게 아니라 그저 떠나기에 급급했을지도 모른다. 어찌할 수 없는 공허가 나를 둘러싼다. 지난날에 대한 꿈. 그는 15일에 떠나지만, 아마 나는 그를 다시 보지 못할 것이다. 그럼에도 불구하고 한 조각 작은 희망을 가져본다. 정액이 잔뜩 묻은 팬티 두 장을 세탁기에 넣을 오늘 저녁때쯤이면 아마도 기분이 나아져 있을 것이다.

　기운이 없다, 거의 무감각 상태. 위로가 되는 것은 그가 대사관에서 내가 굉장히 멋졌다고 말한 것이다. 이 모든 것, 미친 사랑의 해, 올해의 의미는 무엇인가. 처음이자 마지막으로 내 서재에서 섹스를 했다(내가 원했다). 샤를드골 지하철역의 신문가게 앞에서 한 여자가 내게 구걸을 한다. 나는 그녀에게 10프랑을 준다. 그러자 그녀가 내 손에 입을 맞췄다. 소름 끼치는 기분이 들었다(나는 S를 생각했다, 내게 거부감을 준 그 감사의 몸짓은 마치 신의 가호와 같은 것이다). 오늘밤 서재에서 검은 거미를 보았다. 1963년 9월 이브토에서의 저녁이 생각난다. 그날 거대한 거미를 본 나의 아버지는 그것이 '행운의 징조'라며 죽이려고 하지 않았다. 나도 마찬가지였다(나는 필립을 생각했다). 그걸 비웃던 어머니가 말했다. "부녀가 다 미신을 믿는구먼!" 오늘 저녁에도 나는 거미를 죽이지 않았다.

그는 기라로슈 넥타이와 '주머니 손수건'을 꽂고 있었다. 앞이 터진 이상한 팬티, 하지만 그에 의하면 '프랑스제'란다. "사람 사는 게 그렇지, 뭘 어떻게 하겠어?"라고도 말한다. 바로 1년 전에 내가 한 말이다. 그가 프랑스에서 알았던 여자들에 관해 내가 말할 때면, 그는 마치 어린아이에게 하듯 내 코를 비트는 몸짓을 해보인다. 그게 사실이 아니어서 느끼는 거북함인가, 아니면 고백의 몸짓인가? 하지만 이제 와서 그게 무슨 의미가 있나.

7일 화요일

질투심이 끝까지 발동한다. 어제 그가 나를 멀거니 대했던 것은 다른 여자가 있어서라고 생각해본다. 그리고 10월의 날씨가 기막히게 좋았던 주에 나를 보러 오지 않았던 이유도 마찬가지라고. 11월 초부터 추위와 안개가 계속된다. 그는 15일에 떠난다. 자동차 시동이 걸리지 않았던 광란의 밤으로부터 정확하게 1년이 되는 날이다.

잠을 못 잤다, 울음이 터지기 직전이다. 그를 다시 볼 수 있는 희망이 조금, 아주 희미하게 남아 있다. 어제 소파에서 그를 올려다보았다. 내 육체에 잘 적응된, 마르고 크고 살결이 부드럽고 매끈한 몸. 나의 또다른 육체. 그것 때문에 더 큰 고통을 느낀다. 떠날 때 문 옆에서 한 입맞춤은 죽음 그 자체였다. 자동차로 걸어가는 구부러진 그림자, 감색 양복, 내게 손으로 키스를 보낸다. 마지막 모습. 내 서재에서 자동차가 떠나는 소리를 듣는다.

"다시 돌아올 거야." "나는 늙어빠졌을 거야." "내게 당신은 결코 늙지 않는 사람이야." "늙지 않도록 노력할게."

나는 왜 내가 작가이기 때문에 더 고통을 받는다고 생각하는 것일까? (나는 작가가 아니다. 나는 글을 쓰고, 살아가는 사람일 뿐.)

9일 목요일

꿈을 꾸었다: 대사관 리셉션(매우 하얗고 약간 고풍스러운 대사관이다). 나는 S와 함께 있다. 그러다 어느 순간, 소련 사람들과 초대 손님들이 나뉘었다. 나는 그를 남겨둔 채 떠나고, 그는 고르바초프의 연설을 듣는다. 고르바초프의 모습은 보이지 않는다. 다리 하나를 건너다 중간에서 그를 찾아 돌아가기로 마음먹는다. 그러다가 이제는 그를 다시 보지 못할 거라 포기하고 내 갈 길을 계속 간다.

사실 내 마음 깊은 곳에서는, 출발 전에 그를 다시 볼 수 있을 거라 희망하고 있지 않다. 월요일 작별의 장면. 그는 그렇게 떠나갔다(떠나면서 손으로 키스를 보냈다). 내가 바랄 수 있는 모든 것은 그의 전화다. 생존하기 위해 잊으려고 애쓰며, 고통 속으로 들어가고 있는 단계다.

"언제부터 언제까지 나는 열정적인 사랑을 했다"로 시작하는 책을 쓰는 것을 생각할 수 있다. 그 사랑을 상세히 묘사할 수 있으리라. 그렇게 할 경우 S를 다시 볼 수 없을 것이고, 어쩌면 그에게 누를 끼칠지도 모른다. 어쨌든 다분히 한계가 있는 저술 계획뿐.

내게 감지되는 것은 절망이다. 내가 지내온 시간을 이해하도록 도와줄 수 있는 어떤 책도 존재하지 않는다고 생각하기 때문이다. 그리고 특히 내가 그런 책을 쓸 수 없을 것이라는 생각도.

10일 금요일

내가 머물 곳은 어디인가, 사랑은 오직 죽음을 대가로 존재한다—크리스타 볼프(『어디에도, 그 어디에도 없는 곳』)

그녀는 또 이렇게 이야기한다. 때때로 나를 보완하기 위해서 나는 나머지 인류를 필요로 한다. 내가 글을 쓰는 이유도 바로 이 모자라는 부분 때문이다. 오늘 아침, 또다시 정신을 잃을 정도의 고통 속에 빠진다. 그 고통 속에서 잃어버린 시간은 더이상 아무 의미가 없다. 시간 자체가 멈추기 때문이다. 이 모든 고통은 올 가능성이 없는 연락을 또다시 바라고 기다리기 시작하는 것에 기인한다. 또한 마지막 몇 주 동안 내가 기대했던 대로 지내지 못했고, 그가 약속을 하고도 오지 않았기 때문이다.

11일 토요일

베를린장벽이 무너졌다. 역사는 다시 예측 불가능해졌다. 모든 것이 동쪽으로부터, 그리고 특히 우연히도 1년 전부터 내 위에서 떠도는 나라, 소련으로부터 왔다(그러나 글을 쓰기 때문에 나는 운명적으로 동유럽을 알게 되었고, 나의 첫 여행지는 불가리아였다). 다가올 혼란에 대한 예감, 그리고 러시아 내에서의 반동 세력을 배제할 수 없다. 아버지가 스탈린에게 훈장을 받았다는 S 또한 그럴 것이 확실하다. 과거 역사 때문에 느끼게 된, 독일 통일에 대한 나의 두려움. 마치 통일독일이 제3차 대전이라도 일으킬 것처럼. 오늘은 11월 11일이다. 우연의 일치.

어제는 골치 아픈 저작권 문제 때문에 S로 인한 고통은 뒷전이었다. 오늘, 사실 아무 상관도 없는 이 두 문제가 하나로 합쳐진다. 그리고 점점 더, 사라져야 할 나의 열정과 삶과 감각의 풍요로움은 이미 감지되었던 다음 사실들 앞에 슬며시 자리를 양보한다. 그가 나 몰래 여러 차례 부정한 짓을 했을 것이며, 내게서 섹스와 명예만을 노리고 자기 실속만 차린 그 남자 때문에 시간을 낭비했다는 것. 부엌에 있는 그의 꿈을 꾼다: 그는 자기 부인 마샤만을 사랑한다고 말한다. 때때로 이 모든 상황에도 불구하고 이대로 끝나지는 않을 것이며, 현재 그의 처지나 소련이 처한 상황과 상상할 수 없이 다른 환경이나 정황에서 그를 다시 만날 것이라는 예감이 든다. 러시아어를 계속 배워야지.

13일 월요일

14시. 11월까지 연장된 1989년의 이 끝없는 여름. 싸구려 연재소설에서나 나올 법한 표현, '꿈의 종말'. 그 표현이 의미하는 참혹한 현실. 나는 자고르스크의 성물聖物 보존실까지 거슬러올라갔다가 S를 생각하는 이 순간으로 되돌아온다. 지나간 모든 것, 열네 달 동안 내 마음을 떠나지 않았던 모든 것, 특히 내 몸을 떠나지 않았던 모든 것을 지워야 한다. 내 나이를 되찾고, 폐경기에 닥친 나를 직면해야 한다. 한 남자를 위해 샀던 정장들과 블라우스들을 본다. 이 옷들에게 이제는 아무 목적 없는, 단순히 그저 옷이라는 가치만을 부여하고, 단지 유행에 맞게, 말하자면 아무 의미도 없이 이 옷들을 입어야 하는 것이다. 이틀이 남았지만 오늘로서 (그를 볼 수 있는) 희망은 사라졌다. 왜냐하면 오늘이 유일하게 가능한 시간이었으므로. 마지막 순간에 전화가 올 수도 있지만 확실치 않다. 고통과 착각의 바닥을 동시에 보겠다는 의지.

꿈에 어머니가 입원하고 있어 내가 가서 봐야 했다. 선명한 꿈. 나는 환하게 불을 밝힌 큰 홀이 있는 거대한 병원에 있다. 밤이다. 이미 겪어본 끔찍한 분위기(언제? 어렸을 때? 삼촌이 입원하고 있던 르아브르병원의 결핵 환자 병동?). 이탈리광장에 가고 싶다. 하지만 나는 '캉탱보샤르' 지하철역에 있다. 내가 평생 두세 번밖에 가보지 않은 이런 거리와 이름들이 왜 꿈에 나타났을까?

14일 화요일

아직 하루가 남았다. 나는 그의 좁은 미간과, 약간은 잔인해 보이는 치아로 거의 확실히 예견할 수 있었던 사실을 부정해보려고 애쓴다. 내가 그저 쾌락의 대상이었을 뿐이었다는 사실. 그렇다는 것을 처음부터 알고 있었지만 잊으려고 애썼다. 남편과 보낸 18년보다 1년을 지우는 것이 더 힘들까? 증오는 그 세월을 지우는 걸 쉽게 하지만 사랑은 그것을 복잡하게 만든다.

저녁 8시. 눈앞이 캄캄하다. 그는 출발 전에 내게 전화조차 안할 것이다. 무엇보다도 귀찮아서. 사실 그가 전화를 했다면 나는 그가 오지 않았다고, 특히 내게 사진이나 어떤 흔적조차 남겨놓지 않았다고 비난했을 것이다. 내가 그에게 이별 선물에 관해 말했을 때, 그는 "그건 비밀이야" 하고 말했다. 비밀은 선물이 없다는 것이다. 사진이나 자신의 어떤 흔적도 남기지 않는다는 것. 나의 절대적인 헌신을 믿다니, 그의 잘못이다. 아무리 그래도, 이런 멸시를 참아야 하다니…… 브론스키, 브론스키보다 더 지독하다. 고통의 바닥까지 내려와 있다, 그리고 지금은 환멸의 바닥까지도.

그의 파렴치함, 그의 촌스러움을 잊게 할 수 있는 유일한 방법은 그가 모스크바에서 내게 전화를 하는 것이다. 차라리 사하라 사막에 눈이 내리기를 바라야지.

15일 수요일

그렇다, 확실히 최악이다. 예전에 "아냐, 더이상 만나지 않을래, 더는 만나지 말자"라고 말하지 못했던 나의 나약함에 대한 대가를 치르는 것이다. 하지만 어느 순간에도 나는 절대로 그럴 수가 없었다. 짙은 안개 속. 그를 동유럽으로 실어갈 그 기차가 언제 출발하는지도 나는 알지 못한다. 운다, 다시 한번 느끼는 비애. 하지만 죄책감은 없다. 그것이 더 문제다. 내가 그동안 두려워하던 것이 드디어 다가왔다. 지금 산다는 것은 글을 쓰는 일인데, 도대체 어떻게 시작해야 할지 모르겠다. 자기도취적이고 치졸한 글은 쓰고 싶지 않다.

오늘이다. 잔디밭에서 나무들과 태양을 바라본다(12시 30분이다). 거기에, 지금, 형언할 수 없는 무언가 무너진다. 어제는 올 수 있던 존재가 내일은 완전히 없어져버린다. 오늘은 과거와 미래의 분기점이다. 그것은 죽음과도 같다. (아버지와 어머니의 죽음 앞에서 느꼈던 똑같은 느낌. 후에 나는 이렇게 썼다. "나는 어머니가 살아 있는 것을 본 날과 어머니가 돌아가신 날을 연결시키기 위해 글을 쓴다.")

19시. 그가 작별인사도 없이 떠날 수 있다는 것을 믿지 못하는

이유는 무엇일까. 어쩌면 출발이 연기됐을 수도. 그가 떠날 때만
해도 다시 볼 수 있으리라고 생각했는데 지금은 정반대다. 두 경
우 다 어떤 확신을 할 수가 없다(내일 아침 대사관에 전화를 걸어
야겠다). 내가 그에게 준 모든 것을 따져본다, 아주 치사하게. 뒤
퐁 라이터, 파리에 관한 책, 고판화, 그가 태어난 날 발행된 신문,
말버러 담배 보루들, 수많은 위스키…… 아마도 스무 병쯤, 최근
에는 훈제 연어와 샴페인. 그는 세르지에 서른네 번, 스튜디오에
다섯 번 왔다. 아무 소용 없는 계산이다. 마흔 번이고 백 번이고
지금에 와서 변할 것은 아무것도 없다. 다만 끝났다는 것, '다시는
오지 않는다는 사실'만이, 맑은 의식이 주는 고통만이 남았을 뿐
이다. 틀림없이 그는 지금 독일을 통과하고 있는 기차 안에 있을
것이다, 부인 옆에 앉아서. 서유럽화된 세련된 소련 부부.

16일 목요일

9시 30분. 오늘 아침, 잠을 깨면서 그가 떠났다는 확신이 들었
다. 지금 나는 긍정과 부정 사이에 있는 간발의 틈에 매달려 있을
뿐이다. 전화를 해봐야겠다(아직도 연재소설처럼 살다니).

그는 어제저녁 모스크바로 떠났다. 최악은 언제나 확실한 법이

다. 어머니가 세상을 떠난 다음에 그랬던 것처럼, 사회적으로보다 내면적으로 더 잘 살 수 있을까? 어쨌든 나는 이 상태에서 벗어날 것이다. '안나 카레니나 식으로' 사는 것은 가장 멍청한 짓이다. 나 자신의 나약함을 후회할 용기마저 없다. 그것은 아직도 육체의 고통이다. 러시아 악센트로 내 이름을 중얼거리며 그가 한 말. "당신 배 위에 사정할게." 행복의 대가를 톡톡히 치르고 있다.

20시 30분. 한 남자를 사랑한다는 것은 무엇인가? 그가 거기 있는 것, 그리고 섹스하고, 꿈을 꾸고, 그가 또 오고, 섹스하고. 모든 것이 기다림일 뿐이다.

견디자. 평소처럼 지내자. 두 시간 동안 전화로 『한 여자』의 영어 번역과 관련된 문제들을 협의했다. 그런 후 르클레르 슈퍼에 다녀왔다. 푸른 하늘, 햇빛에 반짝이는 나무들, 추위, 작년과 같은 11월의 화요일이다. 물건들을 집어 카트에 넣는다. 나는 어제와 마찬가지고, 또 살아야 한다고 계속해서 다짐한다. 며칠 전부터 리스트를 준비해놓지 않았다면 아무것도 못 샀을 것이다. 1년 동안 들었던 노래를 듣지 않는다. 나는 다른 시간 속에 있다. 트루아퐁텐 가게에 가서 강장제를 사고 숄을 고른다. 마치 아무 일도 없었던 것처럼 행동한다. 하지만 그가 출발했다는 확신과 떠났을 수도 있다는 개연성 사이의 차이, 달리 표현해서 사실과 가상의 차이는 죽음과 삶의 차이와 같다.

오샹 슈퍼마켓 정면 모퉁이에 있는 속옷가게에서 보라색 브래지어와 가터벨트를 본다. 은행. 여자들이 내 앞에서 기다린다. 이 여자들은 한 남자를 잃는다는 것, 광적인 사랑을 잃는다는 것을 예전부터 알고 있었을까. ("아니Annie, 당신을 사랑해.""당신 정말 멋져.""아니Annie, 나 사정할 거야.") 그녀들은 느긋하게 기다리지 못한다. 나도 그냥 습관적으로 시계를 들여다본다. 하지만 나는 시간을 보내야 한다, 어떻게도 할 수 없이 많은 시간을. 내겐 미래가 없다.

다시 속옷가게로 가 아름다운 가터벨트들을 구경한다. 집으로 돌아와 장본 물건들을 내려놓고 방송통신 강좌 센터에 전화를 한다. 다시 가톨릭 구호단체의 의복 기증 센터에 간다. 목도리들과 신발들과 함께 그가 집에 왔을 때 신으라고 샀던 실내화 한 켤레도 기증한다. 어느 실업자가 이 검은색 가죽 실내화 안으로 그의 발을 집어넣을 것이다. 그것이 그에게 행복을 가져다주길 바란다. 의복 기증 센터 안에는 내가 한동안 잊고 있던 소란스러움과 격한 몸짓들이 있다. 남자, 여자, 젊은이 들은 옷을 입어보고 소리를 지른다. 눈에 보이지 않는 가난이 거기에 모여 있다.

미장원. 음악. 머리가 젖은 채, 맨얼굴인 나 자신을 너무 자주 들여다보지 않으려고 한다: 나이. 매혹적인 여자들의 나신이 실린 잡지들. 걸으며, 운전하며, 계속해서 나의 아름다운 이야기를 쓰며 살고 있다는 느낌이 든다. 신도시의 네모진 건물들과 고속도로가 보인다. 마치 내가 떠나지 않고 계속 그곳에 있었던 것 같다. 따라서 그 외의 다른 인생은 존재하지 않는다.

1964년 낙태수술 직후와 비슷하다. 이제 자야겠다.

니콜에게 전화했다. 나: "그놈은 나쁜 자식이야!" 그녀: "아냐, 그는 불행한 거야. 그래서 일부러 전화 안 한 거야." 내가 화조차 낼 수 없게 하고 가당치 않은 미미한 희망을 갖도록 해석하는 그녀가 원망스럽다. 이건 더욱더 가당치 않은 해석이다.

미신: 그의 실내화를 구호단체에 주지 말았어야 했다. 그것이 그를 죽게 할지도 모른다. 끔찍한 생각이다. 내가 그를 그토록 사랑했나?

한 달 후, 1년 후…… 티투스가 베레니스를 보지 않고 지낼 수 있는지.

22시. 갑자기 전화벨이 울린다. 한순간 나도 모르게 그의 전화라고 믿었다. 아직도. 에릭이었다. 그가 이제 없다는 것을 믿을 수 없다. 특히 구체적인 아무런 흔적도 없이 현실에서 부재의 단계로 넘어갔으므로(갑자기 죽은 어머니의 경우도 마찬가지. 하지만 영안실에서 본 그녀의 시신은 기억할 수 있다). 가족들이 실종된 사람의 죽음을 믿지 못하는 마음을 이해할 수 있을 것 같다.

17일 금요일

창백하게 질려서 한밤중에 깼다. 그에 대한 생각을 하지 않으려
고 노력했지만 소용이 없었다. 당장 에이즈 검사를 해야겠다는 생
각. 죽음과 사랑의 욕망, '적어도 내게 에이즈는 남겨놨을 거야'.

언제나 그래왔듯, 인생을 있는 그대로 받아들이는 것이 힘들
다. 글쓰는 힘을 유지하기 위해 자신을 보호하는 것보다 비교할
수도 없을 만큼 힘들다. (하지만 그 경우 무엇을 쓸 것인가, 그리
고 무엇이 진실이고 정당한 것인가?)

10시와 11시 사이, 미니텔에 있는 점쟁이들의 주소를 찾아본
다. 그러다가 포기했다. 아무것도 미리 알아보지 않기로 했다. 당
연히 그들이 말하는 것을 잊을 수 없을 테니까. 믿지 않을 수 없을
것이다. 미니텔에 나온 이번주 운세만으로도 맥이 빠지기에는 충
분하다.

꿈에 내 원고 위에 앉아 있는 아주 멋진 고양이를 봤다. 그 외
에도 기억나지 않는 몇 가지 꿈. 생미셸 이브토에 있는 어떤 학교
같기도 하고 예배당 같기도 한 곳에서 내 책들을 가지고 공부하

던 학생들이 내게 복합과거시제는 이미 구식이라며 현재시제나 단순과거시제를 써야 한다고 말한다. 나는 그들에게 대답한다. "여러분은 어제 일을 어떻게 이야기하나요? 나는 복합과거시제를 써요. 왜냐하면 사람들은 일반적으로 복합과거시제로 말하니까요."

18일 토요일

살아남는다는 것은 참혹하다. 전화벨소리에 잠이 깼다. 잘못 걸려온 전화다. 이상한 말투를 쓰는 여자였다. 사는 동안은 희망을 가져야 한다, 아무리 황당한 순간에라도. 니콜과 한 소녀에 관한 꿈을 꾸다. 아버지도 꿈에 보인다. 우리가 읽는 에로틱하고 노골적인 책들에 반발하는 아직 젊은 아버지의 모습. 아마도 오이디푸스콤플렉스일 것이다.

나의 가장 큰 문제는 이런 상태가 얼마나 계속될 것인가다. 유일하게 비교할 수 있는 것은 어머니의 죽음이리라. 나를 구한 것은 그녀에 대한 책이었다. 지금 나는 그에 관해 쓸 권리가 없다. 그러나 여러 면에서, 1982년 10~11월에 대한 기억이 되살아난다. 쓰게 될 책과 상실의 결합.

번민이 사라져버리는 순간들이 있다. 마치 레닌그라드에 간 이래로 잠을 자지 못한 것처럼 졸리다. 모든 것에 대해 다음과 같은 생각이 되풀이된다. 이런저런 물건들을 더는 닦을 필요가 없어, 피스타치오나 연어 같은 안주는 뭐하러 사나. 그리고 아마도 그는 우리가 그토록 사랑을 나누었던 이 방에, 이 서재에 다시는 돌아오지 않을 거야. 나는 그의 얼굴을 잊을 것이다. 어제 산 흰 숄도 그는 보지 못할 것이다. 아니, 그는 다시 돌아올 것이고, 더이상 스탈린에 관해 이야기하지 않을 것이며, 더 뚱뚱해졌을 것이고 위스키를 더 많이 마실 것이며, 광대뼈에는 검버섯이 생겼을 것이다. 그러면 나는? 그 앞에서 한 약속. 늙지 않도록 노력할게. 언제나 몸무게도 57킬로그램으로 남아 있을 것. 주름살이 깊어지기 시작하면 주름살 수술 같은 속임수를 써야겠지. 내가 그를 사랑했던 것만큼 그가 나를 사랑하지 않았다는 것을 알고 있다. 그러나 그 때문에, 그를 위해 나는 멋진 책을 쓰고 싶다.

19일 일요일

어제 배우(클로드 드글리암) 혼자서 모든 인물들의 역할을 하는 〈페드라〉를 보며 심히 웃긴다고 느꼈다. 사랑의 고통에 대한 미학적이고 안무按舞적인 요소가 많은 이 공연은 내 이야기와는 거리가 있었다. 라신의 치장 없는 텍스트 그 자체가 훨씬 더 내 생각에 가깝다.

터키 여행을 준비하는 꿈을 꾸다. 아마도 소련 여행에 대한 내 욕망의 전이가 아닌가 싶다. 꿈속에서 나는 내 전남편의 할머니에게서 받은 진주 목걸이를 팔려고 했다. 그러고 나서 어떤 길로 가려고 하는데 매번 길을 잘못 들었다. 나는 몇몇 사람들이 건너가고 있는 기찻길에 도착했지만 너무 위험했다(안나 카레니나의 끝부분과 관련이 있나?). 제대로 된 길을 찾으려고 거슬러올라가 한참을 돌아간다(어디서부터 길을 잘못 들었는지 기억할 수 있었다). 가야 할 길은 철로에서 구부러져나온 길이었다.

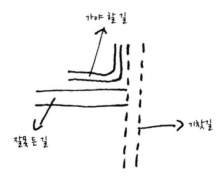

그래도 한 가지 다행스러운 일이라면, S에 대한 꿈을 꾸지 않는

것이다.

나는 내가 1989년의 일들을 완전히 잊었음을 깨닫고는 놀랐다. 몰리에르 연극을 보러 세르지극장에 갔다. 실비가 내게 그 연극공연을 상기시켜주었다. 하지만 공연 날짜를 기억한다는 건 내게 불가능한 일이다. 올해 내내 나는 꼭두각시 노릇 말고는 한 게 없다.

대부분의 여자들처럼 나는 얌전히 시장이나 보러 다닐 것이고, 개봉 영화들과 책들에 관심을 가질 것이며, 1월과 2월에 꽃봉오리들이 솟아오르는 것을 볼 것이다. 이런 일들이 예쁜 옷으로 멋부리고, 지난밤의 몸짓들을 되새기고, 다음 밤을 꿈꾸고, 마음 졸이며 기다리는 것보다 더 나을까…… 아니다, 아마도 아닐 것이다. 그렇지 않다면 내가 그토록 여러 해 동안 1963년의 로마와 베네치아 여행을 그리워하지 않았을 것이다.

20일 월요일

아침에는 일어나고 싶지 않았다. 침대 속에서 몸을 웅크린 채 움직이지 않고 그대로 있고 싶다. 배가 아프다. 슬픈 여명과 모든 추억들이 나로 하여금 S가 돈 후안이었다고 생각하게 만든다. 그것이 전부가 아니다. 또다른 것들 : 아무 흔적도 남기지 않으려는 의도(떠나면서 자기 사진이나 자신의 어떤 물건도 남기지 않았다), 우리의 관계가 밝혀지는 것에 대한 두려움 역시 그런 생각을 들게 한다.

특히 창작할 때 내가 하찮다는 느낌, 완전히 무기력한 존재라는 느낌.

22일 수요일

어제저녁 〈뉘른베르크에서 뉘른베르크까지〉라는 프로그램에서 러시아독일전쟁의 장면들을 봤다. 1941년의 레닌그라드, 소련인들의 광적인 용기, 거의 신화적인 레지스탕스. "아버지가 스탈린에게서 훈장을 받았어." 한 세계를 알았다가 잃어버린 나의 고통. 그 고통은 전에는 상상할 수 없었던 무엇인가를 알게 된 고통이다. 그것은 어떤 얼굴이나 단어, 손 같은 것으로 구체화되지 않았기 때문이다. 레닌그라드와 스탈린그라드에서 남자와 여자들을 봉기하게끔 한 공산주의적 이상은, 사치스러운 기라로슈 넥타이와 입생로랑 양복을 선호하는 것이 무언가를 배신하는 것임을 의식조차 못하는 금발에 초록색 눈을 가진 아들에게까지 계승되었다.

24일 금요일

마지막으로 그를 본 지 18일이 지났다. 4월과 9월 가운데 24일 간을 보지 않은 최고 기록은 깨지지 않았다. 그러나 이제는 기다리는 대상이 없다. 날짜를 꼽는 것이 이젠 아무 의미가 없다. 언젠가는 그를 본 지 두 달, 석 달, 여섯 달이 되겠지. 우리가 마지막 만난 날 서재의 이중 커튼을 직접 치고 싶어한 그의 모습을 요즘 매일 저녁 커튼을 칠 때마다 생각하지만, 그것도 언젠가는 생각나지 않을 것이다. 나: "커튼 치는 게 어려워……" 그: "내가 할 수 있어!"

자동차로 여행하는 꿈을 꾸다. 거기에는 이렌 S(언제나 소련)와 개(나자의 『파란 개』에게 돌아간 아동도서상 때문인가?)가 있었다. 그러나 나는 살아가고 있다. 때때로 다른 남자와 잘 수 있다는 생각도 한다(내가 알지 못하는, 아니면 알고 싶지도 않은 이 태도의 깊은 동기들. 이제 두 번 다시 S를 볼 수 없다는 것에 대한 확신과 고통, 늙음에 대한 두려움, 남자에 대해 습관적으로 다시 일어나는 욕망).

그가 떠나기 전 무관심 때문에, 그리고 무엇보다도 "내게 어떤 추억거리를 남길 거야?(그에게 내가 요구한 사진)"라는 내 물음에 응하지 않기 위해서 전화하지 않았다는 사실에 대하여 점점 더 착잡한 느낌이 든다. 그것도 아냐, 단지 유감스러울 뿐이다.

26일 일요일

또 꿈을 꾸었다. 이번에는 모스크바에서 다시 만나는 꿈이었다. 프랑스에서보다도 더 아름답다. 사실, 이 꿈의 이면에는 그것이 결코 일어날 수 없으리라는 예감이 도사리고 있다. 그 예감은 집필 계획에 매달리는 내 모습에서도 볼 수 있다. 또한 시간이 많이 소요될 모스크바 여행을 진정 원하고 있지 않는 내 모습에서도. 왜냐하면, S에게 나라는 존재는 재미를 본 대상이고, 오래전에 끝난 이야기이며, 기억 속의 잔재일 뿐이니까. 그러나 글을 쓰겠다는 의욕, 즉 뭔가 하고자 하는 욕망이 S와는 더이상의 희망이 없다는 방향으로 해석하도록 나를 부추기는 것 같다.

27일 월요일

3주. 이제 나는 고통 아닌 슬픔에 잠겨 있다. 희망 없고, 성취할 일 없이, 그저 늙어가기만 할 뿐, 쾌락이라는 대가가 없는 시간에 대한 슬픔. 아침이면 가슴이 뛰면서 혐오감을 느낀다. 여러 가지

꿈. 그중 하나는 나의 옛 시집 식구들을 만나는 꿈이다. 꿈속에서
나는 결혼한 상태다. 나는 피에르와 그의 부인 모리스 그리고 시
어머니를 맞이한다. 그들을 본 지가 오래됐기 때문에 내가 너무
늙어 보일까봐 두렵다. 내가 낡은 분홍 스웨터 같은 끔찍한 스타
일의 옷을 입었다는 사실을 깨닫는다. 남편과 다툰다. 나는 모든
사람들이 다 함께 껍질을 까지 않는다면 콩깍지 요리를 하지 않
겠다고 거부한다. 주부가 하는 일에 대한 내 혐오감을 반영. 깨어
나며, 남편과 보낸 18년이라는 잃어버린 세월에 대한 아픔……

28일 화요일

오늘도 아무 희망 없이 보낸 하루. 옛날에는 내게 아무 감흥도
주지 않았던 노래를 듣는다. "그래, 나야 제롬이야. 아냐, 난 변하
지 않았어/나는 너를 사랑했던 그때 그 사람이야……"(누가 불
렀지? 클로드 프랑수아?) 아침식사를 하다가 운다. 그 노래가 돌
아온 사람에 대한 것이기 때문에. 이제 나는 언제나 S의 모습을
생각한다. 키가 크고, 부드럽고, 발가벗은, 말하자면 우리가 만나
는 동안 내게 고정된 그 이미지 그대로. 그가 모든 것을, 눈부시
게 에로틱했던 날들을 모두 잊었으리라고 생각하진 않는다. 하지
만 그것은 내게 위로가 되지 못한다. 모든 것이 부재, 추억으로 연

결되기 때문이다. 그나마 유일하게 긍정적인 점은, 내가 S가 떠날 때처럼 차리고 있으면―내가 그를 위해 언제나 입으려고 했던 이 검은 정장―아직도 남자들을 흥분시킬 수 있다는 것을 확인하는 때다(어제 그 사진사가 진짜 흥분한 걸 눈으로 확인할 수 있었다). 1957년 4월, 열여섯 살이었을 때를 생각했다. 우체부가 내게 GV의 편지를 전해주었을 때, 나는 거리에서 미칠 듯한 행복감을 느꼈다. 그러나 그후 그를 결코 만날 수가 없었다. (모레, 소련 영화 시사회 때, 누군가 내게 줄 수도 있는 S의 '소식'과 그 편지 사이의 대칭관계. 하지만 나는 소식을 받지 못할 것이다.)

12월 1일 금요일

희망 없이 지내는 첫 달이다. 대사관으로 영화 〈제로 도시〉를 보러 갔다. 고통도 향수도 없는 백지 상태다. 처음으로 영화를 제대로 본다. 확신:그는 내 요구사항들을 피하기 위해 작별인사를 하지 않았다. 이미 나는 그에게 추억(내 생각엔 즐거운 추억) 이상의 아무것도 아니기 때문에. 나는 빈자리다. 소식이 없는데, 마냥 그를 기다릴 수는 없을 것이다. 잊기 위해서 재미있는 관계를 갖고 살고 싶은 욕망, 그냥 재미있는 관계(콘돔을 사는 것이 그 증상). 꿈에서 데이트 신청을 거절하기 위해 엽서를 쓰는데(누구

에게?), 세 번이나 썼다. 첫번째는 매우 짧고 냉정한 투였다. 두
번째는 거절의 구실로 어머니의 죽음을 들었다가, 꺼림칙했지만
"집안에 상喪이 났다"는 구실을 댔다. 집필 문제에 대해 내가 망
설이는 것과 관계있는 걸까.

2일 토요일

일기장을 다시 읽지 말아야겠다. 끔찍하다. 글로 쓰인 이 고통
과 기다림은 언제나 희망이며 인생 자체였다. (이 부분에서 울음
이 나온다.) 그러나 이제는 그 고통마저 가능하지 않다. 내 앞에
는 공허만 있을 뿐. 형언할 수 없는 공포 아니면 공허감, 어떻게 이
런 선택을 해야 하나!

3일 일요일

혼란한 꿈자리. 한 젊은 남자와 관계를 맺었다. 질투심에 사로
잡힌 나는 그 남자를 떠나 길을 나선다. 곧이어 그가 빨간 윗도리
에 파란 치마를 입은 어떤 여자애와 팔짱을 끼고 가는 모습이 보
인다. 쓰린 가슴. 아침마다 일어나는 것이 힘들다. 망각을 다시 배

워야 한다. 서로 포옹하는 커플을 볼 때마다 가슴이 아프다. 이 이야기에서는 한두 달 집중적으로 만난 후 서로 길들여졌고, 그저 자신의 직장에서 알면 낭패라는 걱정만 하고 있는 한 공산당원과의 애정행각 외에는 더 생각할 것이 없다. 이 진실 외에 다른 '조짐'을 생각하는 게 내게 무슨 소용이 있을까. 몇 년 동안 이어지는 혹은 영원한 그의 침묵은 다른 어떤 것보다도 더 확실하게 그를 잊도록 할 것이며, 그 망각만이 내게 유일한 위안이 될 것이다.

몰타 정상회담. 5년 후에 동구는 어떻게 될 것인가? 동서독이 통일될까? 소련, 소련은…… 이 나라, 모스크바에 신경과 마음을 쓰지 않으려면 어떻게 해야 하나. 사람들이 공산주의자들에게 외치는 이 소리. "모스크바로 가자!" 말장난, "그 모스크바가 아니고!"……

6일 수요일

작가들에 대한 프랑스 공산당의 집요한 사랑. 포위 작전, 그리고 그다음에는 틀림없이 '공산주의 작가'라는 딱지가 붙으면서 사회적으로 매장될 것이다. 나는 소련을 좋아할 뿐, 프랑스 공산당을 좋아하지는 않는다. 내가 마지막으로 S를 보러 가려던 때로부터 딱 한 달이 되는 날이다. 작별인사 없이 떠나던 그의 모습이 미래를 예감하게 했다. 서유럽으로 다시 돌아오기 전에는 아무 소식도 없을 것이다. 어쨌든, 그는 (좋은 자리에 가게 됐다는) 승리감에 들떠서 내게 전화할 것이다.

7일 목요일

어딘지 잘 알지 못하는 소련의 한 작은 마을에서 크리스마스를 보내는 꿈을 꾸었다. 디에프*에서 6개월을 지낼 수 있게 하겠다는 작가협회의 제의와 관계가 있을까! 모스크바에 있는 VAAP의 주소를 가지고 있지만 그 기관을 통해 S에게 크리스마스 선물로 책을 보내려던 계획은 포기했다. 자존심이나 이성에 따르면, 다 잊고, 그가 원치 않더라도 내가 연락을 취할 수 있다는 생각을 그가 갖지 않도록 하는 것이 최선이다. KGB 요원이라는 이유로 1983년 미테랑 대통령에 의해 출국 조치를 받았던, 외교관이면서 VAAP의 회장인 체트베리코프와 S는 절친한 사이지만 그렇다고 S가 KGB에 속해 있는 것 같진 않다(증거는 없지만, 그냥). 언제나 비밀스러운 소련의 정치외교적 배경으로 인해 일어나는 일들을 그에게 새

---

* 프랑스 북서부 오트노르망디주(州)에 있는 항구도시.

로운 여자가 생겼기 때문이라고 치부하지 않았던가. 나의 진정하고도 유일한 라이벌은 현 페레스트로이카 체제에서 유지하기 어려운 그의 '자리'였다.

9일 토요일

정원에 눈이 내리는 꿈(아마도 어제 러시아어로 "땅이 눈에 덮여 있다"라는 문장을 배웠기 때문일 것이다). 나무 위에는 아이들이 있었고(그애들이 뭘 하고 있었지?) 나는 지하실에 있는 차고(우리집은 차고가 밖에 있다)에 내려가야 했다. 깨어나면서 기억해내려고 애쓰지 않으면 무슨 꿈을 꾸었는지 잊어버린다. 사철나무에서 큰 눈덩어리들이 떨어지던 것을 보고 불안해했다는 기억만 난다.

12일 화요일

절망의 아침은 언제 멈출 것인가. 그럼에도 일어나기 전에 그의 육체를, 그의 얼굴을 매우 상세한 부분까지 상상해보는 데 성공한다, 고통과 욕망 없이 : 그는 거기 있었다, 완벽하게, 쑥 들어가 심중을 알기 어려운 두 눈, 목덜미, 머리카락, 어깨선, 그의 성기, 손목과 강한 두 손. 언젠가는 이처럼 완벽하고 온전한 기억도 불가능해질 것이다. 피부의 점을 만지고, 성기와 입술의 맛을 느끼는 것. 오늘 아침 고통 없이 그를 생각할 수 있었는데, 여기에 이것을 기록하는 작업이 내 마음을 뒤흔들어놓는다.

매일 아침, 아직도 얼마 동안이나 내가 열정의 제물이 되어야 하나? 언제쯤이면 고통을 느끼지 않고 하루를 시작할 수 있을까?

14일 목요일

문득문득, 끊임없이 떠오르는 S 생각, 솟구치는 눈물. 한 달이 지났는데, 아직 너무 힘들다. 물론 아무 희망도 없다. 그러나 이것을 쓴다는 것은 내가 희망을 가지고 있음을 의미한다(이성적 판단과 마지막 몇 달을 관찰한 바에 의하면, 그가 떠난 시점이 우리 관계의 확실한 종말이라는 것을 알고 있음에도 불구하고). 그가 다시 안정된 자리를 가지게 되거나, 지난번보다 더 나은 자리에 가게 된다면 혹시 내게 전화할 생각을 할지도 모른다.

15일 금요일

거의 한 달이 되어가는 지금, '내가 그에게 어떤 존재였나'라는 의문을 점점 더 냉정한 시선으로 볼 수 있다. 언제나 똑같은 이야기, 근본적으로 그는 어떤 사람이었나? 그 이야기를 쓰는 게 무슨 의미가 있는가? 지난 1년 동안 내 관심을 끌었던 짧은 장면들이 생각난다. 로시아호텔에서의 첫날, 그의 얼굴과 미소, 그가 나를 포옹하고 싶어한다는 느낌을 받았다. 그때까진 나를 모르고 있었는데. 그러니까 그는 바람둥이 기질이 있는 것…… 1988년 11월, '프랑스-소련 친선의 밤'에서 그가 대사관 여직원 일행과 떠나면서 의도적으로 짓던 표정.

점점 더 잠을 설친다. 잡다한 꿈 : 러시아 기차, '뛰어내릴 수는 있지만, 죽음을 무릅써야 하는' 기차 안에서 S를 발견한다. 발가벗고 있다. 그러나 그 짧은 시간 동안, 아무 일도 없었고, 나는 잠에서 깨어났다. 또한 어느 연극 공연에 대한 악평들을 읽는 꿈. 그것은 『독서』라는 잡지에 실린 청소년에 관한 연극 공연 비평이었다. 꿈속인데도 잡지 제목이 무척 선명했다.

20일 수요일

짜증스러운 주말과 월요일. 욕구불만, 특히 내가 쓸모없다는 생각. DS가 모스크바에 있다. 위협받는 '가치들', 지성인의 역할에 대한 특유의 논리를 폈다. 나는 그에 대하여 대응할까 생각하다가 결국 하지 않기로 했다. 그녀는 틀림없이 르노도 문학상의 심사위원으로 선정될 것이다. 나는 내가 심사위원으로 선정되지 않기를 마음속으로 바랐으면서도, 그리고 나 자신을 위해 그게 더 나음에도 불구하고 외동딸 특유의 질투심이 난다.

S와 그의 부인이 나오는 꿈. (그는 나와의 관계를 조심성 없이 드러낸다.)
피곤하다. 팔도 아프고 허리도 아프다(너무 무거운 카펫을 들어서). 게다가 내 책의 방향도 아직 미지수다.

S로 인한 고통이 내 안에 웅크리고 있다. 10월과 11월에 쓴 일기를 읽으며 괴로워 운다. 지금 나는 실제로 문학 이하의 수준에 있다. 그가 자기 주소를 적지 않고서라도 내게 연하장을 보냈으면 하고 바라며, 또 그것이 가능하다고 믿는다. 지금 나는 머릿속으로, 받지도 않은 편지에 대한 답장을 쓰고 있는 중이다.

21일 목요일

이브토의 부엌에서 아침식사를 하고 있는 S를 꿈에서 보다. 나는 빵에 버터를 발라주면서 그의 부인도 그렇게 하는가 묻는다. 긍정하는 대답. 나는 그에게 입을 맞추고 애무한다. 그가 나를 원해서 우리는 방으로 올라간다. 어머니가 거기 있다. 그녀는 층계위 '작은 방'에서 몸을 씻고 있다. 방으로 올라가는 나를 따라오며 그녀 앞을 지나쳐야 하는 S가 불만스러워한다. 언제나 그 장소. 물론 힘들게 잠에서 깬다.

22일 금요일

잠도 못 잘뿐더러 아무 의욕도 없다. 매일 아침 목적 없는 세상. 글쓰는 일이 쉽지 않다. 때때로, S에 대한 어떤 추억들과 그 당시에 일어났던 일들이 내겐 아주 최근의 일처럼 느껴진다. 아르메니아 지진, 1988년 11월인가 12월에 미슐린 V가 우리집을 방문했던 것. 그러나 크리스티안 B, 아니 M과의 점심식사, 가르생 『사전』에 실릴 원고 집필 등 1988년 7~8월을 떠올리면 시간이 한참 흘렀음을 느끼게 된다.

28일 목요일

　최악의 상태. S는 영원한 이별의 고통이 길게 늘어진 흔적일 뿐
이다. 집필 계획, 방브에서 할 수업 준비 등 모든 것이 혐오스럽
다. 내 앞에는 아무것도 없다. 지긋지긋한 크리스마스 휴가. 루마
니아에 대해 꿈꾼다. 마치 거기에서부터 유럽의 악몽이 시작된
것처럼. 1978~1980년이 나를 사로잡는다. 하지만 그때처럼 나
를 무언가로부터 해방시켜야 될 일은 없다. 그리고 내 욕망들을
바꾸기보다는 세상을 바꾸는 것을 택할 것이다. 모든 문제가 여
기에 있다. 하지만 너무나 부질없는 욕망. 이제는 그의 연하장을
받으리라고 기대하지 않는다.

　11월 15일 이후로 즐거운 일이라곤 없었다. 내 앞날이 밝을 거
라는 어떤 조짐도 찾을 수가 없다. 며칠 동안 불면증을 겪은지라,
계속 자고 싶을 뿐. 그가 작별인사 없이 떠났다는 사실을 도무지
믿을 수가 없다. "아무것도 시도하지 말고, 아무것도 희망하지 마
라." 어느 연극에서 이 말을 들었는지 찾는다. 아! 그것은 연극에
서가 아니었다. 카드점占에서였다. 어떤 카드였는지는 생각나지
않는다…… '집-하느님'이라는 카드였던 것 같다.

　한편 나는 다른 존재방식을 갈망한다. 내가 알고 있는 세상, 모
든 걸 말로만 하는 그런 세상이 아니라 여행하고, 만나고, '진짜'
세상 속에 빠져드는 존재방식. 옛날 이브토에서 그랬던 것처럼,

'이 방에서 늙어 죽을 때까지' 있고 싶지 않다. 오늘 이런 생각을 하는 곳은 방이 아니라 정원이 내다보이는 서재다.

30일 토요일

10년 전, 1979년의 마지막 몇 달을 떠올리는 안개. 어머니는 병원에 있었고, 그다음해는 내게 슬프도록 지루한 그런 밋밋한 추억(스페인에서의 휴가 따위)밖에 남기지 않았다. 며칠 전, 꿈에서 작년에 네바강가에서 주운 레닌그라드의 돌조각을 봤다. 소련에 대한 추억들……

어머니와 관계된 서류들을 정리하고 버린다. 그녀의 마지막 몇 해와 죽음으로 내가 얼마나 고통을 받았는지를 새삼 느낀다. 나는 지나간 고통을 기억하지 않는다. 따라서 매번, 절절한 고독 속에서 새로운 고통을 살아간다. 게다가, 내가 하는 모든 것은 과거 속에서만 좋고 아름답게 보인다. 퀘벡에 대한 내 글은 좋았다. 요즘에는 그런 글을 쓸 수 없다.

전환점에 다다랐음을 느끼지만 어떤 전환점인지는 모르겠다.

31일 일요일

한 나이든 여자에 대한 꿈. 나는 제과점에서 방을 구한다. 사람들이 좁은 길을 지나가면 방을 구할 수 있는 다른 집이 있다고 가르쳐준다. 빗자루와 자질구레한 물건들이 쌓여 있는 막다른 길이다. 나는 자동차로 다시 돌아 나온다. 거대한 타이어가 광장을 가로질러오는데 나한테까지는 미치지 않았다. 힘든 내 인생과 연관된 꿈.

1989년 1월 1일에 내가 소망했던 모든 것이 거의 다 이루어졌다. 아직 상은 받지 못했지만.

1990년

1월 1일 월요일

1960년, 1970년, 1980년(아주 미미하게나마 나의 이혼 계획이 마음속으로 진행되고 있던 때)처럼, 1990년도 내 인생을 변화시킬 것인가? 이 질문을 나 스스로에게 하는 것은 욕망을 표현하는 것이다. 그러나 완전한 미지의, 제어할 수 없는 격동적인 변화는 매력이 없다.

실현될 경우, 나 스스로 행복하다고 생각할 수 있는 소원들. 첫째 소원, 이 소원 없이는 내가 진정으로 살 수 없으므로. 1월부터는 이미 시작한 책을 계속 쓰고, 또다른 책을 구상하고 쓰기 시작하는 것. 둘째 소원은 1월부터 S의 소식을 받고, 그를 동유럽이든 서유럽에서 1990년 안에 다시 만나는 것. 실제로, 사랑과 역사가 일치한다면 더 바랄 나위가 없을 것이다. 열 살이 되기 전 나도 모르게 나의 감성관感性觀을 형성시킨 영화 〈바람과 함께 사라지다〉에 나오는 것처럼, 우리가 다시 만날 수 있도록 소련이 (혁명적으로) 변화하는 것이다. 그렇게 되도록 상상하고 바라는 일은 너무 아름답다. 나는 러시아 남자, 초록 눈의 금발 외에는 새로운 사랑을 바라지 않는다.

안개다. 가족끼리 보내는 하루다. 향후 10년 동안 어떤 역사적 변화가 이루어질까(지금까지, 아무도 10년 단위로 논하지 않았다. 지평은 더욱 넓어졌다). 내 개인적인 삶에서 그것은 (육체적 노화 현상에 저항해서) 견뎌내야 할 시간이며, (글쓰기를) 확고히 다져야 하는 10년이다.

나는 어떤 '사명'을 띤 채 소련에 가고 싶다는 큰 소원을 빠뜨렸다.

3일 수요일

꿈을 꿨다. 내 아들들과 동시에 치를 시험이 있다. 그러나 전혀 준비가 안 된 것 같은 느낌. 나는 부모님의 소형차를 타고 있다. 내가 운전하고, 어머니는 내 옆에 앉아 있다. 경찰이 호루라기를 분다. 빨간불이었는데 지나친 것 같다. 실은 자동차의 상태 때문에 나를 보내주려 하지 않는다. 어쩌나, 보내주지 않으면 시험을 치를 수 없을 것이다. 신빙성 없는 해몽 : 나는 어머니, 즉 율법律法인 어머니 때문에 공부를 잘하고 싶었다. 그리고? 책에 관해서는 아직도 망설이는 상태인가?

7일 일요일

1988년 9월 모스크바에서 돌아오며 사용했던 단어, 그토록 많은 아름다움에 대한 추억을 어떻게 할 것인가? 오늘 저녁, 8월에 입었던 사리*를 기억해냈다. 그것을 다시 펼쳤다. 실크 천 위로 그날의 사랑의 흔적들이 남아 있다. 부재不在까지도. 어떤 용기도, 어떤 욕망도 없다. 내가 쓰고 싶은 책은 급하지 않다. 새로울 것도 없고. 그러나 여기에 또다른 이야기, 실제 이야기가 있다. 그것은 아직도 내 안에 있어서 그것에 대해 언급할 수 없다.

9일 화요일

죽지 않았기 때문에 죽는다. 처음으로 이 말의 의미를 이해할 것

---

* 인도, 파키스탄 등지에서 힌두교도 여자들이 입는 무명이나 명주로 된 천.

같다. 매일 아침 사는 법을, 일하는 법을 다시 배워야만 할 것 같은 느낌 없이, 진정으로 내가 글을 쓸 수 있도록 만들 유일한 것은―증명할 수 없지만 적어도 내 생각엔―S를 다시 볼 것이라는 확신이리라. 즉 그로부터 무슨 연락이 오는 것.

요즘 무얼 좀 해볼까 하는 생각과 욕망 사이를 왔다갔다하고 있지만 무엇을 시작해도(집필도 시작해보고, 아부다비로 여행할 계획도 세워보지만) 몇 분 후나 며칠 후면 흥미를 잃고 만다.

10일 수요일

월요일 AM을 보았다. 나는 소위 '지적인 대화'라는 것을 좋아하지 않는다. 그런 대화는 이념과 신념으로 꽉 채워져 있어, "마음에 드는 아파트를 떠나기가 너무 힘들어"와 같은 평범한 말, 즉 감정이나 경험에 기초한 말보다 훨씬 더 허위적이다.

꿈에서 내가 애정관계를 갖기 시작한 어떤 러시아 사람(S는 아니다. 하지만 그를 무척 닮았다!)을 봤다. 그리고 푸이쉬르루아르에 대한 꿈도 꾸었다. S가 내 인생에서 사라진 지 두 달이 더 지났다.

11일 목요일

좋은 날씨다. 신도시에서 자동차를 몰고 가는 동안 처음으로 지난여름에 듣던 카세트를 듣는다. 〈람바다〉〈샌프란시스코〉, 그리고 〈탐포렐의 무도회〉. S가 '내 인생에 있는 동안' 내가 얼마나 세상을 사랑했는지 느낄 수 있다. 이 과거로의 회귀가 나를 고통스럽게 하지는 않는다. 어쩌면 이미 나는 처음 그를 보았을 때처럼 그를 보고 있는지도 모르겠다. 아름답고 놀랍지만 고통스럽지 않은 이야기로. 이 노래들은 그와 연결된 채 남으리라. 하지만 내겐 익숙한 예술의 모습으로 남겠지. 감동과 거리감, 거리감 때문에 행복한 감동.

13일 토요일

꿈을 꿨다. 어느 호텔인데 12시가 되기 전에 우리에게 떠날 것을 요구한다. 방 청소를 하는 아줌마가 내게 가방을 싸라고 한다. 짐을 다 싸려니 시간이 걸린다. 이 가방은 무엇을 의미하는가. 가까운 과거 아니면 좀더 먼 과거? 그전에 꾼 좀더 끔찍한 꿈. 어딘가를 기어올라가는 꿈이었다. 그리고 나를 죽이려고 겨눈(누가? 남편?) 권총이 있다. 그러나 이것은 1980년대 초에 일어난 일(꿈속에서 나는 내가 지나간 상황을 다시 겪고 있음을 안다. 너무도 이상하다).

15일 월요일

서로 얽혀 짤막하게 지나가는 꿈들. 시험시간이다. GD도 보인다(마음속 깊이 나는 이 아이 같은 여자를 경멸하고 있지 않았나……). 더 명확하게 생각나는 꿈: 어렸을 때 너무도 부러워했던 클로데파르에 있는 L의 빌라에서 일어나는 일. 나는 밖에서 한 여자아이(누구? 리디?)와 뚱뚱해지고 못생겨져서 알아보기 힘든 전남편과 무언가를 먹고 있다. 큰 트럭이 지나가는데 그 기사가 나를 보고 멈춰 서더니 자기를 모르겠느냐고 묻는다. 모르겠다. 그러나 그는 릴본의 뒤자르댕이었다. 그는 나를 알아보았다. 나랑 거의 비슷한 나이로 보인다. 그 이름은 들은 적이 없다(이것은 내 책과 관계가 있다). 그런 다음, 다른 집으로 배경이 바뀐다. '젊고 매력적인 남자' B와 그의 여자친구인가? 서로 애무하는 에로틱한 분위기. 물론 그렇겠지. 나는 언제나 그를 사로잡는 것이 무엇일까 생각했고 1988년 8월에 그이 생각을 많이 했으니까. 그러나 시간이 흘렀고 내게는 S가 있었다. 지난 금요일, 치과 치료를 받는 고통 속에서—견디기 위해서—S와, 내가 그의 성기를 애무하던 때를 떠올렸다. 그러자 단지 그 생각만으로도 눈물이 나왔다. 11월의 고통도 참혹했지만 지금보다는 더 나아 보인다.

16일 화요일

이 일기장에 달리 쓸 것이 더는 없기 때문에 또 꿈 이야기를 기록한다. 버스 꿈을 꾸었다. '교육'과 관계있는 어떤 막연한 장소를 방문. 중요한 사건은 가방을 잃어버렸다는 것. 10년 전부터 꿈속에서 몇 번이나 가방을 잃어버렸다…… 이것은 통상적인 정신분석에서 말하는 나의 여성성 상실에 대한 두려움의 표시가 아니라 순전히 걱정스러움, 불편함으로 인한 증상이다.

7월 1일 전에 S를 볼 수 있다면 파도바*에 가겠다. 이런 막연한 소망들이 나를 살아갈 수 있도록 지탱해준다. 너무나 현실적이고, 뭐든 말로 표현하는 점쟁이들보다 덜 위험하다. 어떤 말도 잊히지 않는다. 말 한마디가 행위의 씨가 된다.

---

* 이탈리아 동북부 베네토주에 있는 도시.

18일 목요일

수많은 꿈 중에서 끔찍한 꿈 하나. 흥분한 여자 하나가 강가로 여러 아이들을 데리고 온다. 그녀는 그중 한 아이를 긴 줄로 묶어 끌고 온다. 겨우 걸음을 옮기던 아이가 물속으로 들어가자 다른 아이들도 들어간다. 그녀는 이 아이들이 지긋지긋하다고 계속 소리를 지른다. 나는 줄에 묶인 아이가 익사하는 모습과 또다른 어린 여자아이가 바위에 부딪히는 모습을 본다. 그리고 가장 끔찍한 장면. 투명한 수면으로 아이 하나가 떠오른다. 그녀는 계속해서 자기 잘못이 아니라고 말한다. 나는 그 여자의 모습이 어머니(그녀가 나를 죽도록 내버려둘 것임을 느낌으로 알고 있다)와 나 자신의 모습(내 아이들의 죽음, 낙태에 대한 두려움)일까 두렵다.

또다른 꿈. 소련의 어느 호텔방이다. 한 남자가 마치 자기 방인 듯 들어왔다가 다시 나간다. 나는 팬케이크와 빵을 모아둔다. 너무 많다. 망원경을 통해 거리에서 춤을 추거나 시위하는 사람들을 바라본다. 이보다 좀더 아름다운 집에 관한 다른 꿈. 창문이 두 개 있는 어떤 방이 나왔다.

오늘 오후 나는 1988년 10월처럼 마르세유로 떠난다. 하지만 이제는 욕망도 고통도 없다. 어제 잠깐 '시한이 지난' 질투를 느꼈다. 마리 R가 나를 보고 싶어한다. 그녀가 S와 잤다는 것을 내게 말하기 위해서라는 생각이 든다. 이성을 잃지 않고 생각하면 모든 것이 그 반대임을 증명하는데도 말이다. 그럼에도 고통이 불쑥 솟아올랐다. 그녀가 꼭 나를 만나고 싶어하는 약속 날짜 2월 2일이 나를 불안하게 한다.

19일 금요일

마르세유에서 돌아오는 기차 안에서 칼비노의 책, 『한겨울밤의 여행자』 속의 "나뭇잎 양탄자 위의, 일본 책"이라는 구절을 읽다가 갑자기 섹스를 하고 싶은 억제할 수 없는 욕망에 사로잡혔다. S가 떠난 후로 거의 냉동 상태인데도 불구하고. 그리움과 추억과 사라진 애정으로 눈물 흘리다. 한 남자를 잃는다는 것은 한꺼번에 몇 해를 늙는다는 것, 그가 있었을 때는 흐르지 않았던 그 모든 시간을 한꺼번에 늙는다는 것, 그리고 앞으로 다가올 상상 속의 시간들을 한꺼번에 늙는 것이다. 이 욕망은 내가 어쩌면 다른 누군가와 똑같은 동화 같은 사랑에 빠질 준비가 되어 있음을 의미하기도 한다.

24일 수요일

내일 대사관 영화 시사회에 갈 것이다. 어쩌면 S에 대한 소식을 들을지도. 어떤 때는 미칠 듯한 희망이 되살아나기도 한다. 예를 들면 그가 프랑스 부근에 있는 나라로 '전근' 온다든지. 그때는 내게 전화하겠지. 그렇지 않다면 인생과 인간관계가 정말로 혐오스러워질 것이다. 어쨌든 그는 이곳에 왔었고 한때는 "당신을 사랑해"라고 말하기도 했고, 나를 무척이나 원했다…… 나는 아부다비 여행까지의 시간을 그에게 '할애할' 것이고, 그다음에는 그가 내게 연락을 보내오지 않는 한, 어떤 방법으로든 잊으려고 노력할 것이다. 비어 있기 때문에 시간은 현기증나게 빨리 지나간다. 글쓰는 속도가 점점 더 느려진다, 이틀에 열 줄.

26일 금요일

대사관 소련 영화 시사회. 아무 소식도. 집단농장에서의 투쟁에 관한 1956년 영화. S, 그를 이해하는 것은 또한 어깨에 숄을 걸친 이 여자들을 이해하는 일이 될 것이다. 내가 로큰롤 춤을 추던 그 시절의, 공산주의 조직 같은 것. 이곳 대사관은 내게 점점 더 생소한 장소가 되어간다. 그러나 오늘밤, 아직도, 그리고 끊임없이 그의 육체, 그의 눈을 생각한다.

지금 나는 기자이며 교수인 엘렌 S를 기다리고 있다. 오후에 S를 기다리던 일이 생각난다. 아직도 고통스럽다, 눈물이 나도록.

29일 월요일

최악은 더이상 아무것도 기다릴 게 없는데도 기다리기를 멈추지 못한다는 것이다. 게다가, 시간이 너무나 많은데 별일도 안 하고 보낸다는 것이다. 말하자면 내가 제대로 된 길 위에 있는지, 어떤 계시를 기다리고 있는지 확실치가 않다. 더구나 1991년, 늦어도 1992년에 책을 내지 않으면 경제적인 어려움을 겪게 될 것이다.

31일 수요일

내일이면 2월이다. 월초마다, 매달 15일마다—은행에서 이자를 챙기듯—S가 서유럽으로 다시 와서 내게 전화하길 막연히 기다린다. 이제 곧 석 달이 된다. 어쩌면 이렇게 회복이 더딜까, 모든 것이 느리고 무가치하다. 글쓰기조차, 최악의 상태는 아니지만.

10~11월 일기장을 다시 읽는다. 벌써 이렇게 많은 것을 잊었다니. 보르헤스*의 너무도 아름다운 이 문장, "수십, 수천 세기의 시간이 흘러가지만, 사건이 일어나는 것은 현재뿐이다. 공기 중에, 땅에, 바다에 수많은 사람이 있지만, 실제로 일어나는 일은 바로 나한테 일어난 일뿐이다." 나는 그 뜻을 절실히 느낄 수 있었다. 현재, '현재란 무엇인가?'라는 물음을 올여름 내내 자문했다. 오로지 나 자신…… 너무나 확실하다.

나는 1952년 6월 참혹한 일이 일어났던 장소에 대한 글을 쓴다.

2월 1일 목요일

태양 아래 모든 것이 황금빛이고, 푸르고, 부드럽다. 새들이 지저귄다. 갑자기 사춘기 때와 똑같은 서글픔을 느낀다. 마흔여덟 살에서 쉰두 살 사이의 중년 여자가 사춘기 때와 얼마나 비슷한 것을 느끼는지에 대해 언젠가 말해야겠다. 똑같은 기다림, 똑같은 욕망. 그러나 여름으로 가는 대신 겨울로 가고 있다. 하지만 "인생을 잘 알고 있지 않은가!" 실은 너무 잘 모른다. 다만 사춘

---

* 호르헤 루이스 보르헤스(1899~1986), 아르헨티나 시인이자 소설가.

기 때만큼 괴로워하지 않는 몇 가지 하찮은 방법만 알고 있을 뿐이다. 오늘 저녁 그 '젊고 매력적인 남자'를 만나기로 되어 있다. 그냥 잘생긴 남자랑 함께 있고 싶은 즐거움 말고는 다른 아무 생각도 없다. S를 향한 욕망이 소름 끼칠 만큼 명확하게, 다시 한번 나를 가득 채운다.

2일 금요일

'문학계의 날' 행사, 불순해서 구역질이 날 것 같은 기분이지만 그 원인이 무엇인지는 잘 모르겠다. 쿤데라에 대한 지나친 찬사. 그럼에도 이런 짓거리는 문학사에서 중요하다. 왜냐하면 사람들, 특히 교수들은 그와 같은 권위와 집단의 이름으로 제시되는 것에 황홀해하기 때문이다. 그것은 하찮은 장난이 아니다. 글쓰는 행위는 나에게 언제나 도덕적 가치를 지닌다. S에게 품은 것과 같은 그 열정과 글쓰기가 절대적 가치라는 것에 대하여 나는 강한 확신을 품고 있다. 그것들이 순수함과 아름다움에 결부되어 있다는 생각과 함께. 작년 나는 그 당시 품고 있던 열정으로 이 모든 일을 겪으면서, 문학계에 이전부터 갖고 있던 혐오감을 잠시 잊고 있었다.

5일 월요일

꿈에서 생전의 어머니 모습을 보다. 그녀의 '병'에도 불구하고 그런대로 괜찮아 보였다. 너무 좁은 신발 때문에 잘 걷지 못했다. 어머니는 앞뒤가 맞지 않는 이야기를 했다. 그래도 시어머니에 비해(그녀 역시 실제로 치매에 걸려 있는 상태다) 내 어머니의 상태는 만족할 만했다. 일반적으로 꿈, 특히 이런 꿈은 시간이 되돌릴 수 있는 것이라는 느낌을 갖게 해준다. 어느 순간 어머니가 저승으로 갔다고 생각했는데, 일순 그녀는 단지 아프기만 한 상태로 이승으로 되돌아와 있었다. 그러고 나서 어머니는 또다시 불투명한 시간 속으로 빠져들어갔다.

잠을 자주 설친다. 불면의 상태에서 나는 의도적으로 S의 모습을 다시 상기해본다. 오늘밤은 저 아래 거실에서 등을 돌리고 내 목욕 가운을 입은 채 텔레비전 채널을 바꾸는 그의 모습. 아직도 그의 육체를 상상할 수 있다. 한 뼘 한 뼘 그의 피부를 느낄 수 있다. 지금까지 상상만 하던 것을 실제로 보게 되는 것이 바로 미친 것이고, 끔찍한 일이라고 생각해왔다. 세월이 흐르는 것을 느끼기 때문에, 그 '젊고 매력 있는 남자'도 많이 생각했다.

7일 수요일

아침의 고통에서 벗어나야지. 아냐, 아직 그 단계에는 이르지 못했어. 폴란드에서 S를 다시 보는 꿈을 꾸었다. 나는 남자들 밖에서 살고 있다. 말하자면, 남성의 세계 밖에서 살고 있다는 말이다. 그리고 완전히 세상 밖에 있는 것 같다. 하루도 빠짐없이 일정 계획표를 다시 만들어야 하고 글을 써야 한다고 나 자신을 납득시켜야만 한다. 미래는 더이상 아무 의미가 없다.

10일 토요일

나는 별로 애쓰지 않아도 '젊고 매력적인 남자'인 B와의 모험이 재미있을 거라고 나 자신을 납득시키려고 애쓴다. 하지만 머릿속에서만 그렇다. 그는 내게 존재하지 않는 사람이다. 그리고 내가 같은 남자를 두 번 원하는 일은 드물다. 모르고 있지만 그는 1988년 8월에 이미 기회를 한 번 놓쳤다. S에게 아부다비나 두바이의 엽서—그가 받지 못할지도 모르지만—를 보내야겠다는 생각만 해도 내 인생은 어처구니없는 목적을 갖게 된다. 내게 그는 꿈과 고통의 근원이었기 때문에 그를, 그의 모습을, 그에 대한 추억을 쉽사리 포기할 수가 없다. 취했을 때나 B에게 무슨 수를 쓸 수 있을 것이다.

12일 월요일

　어제저녁 FR3 텔레비전 방송에서 프랑수아즈 베르니가 자신이
유일하게 후회하는 것은 나를 그라세출판사에(1972년이었던가?)
잡아놓지 않은 것이라고 말했다. 앙리 샤피에가 진행하는 〈디방〉
이라는 프로그램에서 그녀는 나와 BHL*에 대해서만 언급했다(그
와 함께 언급되는 것은 싫지만, 베르니는 둘에 대한 차이를 가지
고 이야기했다. 게다가 자기가 BHL을 발견했다고 자화자찬하면
서, 나를 놓친 걸 아깝게 생각한다고 말했다. 그 정도면 됐다). 베
르니는 허영심이 있긴 하지만, 똑똑한 사람이고 내가 높이 평가
하는 타입의 여자다. 1988년, 〈아포스트로프〉에서 모두—결국
자기들끼리 무리를 이루는 프티부르주아 지식인들—그녀를 피
할 때, 취한 듯 그녀에게 큰 호감을 느꼈다. 동시에 이런 칭찬을
듣게 되면, 나보다 훨씬 더 재능 있고 똑똑한 다른 여자에 관한 이
야기를 듣는 것 같다. 그것은 일종의 이상형에 대한 표현으로, 릴

---

　* 베르나르앙리 레비(Bernard-Henry Lévy)의 약자. 프랑스 철학자이며 대중적
으로 큰 인기를 끌고 있다.

본의 방 창가에서 그 목소리를 들었을 때 나는 그것이 내 내면에서 나오는 것임을 모르고 있었다. 그리고 지금 나는 갈망하지만 결코 닿을 수 없는 경지, 즉 존재하지 않는 그 여자에 미치지 못하는 모습으로 허우적거리고 있다.

오직 S에게 엽서를 보내기 위해서 아부다비에 가는 느낌이다. '우정 어린 추억'을 전하기 위한 엽서.

오늘 저녁 〈독일, 창백한 어머니〉를 봤다. 언제나 이 영화가 내게 메시지를 줄 거라고 생각해왔다. 영화나 책의 아름다움과 진실이 시간에 구속받지 않고 존재하는 경우는 드물다. 역사 속에서 그리고 역사에 의해 인간이 변한다는 것을 받아들이지 않고 그 진실과 아름다움은 존재할 수 없다. 끔찍하고도 훌륭한 영화였다. 제목 역시, 또 한번 환상적인 우연의 일치로 베르톨트 브레히트의 시에서 따왔다.

『인생과 운명』은 더없이 훌륭한 책, 〈독일, 창백한 어머니〉는 더없이 훌륭한 영화. 그런데 나는, 나는 무엇을 쓰고 있나?

15일 목요일

계속되는 불면 끝에 어렴풋이 꾼 꿈이 위협적이었다. 나는 생사튀르 도로에 있었다. 다리에 도착하는 순간, 물이 거의 다 차오른 다리에는 겨우 유턴할 만큼의 공간만 남아 있고, 통행이 금지되어 있었다. 나는 중년의 부인들이 드나드는 찻집 분위기가 감도는 이상한 카페 안으로 들어간다. 거기서 (한 번도 본 적이 없는) 아니 르클레르를 만난다. 그녀가 거기 있다는 것이 놀랍다. "정말 우연한 일!" 그러나 그녀는 조금 후에 가버린다. 집이다. 화장실에서 불이 났다. 에릭의 짓이다. 나는 부엌에 있는 소화기를 가져오려고 한다. 그런데 없다. 다비드 짓이 아닌가 의심스럽다. 그러나 결국 소화기를 찾아낸다. 다른 꿈. 위험하게 차를 몰지만 사고는 나지 않는다. 전화벨소리를 들은 듯한 느낌과 함께 7시에 눈을 떴다. 꿈인지 생신지 알 수가 없다. 해야 할 일은 많은데 잘못 살고 있다. 어제 파리로 나간 것 같은 잦은 외출이 고통과 결핍을 일깨우는 짓이며, 글쓰기에 무관심하기 때문이라는 것은 의심할 여지가 없다. 일요일 아부다비로 떠난다……

16일 금요일

시몬 드 보부아르는 그녀의 모든 삶을 거대한 녹음기에 기록하고 싶다는 환상을 품었다고 한다. 이상한 일이다. 존재, 자유에 대해 그토록 많은 사유를 한 여자가 너무나 평범하고 보잘것없는 환상을 가지고 있었다니. 한 인생의 모든 행위와 말들을 녹음하고 영상으로 담는 것이 분명 지금까지 알지 못했던 무언가를 밝힐 수는 있겠지만 모든 것을 설명할 수는 없다. 한 인생을 설명하기 위해서는 그가 받았던 온갖 종류의 영향과 읽은 책들도 알아야 하는데, 그렇게 하고도 설명할 수 없는 무언가가 남기 마련이다.

24일 토요일

지난 1주일간의 공백 기간에, 우연히 〈아포스트로프〉에 출연해서 시몬 드 보부아르에 대해 말할 기회가 생겼다. 그것 때문에 내 책의 집필이 더 지연되겠지만 그 제의를 금방 받아들였다. 그것은 내게 '의무'이고, 일종의 추모이며, 갚아야 할 빚이라고 할 수 있다. 그녀가 없었다면, 나의 젊은 시절, 내가 교육받기 시작해서부터 서른 살이 되기까지 내가 가지고 있던 그녀의 이미지가 없었다면, 아마도 지금의 내가 될 수 없었을 것이다. 그리고 1986년 어머니가 세상을 뜨고 1주일 후에 그녀가 죽었다는 사실 또한 내가 이런 감정을 가지는 또다른 이유일 것이다. 어떤 좋은 생각, 문학이라는 행위에 대한 견해를 전달하고 싶은 열망과 두려움이 생긴다.

아랍 왕족에 대해 무엇을 이야기할 수 있을까. 여행의 행복, 상상으로 그치던 것들(내 경우에는 언제나 서투른 상상이지만)을 가서 직접 보는 즐거움. 일정의 공식적 성격이 짜증스럽다. 하지만 이상하게도 오래전부터 그런 줄 알면서도 새삼 느끼는 것. 안내자와 일을 벌이는 것은 불가능하다. 그는 JF 조슬랭과 꼭 닮았다! 젊고 매력적인 남자가 낫겠다. 그러나 내가 첫째로 한 일은 월요일 오후 호텔방—나는 텔레비전 곁에 있는 테이블 앞에 앉아 있다, 내 왼쪽으로는 램프가 있고 앞에는 거울이 보인다, 대로의 차 소리들이 13층에 있는 내 방 1314호까지 올라온다—에서 프랑스에 있는 소련 대사관을 통해 S에게 아부다비에서 산 엽서를 보낸 일이다. "페르시아만⬛에서 우정 어린 추억을 보냅니다—A. 에르노." 그가 엽서를 받아볼 수 있을까? 그럴 경우, 다음의 두 가지 가능성이 있다. 전화 혹은 침묵. 후자는 여러 의미를 지닐 수 있다. 무관심, 어떤 형태로든 다시 관계를 맺는 것에 대한 거부. 혹은 잊히지 않았다는 것에 대한 행복감, 그러나 자신을 드러내고 싶지는 않은 마음. 신경을 거스르든, 추억에 잠기게 하든, 이

엽서는 어떤 신호를 얻기 위한 것이다.

너무 좋은 날씨다. 그를 기다리며 태양 아래 몸을 누이던 지난 여름 같다. 벌써 그렇게 많은 시간이 지나갔음을 새삼 느낀다. 그 없이 지낸 겨울이 막을 내린다. 그를 다시 보는 것은 언제나, 그리고 아직도 너무 큰 행복일 것이다.

3월 2일 금요일

수요일 저녁, N의 소름 끼치는 말: "넌 다른 여자들처럼 지배 당하는 걸 좋아하지 않지?" 그녀는 지적으로 지배되는 것을 말하고 있었다. 바로 거기에 여자들 사이의 깊은 구렁이 있다. 그 말이 옳다고 생각하는 여자들과 그렇지 않은 여자들 사이의 구렁.

필로노프의 전시회에서, 녹음된 작가의 말: "무슨 일을 하면서 어려움을 느껴도 계속 그 일을 해야 한다. 사람이 진정으로 새로운 무엇인가를 하는 것은 해결책을 발견하면서다."

작년에 나는 추억을 되새기며 고통스럽게 살 각오가 서 있었다. 망각이 시작되었지만, 재회를 상상하기도 한다. 그러면 눈물이 나온다.

파리 근교에 살게 된 이후 처음으로, 2월에 관상용 자두나무 (1월에는 일본산 마르멜로*)에서 꽃이 피는 것을 보았다. 목련꽃도 움이 터질 것만 같다. 제비꽃도 흐드러지게 피어 있다. 추운 날씨(섭씨 0도). 이런 날씨는 12월 이래로 보지 못했다. 내 인생이 '전환기'를 맞고 있는 걸까? 책 페이지를 넘기는 것이라기보다는 턴테이블 위의 음반을 뒤집는 것처럼? 그러나 나는 무엇보다도 해시계를 생각한다.

6일 화요일

오래된 노래, 〈사랑 없는 봄은 봄이 아니다〉. 〈아포스트로프〉 출연 같은 여러 가지 활동을 하면서도, "한 남자를 사랑하지 않고 얼마나 많은 시간을 보내야 하나?"라는 질문과 함께, 매일 똑같은 시간을 보내는 것에 대한 절절한 고통이 가시질 않는다. 남자와 자는 것만을 추구하는 것이 아닌 나의 문제. 나는 진정한 욕망이 필요하다. 9월의 그 일요일 레닌그라드의 거리에서, 도스토옙스키 생가에서, 발레 공연에서, 그리고 카랄리아호텔에서 여행

---

* 장미과의 낙엽교목.

그룹에 있던 그 남자에게 품은 욕망과 같은 종류의 욕망. 모든 것이 아직도, 소름 끼칠 정도로 생생하다. 그의 육체 어느 부분도 잊히지 않았다. 간밤에 절망 끝에 자위를 하고(아주 드문 일), 동시에 그의 사정 대상이 되고, 잠시나마 그가 되었다. 시몬 드 보부아르와 사르트르에 대해 말하는 것은 S에 대해 말하는 것이 될 것이다. 그들 사이에는 그 어디에도 비교할 점이 없고, 객관적으로 그는 러시아 공산당 조직의 충복일 뿐이지만.

7일 수요일

시몬 드 보부아르의 일기를 읽고 느낀 행복감에 내 일기를 다시 읽고 싶다는 충동을 느꼈다. 그리고 곧 혐오 속으로 빠져들었다. 이렇게 작년 3월은 혼란, 혐오, 질투로 점철되었다. 아직도 그때를 생각하면 가슴이 아프다. 하지만 그때 내가 어떻게, 어떤 방법으로 조금이라도 평온해질 수 있었는지 의문스럽다. 끔찍했던 작년, 올해의 형태 없는 슬픔. 어디서? 어떻게? 내가 S를 기다리고 있던 순간들, 그리고 그가 실제로 왔던 순간들, 그리고 우리가 사랑을 나누던 그 순간들 속에서만 나는 평온할 수 있었다. 과연 그 순간들로부터 내가 치유될 수 있을까? 흔적 없이 사라진 사랑으로부터 내가 치유될 수 있을까? 『자리』의 영어 번역본을 감수한다. 그가 떠난 날도 나는 『한 여자』에 대해 같은 작업을 하고 있었다. 넉 달. 아직도 추억 때문에 운다. 아직도 내가 하는 모든 일은 그를 위한 것이다. 투르 드 프랑스*에 부치는 서문을 쓰거나 〈아포스트로프〉 출연 같은 일은 내키지 않는다.

9일 금요일

올해 3월은 1986년 같지 않았다. 하지만 이번 역시 '확실'하지 않기는 매한가지다. 외적인 이유 때문에 글쓰기도 중단한 상태다. 시몬 드 보부아르에 대한 연구(사르트르에게 보낸 편지들에 질렸다). 〈아포스트로프〉에 초대된 K의 책도 짜증스럽다. 게다가 나는 S에 관한 내 마음을 빨리 정리하려 노력하고 있다. 더이상 러시아어를 공부하지 않겠다. 1988년 여름(벌써 2년 전)에 만난 매력적인 젊은이 B가 목요일 저녁 집에 올 것이다. 기이한 생각에 사로잡힌 나는 잠도 잘 못 들고, 가능한 일, 아니 불가능한 일을 상상한다(그는 오로지 자기 소설을 출판하고 싶어 오는 것이 아닌가?). 나는 지극히 상처받기 쉽고, 너무 육체적이다. 새로운 사실도 아니다. 하지만 7년 전, 자유를 되찾고 나서부터 그런 경향이

* 매년 7월경에 열리는 프랑스 일주 사이클 대회.

점점 더 짙어졌다. 그 젊은이와의 관계는 좀 기이했다. 처음에 뇌이에서, 그리고 생제르맹 대로의 한 카페에서 만났다. 1989년에 두 번 봤을 때는 S 때문에 지루했다. 한 달 전, 퐁루아알에서 좀더 많은 관심을 가지고 만났다. 어떤 관계가 이어질까? 그의 전화 목소리는 약간 떨리며 흥분한 듯했다. 부드러운 목소리. 하지만 단지 내가 그에게 범접하기 힘든 존재라서 그랬겠지. 그 자신도 모르는 어떤 욕망이 있는 것이 아니라면. 그와 함께 막연한 관계에 돌입할 거라는—유감스럽게도 너무 집착된—희망을 가진다.

10일 토요일

전화 소리를 들은 것 같아(아마 꿈이었던 것 같다) 5시 반에 깼다. 그러고 나서 곧바로 6개월 전과 같은 열정의 세계로 다시 빠져들었다. (하지만 더이상 그때와는 같지 않다는 사실을 깨닫는다.) 그리고 꿈을 꾼다. 꿈속에서 나는 믿을 수 없을 만큼 가벼운 몸짓으로 달려간다. 말하자면 매우 긍정적인 느낌으로. 주차장으로 이어진 넓은 계단을 나는 듯이 내려간다. 그다음은 끔찍한 꿈. 나는 루앙에서 파리행 기차를 탄다. 이브토에서 내려야 한다. 기차 안에 앉아서 『마리 클레르』 잡지를 읽는다. 내 왼편에는 한 여자가 앉아 있다. 밤이다. 기차가 멈춘다. 역 이름을 찾아도 알 수가 없다. 기차는 이탈리아로 향한다. 클럽 메드* 같은 단체 여행객들이 타고 있다(1963년의 로마 여행이 다시 나타난 것인가?). 그들이 내린다. 나도 따라 내린다. 그곳이 어딘지도, 또 그것을 알아볼 방도도 없다. 다만 파리행 다음 기차가 1주일 후에나 있을 거라고 한다. 그러므로 다른 교통수단을 찾아야 한다. 예를 들면 트럭 기사 같은 사람들에게 부탁한다든지. 한 남자에게 물어본다. 그는 몸집이 거대해서 머리가 천장에 닿을 듯하다. 나는 한없이 작다(나로서는 너무 놀라운 일). 어쩌면 그럴 수도 있지. 잠이 깬다.

〈아포스트로프〉에서 옐친과 지노비예프를 보다. 옐친은 20년 후의 S다. 쑥 들어가고 교활하고 잔인한 눈매. 입은 다르게 생겼다. 똑같은 나르시시즘, 호언장담, 러시아인의 특징인가? 오늘 아침, S에게 엽서 보낸 것을 후회했다.

12일 월요일

내가 RER** 안에 있는 꿈. 희미한 꿈. 매일 밤 꿈에서 대중교통

---

* 고급 휴양지 패키지 투어 전문 기업.

수단을 이용한다……

13일 화요일

투르 드 프랑스에 부치는 서문을 쓰기 위해 일찍 일어났으나, 지지부진. 꿈을 꾸어야 하나. 혼자 전개하고 앞으로 다가올 관계에 대한(물론 '매력적인 젊은이'에 대한) 욕망의 함정을 너무나 잘 알고 있다. 안시 혹은 모스크바로 여행하는 꿈을 꾸다. 호텔방의 번호를 잊었다. 1520호실? 1522호실? 1520호인 것 같다. 수행원이 있었는데 S는 아니다. 역시 혼란스러운 꿈 : 수영복을 입은 작은 소녀가 행방불명되었다(얼마 후 시체로 발견되었나?). 살아서 걸어다니는 그 어린 소녀와 현장검증을 한다. 아이가 다시 살아났기 때문에 무슨 일이 일어났는지 쉽게 알아낼 수 있다. 하지만 한편으로 매우 어려운 일이기도 하다. 내가 그 결말을 알고 있기 때문이다. (맞는 말이다.) 꿈은 소설의 이미지이며, 글쓰기의 이미지다. 우리는 그 결말을 이미 알고 있다.

** 파리 및 인근 도시를 연결하는 전철.

15일 목요일

매력적인 젊은이가 왔다. 무척 흥분해 있었다. 그 역시 환상을 가졌던 것 같다. 그리고 나는 내가 그에게 욕망을 느끼고 있으며, '그 단계를 거쳐야 한다'고 생각했다(여기서 지배하는 것은 나다). 매우 무겁고 혼란스러운 분위기. 하지만 말을 하기 시작하면서 그런 분위기가 사라졌다. 사실, 나는 더이상 그가 매력적으로 보이지 않았다. 너무 꾀가 많고 어리다. 게다가 나는 〈아포스트로프〉 방송 전에 할 일이 많다. 그는 세 시간가량 있었다. 떠나는 순간 그는 자기 여자친구가 스키장에 갔다고 한다. 너무 늦었어! 그를 역으로 데려다준다. 서로 작별인사를 하는 순간, 나는 그의 팔을 살짝 쓰다듬는다, 어색하게. 아무것도 하지 않는 것보다 낫다. 내 행동이 그의 혼란을 가중시킬 테니까. 나는 약간 변태적이다. 그와 하는 섹스는 형편없을 것이 분명하다.

소파에 앉아 있던 그가 한순간 일어나면서 말한다. "미안합니다, 쥐가 나네요!" 이 말에 웃음이 터져나올 뻔했다. 갑자기 성행위가 연상됐기 때문이다.[*] 하지만 레닌그라드에서 내가 S에게 느꼈던 절대적 욕정과는 엄청난 차이!

---

[*] 프랑스어로 '쥐가 나다'는 avoir une crampe인데, 작가는 그 말에서 '성행위를 하다'인 tirer sa crampe를 떠올린 것이다.

19일 월요일

『지식인들』*을 다시 읽었다. 나 자신이 안Anne과 똑같다고 느낀다. 뤼는 S와 같다. 시몬 드 보부아르는 이렇게 썼다. "이제는 아무도 그런 악센트로 '안'이라고 부르지 않을 것이다." 이 문장, 내가 쓴 문장과 똑같다. 그리고 실제로 그런 일이 일어났다. 아부다비 이후, 처음의 끔찍했던 슬픔에서 멀어진다. 작년, 또는 몇 달 전 내가 처해 있던 상황을 묘사한 글 몇 줄만 읽어도 금방 눈물이 쏟아졌다. 그리고 그런 반응에서 나는 시몬 드 보부아르와 너무도 비슷한 내 모습을 본다, 노골적으로 거친 면까지도. "그 수에 넘어가지 않기 위해서 별짓을 다 하는군!" 이건 내가 썼다고 해도 되겠다. 마지막 말들: "누가 알아? 언젠가 내가 다시 행복해질지?" 그래, 나도 아직 내게 이런 말들을 하지, 그 상대가 더이상 S가 아니라는 조건으로. 『지식인들』을 다시 읽으니 내 안에서 이 열정에 대해 속임수를 쓰지 않고 진실된 글을 쓰고 싶다는 욕망이 일었다.

---

* 시몬 드 보부아르가 1954년 발표한 소설.

22일 목요일

내일, 〈아포스트로프〉에 출연하는 날이다. 꼭 학사시험이나 교원자격시험을 치르는 것 같다. '준비'됐는지 아닌지 자문. 하지만 어쨌든 이제는 코앞에 다가온 일이다. 메시도르에게 3천 프랑만 요구한 것이 너무 화가 난다. 틀림없이 더 내놓을 생각이었을 텐데. 메시도르와 프랑스 공산당이 나를 점점 옥죄어오는데, 좀 지나치다.

24일 토요일

끝났다. 왜 이렇게 더럽혀진 느낌이 드는 걸까. 텔레비전에 나가서 얼굴을 보인 뒤에는 언제나 그런 느낌을 받는다. 보부아르에 대해 내가 하고 싶었던 말을 다 하지 못했다. 극도로 불만족.

브종에서 내가 한 여자에게 해준 말의 진실 : 어머니가 죽고 내가 그녀에 대한 글을 써야만 마침내 나는 '그녀'가 될 수 있다.

도서박람회. 러시아 작가들과 함께 S가 거기에 있다면? 그리고 그가 나를 보고 싶어하지 않는다면? 혹은 그에게 파리에 또다른 여

자가 있다면? 작년의 지옥을 되살리지만, 내가 그것을 원하는지
는 확실치 않다.

25일 일요일

극도의 피로감. 명확하게 기억나는 꿈 : 이브토의 지하실, 나는
그것이 위험한 일임에도 불구하고(전쟁? 내가 연기하고 싶은 전쟁
영화?) 고집스럽게 담배 한 개비를 찾는다. 그리고 스탈린의 이름
을 되뇐다. 그것은 아버지가 어머니를 죽이고 싶어했던 1952년의
지하실, 내 작은 세계가 금이 간 곳이다. 스탈린은 공산당 그 자
체다(어제, 브종에서 공산주의자들과 화기애애한 토론을 했다).
아버지는 계급에 대한 의식이다. 출신을 부정하는 것은 불가능하
다. 열두 살의 내가 이해할 수 없었던 그 사건은(아니지, 나는 그
걸 알고 있었어. 설명 가능한 일이었어) 그 나름의 동기를 가지고
있었다. 내 어머니의 공격성, 그녀의 신분 상승 욕망, 모든 사람들
을 지배하고 싶은 욕망.

26일 월요일

지금 나는 고통마저 느끼지 않는다. 모든 것이 잿빛이다. S는 내가 〈아포스트로프〉에 출연했음을 알지 못할 것이다. 물론 그를 위해 출연한 것이었는데. 이제는 러시아어를 배우지 않는다. 작년 이야기와 연관된 모든 것이 더이상 의미가 없다. 의지를 상실한 열정만 보일 뿐이다. 그러나 그럴 수밖에 없었던 일이고 바로 그런 사실이 끔찍하다. 진정한 삶은 열정 속에 있다, 죽음에 대한 욕망과 함께. 이 삶은 창조적이지 않다. 몇 주 동안 보부아르, 사르트르를 다시 읽고 생각에 빠져 지내다보니 확실하게 미몽에서 깨어난다. 언제나 그랬듯이, 나의 모든 시간과 감성을 보부아르의 설명에 적용해보았다. 그녀가 남자 출연자들에 의해 사소한 사건으로 축소된 것이 애통하다.

27일 화요일

8시 10분 전, 전화벨이 울린다. 수화기를 든다, 아무 소리도 없다. 이제 전화는 더 걸려오지 않을 것이다. 지금 사랑과 망각에 대한 내 욕망을 채워줄 가능성이 있는 유일한 존재인 '매력적인 젊은이'에 대해 밤새 욕망을 느끼다. 그리고 생생하고 명확하게 S와 나의 섹스를 떠올려본다. 어떤 고통도 없이, 실제 상황에 매우 가까웠다. 우리가 가진 관계의 에로틱한 힘이 그것이 지닌 유일한 진실인 것 같다. 토요일 이후로 매우 안 좋은 상태에 있다. 이틀 전부터 무작정 자고만 싶고, 어제부터 시작된 무기력과 의욕 상실.

오후. 처음으로 미니텔에서 카드점을 봤다. 질문 : "최근까지 애인이었던 S가 머지않아 내게 소식을 보내올 것인가?" 30분 뒤에 온 대답……(그동안의 통화료!) : S는 당신보다 분명 훨씬 더 젊다. 그는 틀림없이 당신에게 소식을 전할 것이다. 그러나 이 관계에 너무 큰 기대는 하지 마시길. '점쟁이'는 내 나이를 알고 있었다. 그래도 혼란스럽기는 마찬가지다. 아니, 좀더 정신을 가다듬고 잘 생각해보자(그녀가 S의 나이를 '알아맞힌 것' 외에도). 그녀는 나를 색을 밝히는 여자로 생각한다. 그러므로 전형적인 도덕의 잣대로 보면 나는 지속적인 관계를 맺을 '괜찮은' 남자를 만날 수가 없다.

29일 목요일

11월의 고통은 그다음에 올 일을 예고했다는 점에서 정확했다. 그와의 만남이 단지 짧은 기간의 만남일 뿐 아니라, S가 내게 부끄러운 존재가 될 것이며, 그와 보낸 시간이 에너지 낭비가 될 것임을 예견했기 때문이다. 그때 한 말도 생소해 보인다. "언제 어디서건, 당신이 무엇을 요구하건, 나는 당신을 위해 그걸 할 거야." 이제 더이상 확신이 없다. 하지만 그는 아마 아직도 그 말을 믿고 있겠지.

내 생애 처음으로 3월에(1주일도 전부터) 온갖 나무에 꽃이 핀 것을 본다. 라일락까지도. 답장을 바라는 내 편지를 받았을 애송이 B에게서는 아무 소식도 없다. 그는 자신을 너무 학대하는 타입이고 지적인 티를 내기 때문에, 어쨌든, 그와의 사랑은 내가 바라는 그런 축제가 아닐 것이라는 생각이 든다.

예정대로 아부다비에 가고, 〈아포스트로프〉에 출연하고, 메시도르를 위해 서문을 썼다. 말하자면 S와 직간접적으로 관계있는 모든 일들이 나를 그로부터, 그에 대한 추억으로부터 멀어지게 했다. 애송이 B, 그는 아직 가능한 범위 안에 있다.

글쓰는 행위 속에 자유가 존재하는지 이젠 확신할 수가 없다. 오히려 과거나 과거에 겪었던 공포감이 회귀하는 최악의 자기상실이 존재하는 것은 아닐까 하는 의구심이 든다. 반대로, 그 결과물인 책은 다른 사람들이 자유를 찾는 것을 돕는 수단이 될 수 있다.

저녁. 예전에는 '안정된 생활'을 위해, 그리고 형제애를 위해 남자를 찾았다니 놀라울 따름이다. 지금은 오로지 사랑만을 위해 남자를 원한다. 즉, 글쓰기와 가장 가까운, 나 자신의 상실을 위해, 빈 곳이 채워지는 것을 경험하기 위해 남자를 찾는다.

30일 금요일

마드리드(?)에 가야 하는 꿈. 1959년 마리우드마르학교에 있었던, 귀감이 될 만한 그 여선생의 이름이 도무지 생각나지 않는다. 한때는 원할 때면 그 이름을 떠올릴 수 있었는데. 이제 그 시절은 끝났다.

31일 토요일

마드리드가 아니다. 신시내티나 어쩌면 뉴욕, 시카고일지도 모르겠다. 시기는 5월. 전화가 왔을 때, 나는 콩깍지를 다듬으며 졸고 있었다. 기쁨이 솟았다가 다시 가라앉는다. 하지만 세상에 대한 지식욕은 아직도 나를 지탱해주는 몇 가지 요인 중 하나다. 그것은 내가 가장 행복한 마음으로 달려가고 싶었던 유일한 나라인 소련으로의 여행을 내가 완전히 거부했음을 뜻한다. 하지만 그 행복조차 이젠 확실하지 않다. 나는 S에 대한 이미지가, 내가 이렌의 집에서 처음 봤을 때의 세련된 소련 젊은이의 이미지로 되돌아가는 것을 애석하게 느낀다.

다시 스피노자에 대해 생각한다. 사물에게로 끊임없이 전이되는 욕망은 무언가를 말해준다. 작품은 고정된다. 나는 아직도 역사책 저술에 관한 의지를 버리지 못한다. 그러나 S와 겪은 사랑과 글쓰기의 문제를 직시해야 하지 않을까?

4월 1일 일요일

B가 지난번처럼 한없이 떨면서 내게 전화하는 꿈을 꾸었다. 그러나 그는 지난번의 내 행동을 격렬하게 비난했다. 결국, 그는 내게 아무런 욕망을 품고 있지 않다는 생각이 든다. 지난번의 내 편지에 대한 답장이 없는 걸로 미루어보면 그렇다. (사실은 그 반대이길 바라며 이 글을 쓴다. 그것도 가능하다. 그는 '진도를 나가기'는 해야겠는데 어떤 방법을 써야 할지 모르고 있다.)

교육잡지에 실릴 이 원고는 혐오스러울 정도다. 시간만 버리고, 엉망이다. 인식(앎)으로 이어지는 것이라곤 아무것도 없다.

2일 월요일

S가 내게 프랑스어로 편지를 보낸 꿈. 그의 글씨를 알아보기가 쉽지 않았다. 그는 내 아부다비 엽서에 고마워하며, 소련으로 돌아간 올해가 그에게 얼마나 힘든 시간인가를 토로했다. 꿈속에서 나는 나 자신에게 말했다. "내가 꿈을 꾸고 있다고 생각하니! 이렇게 분명히 깨어 있는데."

한 달도 넘게 중단했던 일을 오늘 다시 시작했다. 계속할 수 있는 가능성을 냉철히 평가할 수 있기를 바라며.

3일 화요일

꿈을 꿨다. 남편이 서재에서 내게 말한다. "당신은 서류를 다른 사람들이 다 볼 수 있게 아무데나 놓는군. 이젠 정리도 하지 않고, 이것들도……"(어떤 단어를 썼더라? '끔찍하다'? '충격적이다'?) 문제의 서류는 내가 어제 처음으로 말한 1952년 6월의 이

야기다. "아버지는 어머니를 죽이려 했다." 이것은 모든 것에 앞
설 일종의 입문적 성격의 이야기다. 1952년에 대한 기억 때문에
눈물이 흘렀다. 이제 곧 38년이 된다. 그리고 아무것도 없다. 어
머니의 몇 마디 말밖에 기억나지 않다니 놀랍다. "르쾨르 신부는
다른 사람들에게 귀기울일 줄 아는 사람이야!" 나에게 아버지가
한 말: "내가 너한테 뭘 어쨌다고 그래!" 나: "엄마, 아버지가 내
시험을 망쳐놓을 거야! 내겐 불행밖에 없을 거야!"(노르망디에서
쓰는 말로, 이제 더이상 예전 같을 수 없는 상태에 빠졌다는 뜻).

6일 금요일

오트사부아 지방과 그르노블에서 돌아옴.

안시에서는 별 감흥도 못 느꼈고 그저 그랬다. '장미 화원'을
본다. 울타리 문을 밀고 들어가, 계단을 올라가서 유리로 된 그 안
으로 들어갈 수 있을 것만 같다. 다시 말하면 마치 16년의 세월이
흐르지 않은 것처럼 행동하고 존재하는 것 같은 느낌이다. 똑같은
삶이 계속되는. 생클레르 거리를 걸었다. 내장 전문 푸줏간 비동,
작은 카페들, 프레티 상점, 폴레 상점, 우유 가게, 그리고 아랍 사
람들이 들락거리던 바, (오래된) 알자스 식품점, 여주인이 이따금
몸을 팔아 꾸려가던 화장품가게, '푸른 도마뱀' 가죽가방 전문점

같은 것들은 필라트리 거리에 세워져 있던 사베코 트럭들과 함께 사라졌다. 엑스에서 그르노블로 가는 길에 있는 집들 뒤에는 작은 정원이 있다. 푸른 작업복을 입고 모자를 쓴 남자들이 정원 의자에 앉아 햇볕을 쬐고 있다.

나는 탈진해서 돌아온다(그르노블에서 나는 자신의 글을 설명하는 친절한 작가의 역할을 맡은 연극배우였다). 우편물 속에는 결코 S의 소식도, B의 소식도 없다. 이제 다 끝난 일.

9일 월요일

지난 11월 6일(내가 S를 마지막으로 본 날) 이래 처음으로, 설명할 수 없는 행복감을 느끼며 눈을 떴다. 그럼에도 이 행복이 아무 동기가 없다는 사실이 약간은 나를 슬프게 한다. 어쨌든 쓸 것을 어떤 한 가지로든 정해야겠다. 이제 그만 망설여야 한다.

내가 가지고 있는, 위험한 어떤 것을 쓰고자 하는 욕구. 마치 무슨 대가를 지불하고서라도 꼭 들어가야만 하는 지하실의 열린 문 같은.

고통과 열정의 외침

  1991년, 아니 에르노는 이 년여에 걸쳐 소련 외교관과 맺은 관계를 소설로 써 『단순한 열정』을 발표했다. 여기에 소개하는 『탐닉』은 그로부터 거의 십 년이 지나서 발표한 에르노의 일기로, 『단순한 열정』의 모티프가 된 글이라 할 수 있다.

  이 책에서 파리 주재 소련 대사관에 근무하는 S로 지칭되는 그는 당시 35세, 아니 에르노는 48세였다. 그녀는 프랑스 작가들의 소련 여행을 수행했던 그와 레닌그라드에서 하룻밤을 보낸 후, 파리로 돌아와서도 그와 비밀스러운 관계를 이어가는데, 그것은 그가 소련으로 돌아가기 전까지 계속된다. 『탐닉』은 이 기간 동안 겪은 그녀의 열정을 날마다, 아니 매 시간마다 기록한 '고통과 열정의 외침'이다.

  그녀와 이 년 남짓 사랑을 나눈 어둠의 애인 S는 지적이지도 않고 출세지향적인 동시에 나르시시스트다. 자신의 애인이 작가라는 사실이 제일 중요한, 속물 같은 남자와의 육체의 향연에 에르노는 혼신의 정열을 기울인다. 예쁘게 보이기 위해 화장품과 옷차림에 지출을 아끼지 않으며, 명품을 밝히는 그에게 터무니없이 비싼 선물도 주저없이 사준다. 엘리제궁에서의 만찬, 갈리마르출판사에서 주최하는 대통령과의 식사, 모두 명예와 사치를 갈구하는 애인에게 잘 보이기 위한 수단일 뿐이다. 그를 위해 어렵기 짝이 없는 러시아어도 배우기 시작한다. 소련 대사관에서 주최하는 영화 시사회에도 빠짐없이 참석하여 그곳에서 애인의 아내와 '주부와 창녀'라는 대조적인 모습으로 나란히 앉기도 한다. 그에게서 전화가 오기를 간절히 바라며 기도하는 마음으로 거리의 거지에게 적선을 베풀기도 하고, 애인과의 완벽한 육체적 합일을 위해 포르노 영화나 사랑의 기교에 관한 책을 보고 연구하여 창조적이고 서커스 같은 체위를 직접 연출하기도 한다. 매번의 만남이 '쾌락의 한계를 넓혀가는' 시간이다. 그녀의 말을 빌리자면 그녀는 욕망과 에로티시즘에 '굶주린 여인'이다.

그녀는 그와 나눈 사랑의 몸짓 외에도 만남에 대한 자세한 디테일과 생각을 기록했다. 입었던 옷과 준비한 음식, 인테리어, 그와 나눌 대화까지 그들의 열정이 완벽할 수 있도록, 그리고 '신으로 군림하는 그'를 위해 모든 정성과 열의를 다했다. 그럼에도 점점 식어갈 수밖에 없는 열정에 대한 안타까움, 결별에 대한 두려움, 젊은 애인이 한눈팔지도 모른다는 조바심, 그의 아내에게 어쩔 수 없이 느끼게 되는 질투심…… 그녀의 일기에는 사랑에 빠진 경험이 있는 사람이라면 누구나 느껴봤을 고통과 열정의 외마디가 낱낱이 기록되어 있다.

이 기간 동안 에르노의 삶은 혼신을 기울여 육체의 탐닉에 취하는 시간과, 함께한 시간에 대한 몸의 기억이 사그라지기 전에 다음을 기약할 전화를 기다리는 시간으로 점철되어 있다. 그것은 전화 말고는 출구가 없는 삶이다. 과거나 미래는 존재하지 않는다. 오직 상대방과 육체를 나누는 현재만이 있을 뿐이다. 그것은 시간의 흐름 속에서 진실이나 언약을 구하는 삶이 아닌, 오로지 '관계의 완벽성, 아름다움, 쾌락'을 추구하는 삶일 뿐이다. 외부세계 또한 아무 의미도 없고 그것 자체로서는 존재하지도 않는다. 고르바초프나 옐친 같은 사람도, 쿠바 같은 나라도 자신의 애인을 상기시키는 무엇이 있기 때문에 그녀에게 의미를 지닐 뿐이다.

그녀가 세상을 견딜 수 있었던 것은 오직 사랑과 글쓰기를 통해서였다. 열정, 욕망, 질투 따위가 빚어내는 이 미세한 인간적 움직임을 그녀로서는 언어로 표출해낼 수밖에 없었다. 이 기간 동안 그녀의 유일한 글쓰기 장이었던 일기는 '다음 만남을 기다리며 견디는 방법'이었고, 동시에 '에로틱한 몸짓과 말들을 기록함으로써 쾌락을 배가시키는 방식'이기도 했다. 무엇보다도 그것은

'삶을, 혹은 삶에 가장 가까운 무엇을 허무에서 구해내는 방식'이
었다.

강렬한 열정의 감정과 그것에 유착되어 있는 '순수함', '아름다
움'은 시효에 구애받지 않는 가치다. 그리고 일기에 기록한 사랑
에 대한 자잘한 디테일은 일상을 '낭만적인' 문학의 자리로 승화
시키는 아름답고 사치스러운 장식이다. 자신이 살고 있는 열정이
걸작품이 되도록, 그녀는 언제나 '그다음에는 죽음이 있는 것처
럼, 사랑을 하고 글을 썼다'. 자신의 삶을 예술로 만들기 위해 순
간순간을 더할 수 없는 열정으로 사는 그녀는 그러나 작가이기에
앞서 삶의 예술가였다("이 열정으로 내 인생의 걸작품을 만들고
싶었다. 아니, 오히려 내가 그것이 걸작품이길 바랐기 때문에 이
관계가 열정이 된 것이다").

어느 자리에선가 그녀는 직접 겪지 않은 허구는 결코 쓰지 않
는다고 말했다. 치매에 걸려 세상을 떠난 어머니의 죽음 후에 쓴
『한 여자』(1988), 출신 성분에 대한 인식을 갖게 한 아버지에 관
한 책 『자리』(1984), 그 밖에도 『빈 옷장』(1974), 『그들의 말 혹
은 침묵』(1977), 『부끄러움』(1997), 『얼어붙은 여자』(1981), 그
리고 『단순한 열정』(1991)에 이어 『탐닉』(2001)에 이르기까지
그녀가 쓴 소설은 모두 그녀 자신의 이야기다.

『단순한 열정』과 『탐닉』은 일반 독자에게뿐 아니라 문학계와

매스컴에도 파란을 일으켰다. 당대의 관습에 비추어 스캔들이 될 만한 자신의 사생활을 작품화하는 일에 대한 작가의 갈등은 어제 오늘의 일이 아니다. 19세기 말의 앙드레 지드만 해도 자신의 동성애를 드러내기 두려워하면서도 때때로 작중인물들을 통해 우회적으로 그것을 표현하지 않을 수 없었다. 급기야 그는 비록 한정판이긴 하지만 동성애에 대한 변론격인 작품 『핑계』를 발표하고 내밀한 고백을 했다. 에르노 역시 자신이 어둠의 애인과 함께 나눈 사랑의 몸짓 하나하나까지 사회적 통념을 염두에 두지 않고 그대로 드러낸 것은 만용이나 노출벽에 의한 것이 아니라, '내적 필요'에 따른 욕구 때문이었다고 말한다. 그리고 이 작품이 『단순한 열정』의 순간들을 날로(생으로) 보여주기도 하지만, 또한 거기 들어 있지 않은 '다른 진실, 정제되지 않고 암울한, 구원의 가능성이 없는 어떤 제물 같은 것'을 내포하고 있기에 발표하지 않을 수 없었다고 말한다. 지드처럼 에르노에게도 글쓰기는 내면의 해방구이자 자신을 찾는 작업이고, 삶의 매 순간을 증명하는 결산서인 것이다.

이 책을 번역하며 심히 혼란스러웠음을 고백하지 않을 수 없다. 무엇보다도 적나라한 성 묘사 때문이었다. 프랑스에 거주한 지 어언 스무 해가 다 되어가는지라 이 사회의 노골적인 성 표현에 어느 정도 익숙해졌다고 생각하고 있었는데, 거침없는 에르노의 묘사를 모국어로 옮기는 작업이 생각만큼 수월하지 않았다. 그럼에도 역자의 개인적 역량을 넘어 가능한 한 '에르노적' 글쓰기에 충실하려고 애썼음을 밝히고 싶다.

둘째로 부딪힌 난관은 이 글이 주관적 글쓰기인 '일기'라는 사실이었다. 제삼자는 이해하기 힘든 내용이 앞뒤 설명 없이 나오거나, 주어와 서술어를 빼고 단어 한마디로 표현한 것, 맥락에서 동떨어진 주관적 문장이 튀어나오기도 했다. 이 경우, 토막 형식의 글쓰기가 독서에 불편을 주지 않도록 풀어쓰기를 시도했다.

내가 이 작품을 번역한다고 하자, 주변 프랑스인들의 반응은 뚜렷하게 둘로 나뉘었다. 자신의 내밀하고도 은밀한 성적 사생활을 활자화한 작가에 대해 비방을 넘어 분노를 느낀다는 이가 있는가 하면, 그녀의 책을 너무나 감명 깊게 읽었다며 그 안에서 가슴 깊이 스며드는 진실을 발견했다는 찬미론자도 있었다. 이 작품이 독자들로 하여금 무관심하게 팔짱끼고 관망할 수 없게 만드는 책인 것은 분명하다. 이 책을 만날 한국 독자들의 반응은 어느 쪽으로 기울어질지 자못 궁금하다.

조용희

1899년   아버지 알퐁스 뒤셴 출생.

1906년   어머니 블랑슈 출생.

1928년   노르망디의 소읍인 이브토의 공장 노동자였던 아버지
와 어머니가 밧줄 제조 공장에서 만나 결혼함.

1931년   이브토에서 25킬로미터 떨어진, 방직 공장 노동자들의
거주 지역인 릴본으로 이사해 카페 겸 식료품점 개업.

1932년   첫째 딸 지네트가 태어나 여섯 살 때 디프테리아로 사
망(언니 지네트의 죽음과 그 빈자리를 채우기 위해 태
어난 듯한 유감을 『나는 나의 밤을 떠나지 않는다 *Je ne
suis pas sortie de ma nuit*』에서 서술).

1940년   9월 1일 아니 에르노 출생.

1945년   다시 이브토로 돌아가 3개월 뒤 가게를 개업.

1952년   6월 15일 아버지가 어머니를 죽이려 한 사건이 발생
(이 사건의 충격과 수치심을 『부끄러움 *La honte*』에서
밝힘).

1958년   작별인사도 없이 떠난 클로드 G.를 기다림.

1960년   루앙대학교 문학부 입학.

1963년	7월 17일 로마에서 Ph.를 기다림.
	11월 8일 임신 사실을 알게 됨.
1964년	1월 15일 낙태수술을 받음. 이 시기의 경험을 『사건 *L'Événement*』에서 서술.
	2월 필립 에르노와 결혼.
	4월 2일 임신 사실을 알게 됨. 첫째 아들 에릭 출산.
1967년	4월 25일 리옹의 크루아루스 지역에 있는 고등학교에서 중등교사 자격시험을 치르고 합격함.
	6월 25일 아버지가 심근경색으로 사망함.
1968년	둘째 아들 다비드 출산.
1970년	1월 카페 영업권을 포기한 어머니가 안시의 아니 에르노의 집에서 함께 지내게 됨.
1971년	현대문학교수 자격시험 합격.
1974년	'자전적 소설'에 속하는 작품인 『빈 옷장 *Les armoires vides*』 발표.
1976년	10월 『그들의 말 혹은 침묵 *Ce qu'ils disent ou rien*』 집필을 마치고, 이듬해 발표.
1977년	프랑스 국립 원격교육원(CNED) 교수로 2000년까지 재직함.
1981년	'자전적 소설'로 분류되나 작가는 '전통적 의미의 허구를 포기하는 방향으로 나아가며 거친 과도기적 텍스트'라 평가한, 자신의 결혼을 다룬 『얼어붙은 여자 *La*

femme gelée』 발표.

1982년   11월 아버지의 삶을 다룬 '자전적·전기적·사회학적 글'인 『자리 *La place*』집필을 시작해 이듬해 6월 탈고. 필립 에르노와 이혼 후 피렌체로 여행을 떠남.

1983년   9월 어머니를 양로원에서 집으로 모셔옴.

12월 '내면일기'로 분류되는 『나는 나의 밤을 떠나지 않는다』 집필 시작. 치매에 걸린 어머니가 사용한 문법적으로 어긋난 문장을 그대로 작품의 제목으로 차용함.

1984년   2월 퐁투아즈병원으로 어머니를 모심.

P(『나는 나의 밤을 떠나지 않는다』에서는 A로 지칭)를 클로드 G.를 기다릴 때처럼 기다림.

『자리』를 발표해 르노도상을 수상함.

1986년   4월 7일 어머니가 80세의 나이로 퐁투아즈노인요양원에서 사망함.

4월 20일부터 『한 여자 *Une femme*』를 쓰기 시작해 이듬해 2월 26일 마침.

4월 28일 『나는 나의 밤을 떠나지 않는다』 탈고.

1988년   『한 여자』 발표.

9월 25일 러시아에서 『단순한 열정 *Passion simple*』에 등장하는 A(『탐닉』에 등장하는 S와 동일 인물)를 만남.

9월 27일부터 『단순한 열정』의 내면일기인 『탐닉 *Se perdre*』 집필 시작.

1989년	9월 피렌체 여행.
	11월 15일 A가 모스크바로 떠남.
1990년	1월 『부끄러움』 집필 시작.
	4월 9일 『탐닉』 탈고.
1991년	1월 20일 A를 다시 만남.
	『단순한 열정』 출간.
1992년	11월 서른세 살 연하의 필립 빌랭을 만남.
1993년	1985년부터 7년간 쓴 일기를 모은 『바깥일기 *Journal du dehors*』 출간.
1996년	10월 『부끄러움』 탈고.
1997년	『나는 나의 밤을 떠나지 않는다』와 『부끄러움』 출간.
	1월 필립 빌랭과 결별(그해 빌랭은 『단순한 열정』의 서술방식을 차용해 아니 에르노와의 사랑을 다룬 소설 『포옹 *L'Étreinte*』을 발표).
1999년	2월부터 10월까지 『사건』을 집필해 이듬해 출간.
2000년	1993년부터 1999년까지 쓴 일기를 모은 『외적인 삶 *La vie extérieure*』 출간.
2001년	『탐닉』 출간.
	5~6월, 9~10월 『집착 *L'Occupation*』을 집필하고 이듬해 출간.
2002년	작품세계에 지대한 영향을 미친 사회학자 피에르 부르디외가 사망하자 〈르몽드〉에 「슬픔」을 기고함.

10월 3일 유방암 때문에 처음으로 퀴리 연구소 방문.

2003년   2001년 6월부터 2002년 9월까지 프레데리크 이브자네 교수와 이메일로 나눈 대담인 『칼 같은 글쓰기 *L'Écriture comme un couteau*』 출간.

발두아즈주洲에서 그녀의 이름을 딴 '아니 에르노 문학상'이 제정됨.

1월 22일 마크 마리를 처음 만남.

2004년   5월 24일 마지막으로 화학치료를 받음.

10월 22일 『사진 사용법 *L'Usage de la photo*』의 서문 작성. 이후 마크 마리와 함께 글과 사진 작업을 계속해 2005년 발표.

2008년   『세월 *Les années*』로 마르그리트 뒤라스 상, 프랑수아 모리아크 상, 프랑스어상 수상에 이어 2009년 텔레그람 독자상을 수상함.

『집착』을 스크린으로 옮긴 영화 〈다른 사람〉 상영.

2011년   『다른 딸 *L'Autre fille*』과 『검은 아틀리에 *L'Atelier noir*』 발표.

열두 편의 자전소설과 사진, 미발표 일기들을 담은 선집 『삶을 쓰다 *Écrire la vie*』가 생존 작가로는 최초로 갈리마르 콰르토총서에 수록됨.

2013년   『이브토로 돌아가기 *Retour à Yvetot*』 발표.

2014년   『빛을 바라봐, 내 사랑 *Regarde les lumières, mon*

amour』 발표.

2016년   『소녀의 기억*Mémoire de fille*』 발표.

2020년   2011년 출간된『삶을 쓰다』에 실렸던 글 중 엄선하
     여 새롭게『카사노바 호텔*Hôtel Casa-nova et autres*
     textes brefs』출간.

2022년   노벨문학상 수상.